어서오세요,
**책 읽는
가게입니다**

어서오세요,
책 읽는
가게입니다

아쿠쓰 다카시 지음 ― 김단비 옮김

앨리스

책 읽는 사람의 모습은 아름답다. 양 손바닥은 하늘을 보게 하고 등을 굽힌 채 고개를 숙이고 있다. 흡사 기도하는 자세 같다. 꼼짝도 하지 않고 눈만 끊임없이 움직인다.

그들은 책을 읽고 있다. 무아지경으로 글자를 쫓고 있다. 아니, 보기에만 그렇지 사실은 무아지경이 아닐지도 모른다. 이리저리 산만하게 흐트러지는 정신을 붙잡으며 겨우겨우 읽고 있는지도 모른다. 어쨌든 그들은 책 속 세계에서 한 발 한 발 전진한다.

의지할 건 자기 자신밖에 없다. 아무튼 스스로 나아가지 않으면 아무 데도 갈 수 없다. 피곤해서 눈을 10초 동안 감았다 뜬다. 그러면 잔인하게도 그 10초 동안 이야기는 조금도 진행되지 않는다. 그 전과 똑같은 풍경이다. 다시 일어나 인쇄된 글자 위를 성큼성큼 걸어가는 수밖에 없다.

아무도 동행하지 않는다. 같이 가면 된다고 격려해줄 친구도, '좋아요'를 눌러주는 폴로어도 없다. 그 순간 자신이 느끼는 기쁨이나 분노, 슬픔 등을 누군가와 공유하는 것도 불가능하다.

게다가 일면식도 없는 타인이 만든 그 세계에 공감할 수 있으리라는 보장도 없다. 거기에 드러난 사고방식이나 표현, 행위가 자신의 가치관과 전혀 맞지 않을 수도 있다. 중간에 멈출지, 아니면 조금 더 가볼지 등 모든 판단은 자신에게 달렸다. 나 자신과 책 말고는 아무것도 존재하지 않는다.

때로는 지루해서 주저앉기도 하고, 때로는 글자가 눈에 들어오지 않아 건성으로 쓱 지나가기도 하고, 때로는 상처를 입어 마음이 너덜너덜해지고, 때로는 너무 기뻐 춤을 추듯 스텝을 밟기도 하면서, 어떻게든 혼자 앞을 향해 간다. 모르는 세계를 조금이라도 엿보고 싶은 호기심, 인생을 조금이라도 더 좋게 바꾸고자 하는 소망, 역량을 조금이라도 더 키우고 싶은 바람, 그것만 바라보고 간다.

조용히 혼자 책을 읽고 있다. 내게는 그 모습이 너무 아름답다.

말이 거창했다. 너무 멋을 부렸다. 나는 그저 독서가 즐겁고, 독서가 좋고, 독서가 취미다. 그게 다다. 밥을 먹는 것처럼 해야만 하는 일이다. 깨달음이나 배움, 성장 같은 것에는 크게 관심이 없다. 즐거우면 된다. 독서는 즐거우면 즐거울수록 좋다. 왜냐하면 독서는 나에게 꼭 해야 하는 숙제가 아니라 유쾌하게 살아가기 위해 필요한, 그 무엇도 대신할 수 없는, 최고의 취미이기 때문이다. 좋아하는 취미니까 더욱 즐겁게, 더욱 기쁘게, 더욱 알차게 누리고 싶다.

같은 취미를 가진 사람들을 좋아하며 그들에게 친근감을 느낀다. 즐겁게 책을 읽는 사람의 모습은 언제 봐도 흐뭇하다. 그런 아름다운 사람들 옆에 있을 수 있어서, 또 그걸 직업으로 삼을 수 있어서 행복하다.

독서를 좋아하는 한 사람으로서, 나라면 이런 곳에서 책을 읽고 싶다고 생각하며 책 읽는 사람을 위한 공간을 만들었다. 'fuzkue'라는 곳이다. '후즈쿠에'라고 읽는다. 도쿄 시부야구 하쓰다이에 있는 낡은 건물 2층. 이곳에서 '책 읽는 가게'를 표방하는 장소를 만든 게 2014년 가을이다. 이후 매일 밤낮으로 사람들이 책을 읽는 아름다운 풍경 속에서 일하고 있다. 하루하루 멋진 시간이 흘러간다. '책 읽는 가게'라니 정말이지 근사한 아이디어다. 진심으로 책 읽는 사람들이 좋다. 꽤 괜찮은 직장이지 않은가.

이 책은 마음껏 즐겁게 독서를 할 수 있는 장소가 어디 없을까, 어떡하면 그런 공간을 만들 수 있을까, 고민하고 또 고민했던 내 생각과 실천에 관한 기록이다.

1부에서는 우리 주변의 '책을 읽을 수 있는 장소'에 관해 살펴본다. 어디에서든 가능하다고 해서 애써 찾으려고 하지 않는 독서 환경에 대해 주로 이야기한다. '읽다'라는 행위가 사회에서 얼마나 부당한 대우를 받고 있는가 하는 불만을 줄줄 늘어놓는다.

2부에서는 '책 읽는 가게'인 후즈쿠에 관해 이야기한다. '쾌적하게 책을 읽을 수 있는 상태'를 어떻게 만들고 어떻게 지킬 것인가, 그 실천에 관한 기록이다.

생각과 실천을 거듭하는 사이, '책 읽는 가게'가 더 늘어나도 좋겠다는 마음이 들었다. 2020년 4월, 시모키타자와에 후즈쿠에 2호점을 내면서 독서할 장소가 더욱 많아지는 세상을 꿈꾸게 되었다. 3부에서는 그것을 실현할 아이디어에 관해 이야기한다.

이 책은 '오늘 밤엔 그 책을 실컷 읽을 거야'라는 기대로 온종일 기분이 설레고, '이번 주말에는 내내 책만 읽어야지'라는 희망으로 하루하루를 사는, 그런 경험을 해본 적 있는 사람들을 위해 쓰였다. 날마다 후즈쿠에에서 목격하는 그런 사람들 말이다.

차례

1부

'책 읽을 수 없는
거리'를 헤매다

일단 집에서

집에서 책을 읽다

출간될 날만 손꼽아 기다리며 몹시 기대하는 책이 있다. 독서를 좋아하는 사람이라면 분명 무슨 마음인지 알 것이다.

책 출간 소식은 생기가 넘친다. 누군가의 오랜 노력이 한 권의 책이 되어 세상에 나온다. 축하할 일이다. 무라카미 하루키의 신작이 나올 때면 일본 전체가 떠들썩해진다. 나온다, 나온다 하고 뜸을 들이다 드디어 '나왔다!' 할 때의 그 느낌. 가슴이 벅찰 정도다. 책을 둘러싼 화제에는 엄청난 활기와 열기가 느껴진다. 당연히 하루키에만 해당하는 이야기는 아니다. 오래 기다려온 시리즈의 최신작, 몇 년 동안 출판된다는 소문만 무성하던 번역소설, 기적처럼 복간된 명작. '이런 날이 오다니!' 싶은 책이 있다. 신간에 한정된 이야기도 아니다. 리뷰를 보고 무척 읽어 보고 싶어진 논픽션, 좋아하는 아티스트가 소개한 에세이, 트위터에서 책 제목을 얼핏 보고 궁금해서 견딜 수 없어진 누구누구의 무슨 무슨 책. 책에는 새로우니 낡았느니 하는 것이 없으며, 오히려 오래되고 느린 점을 책의 가장 큰 강점이라고 여길 때도 있다. 100년도 더 전에 어느 나라에서 쓰인 글이 조금도 그 빛을 잃지 않은 채 완벽히 선명하고 생생한 모습으로 존재하다니 책이란 정말이지 대단하다.

하여간 읽고 싶은 책이 있다는 건 참 좋고 가슴 설레는 일이다. 그와 동시에 '이 책을 어디에서 읽지?' 하고 생각한다. 기다리고 기다리던 독서다. 이왕이면 아무런 방해도 받지 않고 마음 편히 읽고 싶다. 고대하던 독서시간을 앞두고, 어디에서 읽을지 고민하는 건 중요하다. 사람들은 벼르고 벼른 그 책을 대체 어디서 읽을까.

가장 먼저 떠오르는 건 집이다. 일상적으로 하는 일이니 집에서 마음 편히 읽을 수 있다면 더할 나위 없다. 나도 매일 집에서 책을 읽는다. 가게를 닫고 집에 돌아와 값싼 위스키를 마시며 밤마다 하는 독서는 나의 일용할 양식이다. 내일의 노동을 위한 준비다.

그런데 '아무런 방해도 받지 않고 그저 이 책을 즐기고 싶다, 온전히 책에 몰입하고 싶다'라고 강하게 열망할 때, 집이라는 장소는 얼마나 그걸 충족해줄 수 있을까. 쉽지 않으리라. 잠깐 시뮬레이션을 해보자. 어디까지나 가상 상황이다.

금요일 저녁 여섯시, 일찌감치 일을 정리하고 먼저 퇴근하는 길에 환승역에서 일단 밖으로 나와 좋아하는 기노쿠니야서점 신주쿠 본점에 들른다. 평소에는 찬찬히 매장을 둘러보지만, 오늘은 살 책이 정해져 있다. 분명 있을 것 같긴 한데, 혹시라도 그 책이 이 매장에 없으면 오늘 밤 계획은 전부 무산된다. 없으면 북퍼스트에 가볼까? 근데 만약 북퍼스트에도 없다면…… 찾기도 전에 패닉 상태에 빠지려는 정신을 간신히 붙들어 매고 그 책이 있을 법한 곳으로 직행한다. 다행히 책을 발견하고 집어들어 곧장 계산대로 향한다. 오늘은 이 책을 읽을 것이다. 당장 읽고 싶지만 집에 도착할 때까지 꾹 참는다. 출간 소식을 들었던 지난달부터 쭉 기대했던 책이다. 완벽한 상태로 첫 페이지를 펼칠 작정이다.

전철을 타고 가다보니 허기가 진다. 시각은 일곱시. 저녁밥은 어떡하지. 어딘가 들러서 간단하게 먹고 갈까. 하지만 얼른 집에 돌아가 책을 읽고 싶고, 평소라면 몰라도 오늘만큼은 소고기덮밥으로 급하게 한 끼 때우고 싶지는 않다. 뭐랄까, 오늘 밤은 아주 근사하게 보내고 싶다. 오늘 같은 날 소고기덮밥이라니 영내키지 않는다. 배부른 소리일지 모르지만 오늘 밤은 사치스러운 기분으로 보내고 싶다. 문득 샌드위치가 떠오른다. 오일 사딘° 같은 걸 넣은 샌드위치. 물론 맥주도 곁들여야지. 오늘은 특별히 페일 에일로 마셔야지. 슈퍼에 들러 이것저것 사서 별 탈 없이 집으로 돌아온다. 곧바로 샌드위치를 만들기 시작한다. 채소의 물기를 잘 빼야 샌드위치가 질척해지지 않는다. 드디어 완성이다. 냉장고에서 맥주를 꺼내 겨우 소파에 앉는다. 오랜 시행착오 끝에 찾아낸 사이드테이블의 베스트 포지션. 이러면 상체를 움직이지 않고 유리잔을 잡을 수 있다. 맥주를 한 모금 마신 뒤, 자, 어디…….

책을 읽기 시작한다. 샌드위치를 먹는다. 꽤나 배가 고팠는지 순식간에 샌드위치를 다 먹어치웠다. 맥주도 어느새 바닥을 보인다. 이야기가 점점 진행된다. 이제 막 시작한 참이지만 재미있을 것 같은 예감이 든다. 금세 맥주가 떨어졌다. 잠시 책을 덮고 자리에서 일어난다. 그러고 보니 음악을 잊었다. 멋진 음악을 틀어야지. 하지만 그 전에 맥주부터 리필하자.

냉장고를 열려고 보니, 문에 걸린 화이트보드에 '쓰레기 버리기'라고 적혀 있는 게 눈에 띈다. 참, 쓰레기 버려야지. 그 밑에는 '축의금 봉투'라고 적혀 있다. 깜박했다! 이따가 편의점에 가

● 정어리를 기름에 졸인 음식

서 사 와야지. 샌드위치를 만들어 먹고 난 뒤의 그릇들도 설거지해야 한다. 맞다, 오늘 빨래를 안 하면 다음주에 곤란해진다. 내일은 하루종일 밖에 있을 테고 모레도 휴일 근무다.

세탁기 스위치를 누른 뒤, 맥주를 들고 자리로 돌아온다. 아차, 음악. 다시 일어나 음악을 튼다. 돌아와서 다시 독서를 시작한다. 이제 좀 집중해보자. 하지만 야속하게도 두번째 맥주 역시 순식간에 바닥을 보이기 시작한다. 입도 심심하다. 뭘 또 만들자니 귀찮고. 냉장고에 뭐 없나. 딱히 없었던 것 같은데. 축의금 봉투를 사러 가는 김에 편의점에서 사 올까. 아니, 조금만 더 읽고 가자. 이 맥주만 다 마시고.

맥주를 다 마신 뒤, 더 취하기 전에 할 일을 끝내놓자 싶어 쓰레기를 버린 뒤 편의점으로 향한다. 안주와 추가로 마실 맥주를 사서 집으로 돌아온다. 이럴 수가! 축의금 봉투 사는 걸 깜빡했다. 세탁기는 다 돌아가 있다. 널어야겠군. 역시 건조 기능이 있는 걸로 살걸. 빨래를 다 널고 겨우 소파에 앉는다. 드디어 할 일을 다 끝냈다. 좋아, 이번에야말로 진짜 집중해보자. 근데 현관에서 무슨 소리가 들린다. 어, 오늘 늦는다고 하지 않았나?

"어서 와."

"나 왔어."

"수고했어."

"뭐 해, 책 읽어? 좋네, 우아한 금요일이구나."

"그래, 우아하다고. 근데 오늘 한잔하고 온다고 하지 않았어?"

"나데시코가 못 온다고 해서 다음에 만나기로 했어."

"아, 나데시코. 그나저나 나데시코 부활했어?"

"응, 이번주부터. 전보다 더 밝아졌어."

"너무 무리하지 않아야 할 텐데. 어렵겠지만. 근데 난 나데시코라고 하면 미야마 아야*가 제일 먼저 생각나."

"누군지 몰라."

"응. 그래도 아쉬웠겠네."

"뭐가?"

"아, 모임 말이야. 아침에 기대했잖아."

"응, 뭐, 난 둘이 만나도 괜찮은데, 아쓰코는 그런 거 신경 쓰잖아, 나데시코가 '미안, 오늘 못 갈 것 같아' 하니까 기다렸다는 듯이 아쓰코가 '그럼 아쉽지만 다음에 보자' 하더라. 정확히 말하면 라인LINE을 여니까 채팅창에 이미 이야기가 그렇게 되어 있었어, 좀 어이가 없었지만, 뭐, 오케이, 오케이."

"그렇구나, 이왕 이렇게 된 거 푹 쉬어. 맥주 있는데 마실래?"

"응, 마실래. 금요일이라 그런지 좀 피곤하네. 나카지마 때문에 못 살겠어."

● 나데시코 재팬이라는 애칭을 가진 일본 여자 축구 대표팀 전 선수

"수고 많았어. 우리 이번주도 잘 버텼네. 장하다. 고생했어."

"건배!"

아내와의 대화는 언제나 즐겁다. 끝없이 이어지는 아내의 말에 맞장구를 치고 웃다보니 마음이 아주 느긋해졌다. 둘이서 안주를 먹으며 맥주를 몇 캔 비운 뒤 아내는 "샤워할래" 하고 방에서 나갔다. 곧바로 다시 책을 잡았지만, 정신을 차려보니 어느새 꾸벅꾸벅 졸고 있었다. 너무 많이 마셨나. 하지만 이대로 잘 순 없다. 잠도 깰 겸 커피를 한잔 마시자 싶어 물을 끓이고 원두를 갈았다. 원두는 물론 싱글 오리진이다. 씻고 나온 아내가 "밤이니까 난 됐어" 한다. 아내가 거실 의자에 앉아 커피를 내리는 내 뒤통수에 대고 이야기하고, 나는 물줄기 끝에 이는 갈색 거품을 보며 아내의 말에 대답한다. 추출이 끝나자 아내는 "내일 일찍 일어나야 하니까 자야겠다. 피곤해. 좋은 시간 보내. 너무 늦게 자지는 말고" 하더니 "아, 축의금 봉투 샀어?"라고 덧붙인다. 전말을 이야기하자 "대신 맥주만 사 왔네" 하고 웃음을 터뜨린다. 내가 좋아하는 표정이다. "내일 사지 뭐. 미하루 웨딩드레스 입은 모습 기대된다. 막상 보면 눈물 날 것 같아. 왜 우냐고 놀릴 것 같지만. 그럼 잘 자." 아내가 침실로 들어갔다.

내일은 여동생의 결혼식 날이다. 기분이 이상하다. 여동생과 사이가 좋은 편이라 여동생이 사회에 나와 일을 하게 되면서부터는 정기적으로 퇴근 후 만나 술을 마시곤 했다. 서로 연애 이야기도 했다. 겐토 씨 이야기도 처음 만났을 때부터 들었다. 두 사람은 한 번 헤어졌다가 재결합해 다시 신뢰를 쌓고 내일 식을 올린다.

"결국 이런 결말을 맞았네. 아니, 시작이라고 해야 하나, 제2막이라고 해야 하나."

그렇게 중얼거리고 조금 웃은 뒤 커피를 한 모금 마셨다.

……어떤가. 어쨌든 평온하고 행복한 밤을 보내기는 했다. 다 좋다. 하지만 원래 목적이었던 독서는 얼마나 했는가. 말은 안 했지만 이날 읽은 건 스무 페이지였다.

집에서 만족스러운 독서를 하려면 넘어야 할 산이 무척 많다. 정신을 산만하게 하는 요소가 차고 넘친다. 생활이 너무 가까이에 있다. 배가 고프면(혹은 목이 마르면) 그때마다 스스로 준비해야 하고 뒷정리도 해야 한다. 집안일은 늘 쌓여 있다. 졸음이 밀려오면 물리치기보다 받아들이는 편이 훨씬 편하다. 함께 사는 사람이 있으면 말을 걸어오기도 한다. 혼자라 해도 TV와 컴퓨터가 손짓하며 부른다. 유혹은 끝이 없다.

집만큼 좋은 곳이 어디 있으랴. 그 어느 곳보다 마음 편한 장소다. 다른 사람 눈치를 볼 필요도 없고 늘 안심할 수 있다. '오늘은 밤새 책을 읽어야지'라고 생각하면 어린 시절 1박 2일로 놀러 갔을 때처럼 설렌다. 늘 완벽히 이루어지기만 한다면 집처럼 책을 읽기 좋은 장소는 없을 것이다.

그러나 앞에서 봤듯 결코 쉬운 일이 아니다. 그렇다면 다른 장소를 찾을 필요가 있다. 특별한 책을 마주하는 소중한 독서 시간을 실패하지 않고 보낼 수 있는 '책을 읽을 수 있는 곳'이 필요하다.

'책 읽을 장소'를 찾아서

책을 읽을 수 있는 곳. 언뜻 어디든 상관없다고 생각하기 쉽다. "죄송하지만 저희 가게에선 독서를 하시면 안 됩니다"라고 말할 가게는 없을 테니까 말이다. 이 점은 고맙게 생각한다.

또 다행히 독서는 무척 간편한 취미라 책만 있으면 할 수 있다. 책 말고는 필요한 도구도 없고, 특별한 지식이나 기술을 요구하지도 않는다. 물론 지식이나 기술, 경험이 있어야 이해할 수 있는 책도 있지만, 이해라는 건 주관적이다. 좀 아리송해도 읽을 수는 있고, 무슨 말인지 도통 모르겠다고 생각하며 읽었는데 어느 날 갑자기 '와, 그런 뜻이었구나!' 하고 깨닫는 경우도 있다.

또 예를 하나 들어보자. 등산을 하려면 일단 등산화와 우비 같은 도구가 필요하다. 지식과 경험이 부족한 사람이라면 '가서는 안 되는 위험한 경로'도 있을 것이다. 독서에는 그런 준비물이나 제약이 없다.

그런데 그런 간편함 때문인지, 책을 읽는 것도 언제 어디서나 쉽게 할 수 있다고 생각하는 듯하다. "책 읽는 게 어디든 다 똑같지. 자기 방이든 집 근처 카페든 어디서든 읽을 수 있잖아." 하지만 정말 그렇게 쉬운 일일까. 책의 세계에 몰입한 경우는 꽤 섬세한 상태다. 책에는 영상도 소리도 없다. 오직 글자를 읽어야 만들어지는 세계(더구나 지금까지 한 번도 본 적 없는 미지의 세계)를 꼭 붙들고 있는 상태다. 그 열띤 내면과는 반대로 독서를 하는 사람은 고요하게만 보인다. 하는 일이라곤 가만히 종이를 응시하는 것뿐, 몸짓만 놓고 생각하면 명상과 그리 다르지 않다. 하지만 생각보다 무방비하고 약하다. 명상이 그렇듯 자칫 잘못하면 금방 현실세계로 돌아오고 만다.

그럼 어떤 곳에서 책을 마음껏 기분 좋게 읽을 수 있을까. 어떤 장소가 '책 읽을 수 있는 곳'의 조건을 갖추려면 무엇이 필요할까. 뭐가 됐든 어떤 곳을 '무언가에 전념할 수 있는 장소'로 만들려면 저마다 요건이 있다. 예컨대 컴퓨터 작업을 위한 곳이라면 콘센트와 와이파이가 필수고, 타이핑하기 편한 높이의 책상이면 좋다. 다른 사람이 화면을 엿보지 못하게 하고 이것저것 벌여놓으려면 일정한 공간을 확보해야 한다. 그런 것들이 갖추어지지 않으면 컴퓨터 작업에 전념할 수 있는 장소라고 하기 어렵다.

독서에도 그런 장소가 있을까. 독서를 위해 갖춰야 할 환경에는 어떤 게 있을까. 쾌적한 독서시간을 위해서는 과연 무엇이 뒷받침되어야 할까. 독서를 위한 장소라고 해도 장벽이 낮고, 상상력이 부족하고, 섬세하지 못하고, 별로 진지하게 생각하지 않은, 지독한 둔감함을 드러내는 곳만 수두룩할지도 모른다. 시작도 하기 전부터 화만 내고 있을 수는 없다. 일단 가보자. 유력한 후보가 있다. 바로 '책의 카페'(졸역이지만)라고 불리는 곳, 즉 북 카페다.

2장

북카페란 대체 뭘까

북카페에 가보았다

"이렇게 차분한 분위기의 카페라면 커피 한잔하며 마음껏 책을 읽을 수 있을 터."

"친구와 수다 떨기에도 좋고, 느긋하게 책 읽기에도 좋다."

잡지나 인터넷 커뮤니티의 정신없는 게시판 같은 데서 가끔 눈에 띄는 문구다. '북카페'라고 불리는 가게를 소개할 때 빠지지 않고 등장하는 문구일 것이다.

마음껏 책을 읽을 수 있다. 느긋하게 책을 즐기기에 좋다. 정말 그렇다면 그곳은 천국일 것이다. 그래서 어느 북카페에 직접 가보았다.

10년 만에 문득 다시 읽고 싶어진 책 케루악의 『길 위에서』가 한창 재미있어 뒷부분을 쭉 읽고 싶은 날이었다. 서너 시간쯤 책에 파묻힐 수 있다면 정말 좋겠다는 생각을 하며 설레는 마음으로 역에서 나와 가게로 향했다. 유명한 곳이라 줄을 서는 경우도 꽤 있는 모양인데, 가게 앞에서 기다리는 시간에도 책을 읽으면 된다고 생각하니 그조차 기대가 되었다.

　고층빌딩 지하로 이어지는 계단을 내려갔다. 다행히 기다리는 사람은 보이지 않아 바로 들어갈 수 있을 것 같았다. 그런데 문 앞에 입간판이 있어 읽어보니 이용시간이 두 시간이라고 적혀 있었다. '서너 시간'이라고 생각했던 게 무색해지는 순간이었다. 이용시간이 두 시간으로 정해져 있는 건 다른 가게에서도 종종 본 적이 있고, 인기 있는 가게니 어쩔 수 없는지도 모른다. 다만 맥이 빠지는 건 어쩔 수 없었다.

　커피 한 잔 시켜놓고 몇 시간씩 눌러앉아 있는 건 민폐기도 하고(저녁식사 시간이라면 더더욱), 애당초 오늘 밤을 즐기고 싶다는 생각이 있었으니 나는 분명 이것저것 주문해 먹고 마실 참이었다. 그러면 민폐는 아니겠거니 생각했는데, 처음부터 제한 시간이 있었다. 아무리 단가가 높아도 가게 입장에선 많은 사람이 찾아와 공간을 즐겨주기를 원할 것이다. 그렇다면 어쩔 수 없다.

　이런저런 생각을 하며 문을 밀고 안으로 들어가자 재즈 음악 소리가 크게 들리고, 외모에 어느 정도 자신이 있는, 혹은 그것을 충분히 자각하고 있는 듯한 생기 넘치는 젊은 여성이 성큼성큼 다가왔다. 혼자라고 말하니 자리를 안내해주었다.

자리에 앉자 이번에는 마찬가지로 외모에 어느 정도 자신이 있는, 혹은 그것을 충분히 자각하고 있는 듯한 젊은 남성이 성큼성큼 다가와 메뉴를 건네며 "이용시간은 두 시간입니다"라고 알려주었다. 알고 있습니다.

주문을 마치고 가게 안을 둘러보았다. 내가 안내받은 자리는 벽을 등지고 있는 데다 약간 높이 올라와 있어서 가게 전체가 잘 보였다. 멋진 관엽식물이 여러 개 놓여 있고, 드라이플라워가 굵은 기둥을 장식하고 있다. 맞은편 벽에는 커다란 책장이 있고 책이 가득 꽂혀 있다. 좌석은 모두 다인석이고, 다들 신나게 대화를 하고 있었다. 커다란 음악 소리와 사람들의 말소리가 혼연일체가 되어 공간을 채우고 있다. 어두운 느낌은 아니지만 곳곳에 부분 조명이 있어 전체적으로 '무디moody'라는 단어가 떠오르는 근사한 분위기다.

이윽고 가토 바스크와 함께 나온 뜨거운 커피를 한 모금 마신 뒤 배낭에서 책을 꺼내 펼쳤다. 조명의 각도 탓인지 조금만 위치를 잘못 잡으면 바로 페이지 위로 그림자가 졌다. 위치를 조금씩 움직여 그림자가 생기지 않는 지점을 찾는다. 찾았다 싶으면 글을 읽는다.

책 속에서는 닐 캐시디라는 전대미문의 인물이 재즈 라이브에 푹 빠져 이마에 땀을 뻘뻘 흘리며 "신난다, 신나!" 하고 외치고 있었다. 지금 이곳에 흐르는 음악도 재즈다. 재즈에 문외한인 나에게 재즈는 그냥 재즈라서, 소설 속 1940년대 말 미국에 사는 젊은이들 앞에서 연주되는 음악과 지금 내 귀에 들려오는 소리가 같다고 생각하고, 즉 소설의 시공과 지금 이곳의 시공을 멋대로 연결시켜 "신난다, 신나!" 하면서 책을 읽어나간다. 페이지에 드리운 그림자마저도 '이게 이른바 미국의 그림자라는 건가……' 하고 엉뚱한 생각을 하는 사이에 어느새 익숙해진다.

그때 "진짜? 대단한데?" 하는 여성의 느긋한 목소리가 들려 깜짝 놀라 고개를 드니 어떤 여성 두 명이 내 옆옆 자리로 안내받고 있었다. 그녀들은 자리를 안내받는 도중에도, 자리에 앉으면서도, 잠시도 대화를 멈추지 않고 "그치, 대단하지?" "그러니까 교황의 실물이란 거잖아? 끝내준다!" 하며 유쾌하게 이야기를 이어나갔다. 나는 책을 읽느라 존재를 잊고 있던 커피를 한 모금 마시고, 아직 손도 대지 않은 가토 바스크를 먹으려고 포크를 들었다. 가토 바스크는 너무 단단해서 '찍다'라는 동사로는 어림도 없는 힘이 필요했다. 그래도 아주 맛있었다. 눈 깜짝할 사이에 다 먹고 나자, 정말로 눈을 깜빡일 새도 없이 직원이 다가와 접시를 가져갔다. 세심하다고 생각한 동시에, 너무 기다렸다는 듯 다가온 걸 보면 '지켜보고 있었나' 싶은 생각이 들었다.

접시 위로 튀어오르는 가토 바스크를 허겁지겁 먹은 걸 떠올리니 조금 부끄러웠다.

책으로 시선을 돌렸다. 캐시디는 차 안에서 지난밤 연주에 대해 이야기하고 있다. 녀석은 그걸 꼭 붙잡고 절대 놓지 않았다. 그런 얘기를 하고 있다.

옆자리 여성들은 메뉴를 보고 있다. 햄버거를 시키려는 모양이다. "음료는 뭐로 하지?"

"그거라니 그게 대체 뭔데?" 케루악이 질문했다. "난 구아바 주스로 할래." 여성이 음료를 골랐다.

캐시디는 잠깐 생각에 잠겼다. 두 여성은 햄버거와 주스를 주문했다. 음악은 아까보다 더 웅장해졌고, 아티스트와 제목이 궁금해서 샤잠Shazam 앱으로 검색해봤지만 무슨 노래인지 나오지 않았다. 일곱시가 지나자 자리가 점점 차며 가게의 전반적인 분위기가 바뀌었다. 식사 메뉴를 주문하는 사람이 많아 보였다. 나도 뭘 좀 먹어야 하나, 순간 불안한 마음이 들었다. "비교되지 않아요?" 한 여성이 물었다.

"비교되죠. 안 될 수 없어요. 서로 비교해요." 현재 애인과 전 애인 이야기를 하는 것 같았다. "지금도 보여주고 싶은 사진이 있으면 보낸다니까요." "앗, 지금 남자친구 말고 전 남자친구한테요?" 여성들이 주문한 요리가 나왔다. 캐시디는 뭔가를 설명하고 있는 듯했다. 그것에 관해. "맛있겠다!" 끝없는 셔터 소리.

"보내요!" "보내버리자!" 주스에는 빨대가 두 개 꽂혀 있다. 아마 가느다란 빨대일 것이다. 가늘고 검고 두 개가 딱 붙어 있는 듯한 모양의 빨대. 분명하다.

　지금 사귀는 남성은 웃는 얼굴이 귀여워서 참 좋은데, 이런 일이 있었다고 한다. 어느 날, 집에 돌아갔더니 불이 다 켜져 있고 낯선 여성용 코트가 소파에 놓여 있었다. '분명 내 옷은 아닌데.' 그녀는 집을 슬그머니 빠져나왔고 차로 돌아가 운전석에서 집 쪽을 주시했다. 그걸 듣고 있던 나는 '차? 도대체 어디에 살길래? 도쿄가 아닌가? 도쿄에서 젊은 사람이 차를 가지기가 쉽지 않은데. 제법 잘사는 사람인가. 아니면 내가 모르는 것일 뿐 도쿄에도 차를 가진 사람이 꽤 많은 건가.' 하는 의문이 들었다. 그런데 방을 주시할 정도의 주차장이라면 어느 정도 넓어야 할 것이다. 들어가본 적이 없어서 잘 모르지만, 고층아파트 같은 곳은 주차장이 분명 지하에 있을 테니 방을 주시하지 못한다! 감시 자체는 실패로 끝났는지, 이튿날 아침 캐물었더니 자백하더란다. 들어보니 가관이었다. "그렇지만" 하고 그녀가 말을 이었다. "사랑해서 용서해줬어요." "용서해줬다고요? 바보네요!" 그녀들은 웃었다. 다시는 이런 일이 없게 하라고 당부했다. 남자는 알겠다고 했다. 그런데 그걸로 끝이라고 생각한 게 바보였다. 바람피운 상대는 또 있었다.

눈은 계속 종이 위의 글자를 따라가고 있었지만 여전히 흥분 상태인 캐시디가 하는 말 같은 건 조금도 머리에 들어오지 않았다. "여자 코트라고! 멋지군!" 캐시디가 이렇게 말했던가? 자포자기하는 심정으로 고개를 들었다.

직원이 많았다. 모두 젊고 자신의 외모에 어느 정도 자신이 있는, 혹은 그것을 충분히 자각하고 있는 듯한, 생기 넘치는 사람들이었다. 직원들끼리 사이도 좋아서 라인 단톡방은 늘 활발하다. 퇴근 후 한잔하러 가는 건 일상다반사고, 봄에는 꽃놀이, 여름에는 해수욕과 바비큐, 가을에는 단풍 구경, 겨울에는 스노보드 등 1년 내내 이벤트가 끊이지 않는다.

자리는 대부분 다 차 있었다. 역시 인기 있는 가게는 다르군. 두 시간 제한이라는 것도 납득이 간다. 나를 들어오게 해준 것만으로도 감지덕지라는 비굴한 마음이 든다. 다들 즐거워 보인다. 여기저기에서 피어나는 담소, 담소, 담소. 그 속에서 나만 책을 펴놓고 있었다. 퍼뜩 떠오른 건 '장소와 따로 논다'라는 생각이었다. 다들 너무 장소와 따로 놀고 있었다. 쓸쓸하고 고독한 광경이었다.

"당신들 대체 여기서 뭘 하고 있는 겁니까?"

따지고 싶었다. 그런데 곧 내 처지도 다르지 않다는 생각이 들었다. 힘없이 웃을 수밖에 없었다. 시간을 확인해보니 아직 들어온 지 한 시간도 되지 않았다.

계산대에서 계산을 한 뒤 마지막 용기를 쥐어짜 "책 좀 구경해도 되나요?" 하고 물었다. 흔쾌히 승낙해주어 책장으로 향했다. 앉아 있을 때도 책을 보러 갈까 생각하긴 했지만, 책장 앞에 아무도 없어서 망설였다. 화장실에 가는 척하며 책장 앞을 지나가볼까도 생각했지만 왠지 주눅이 들어 할 수 없었다.

벽 한 면을 가득 메운 책장 바로 옆에 손님용 테이블이 있어 돌아다닐 공간이 별로 없었고 배낭을 멘 나는 슬쩍슬쩍 책등만 보고 지나갔다. 뒷자리에 앉아 있는 사람이 '이 녀석은 사람이 앉아 있는데 옆에서 뭘 하고 있는 거야' 하고 이상하게 생각하진 않을지, 무엇보다 걸리적거린다고 생각하진 않을지 불안했다. 분류도 독특하니 재미있고 흥미를 끄는 제목도 몇 개 있었지만 왠지 너무 피곤해져서 도저히 책을 살 마음은 들지 않았다. 안쪽까지 갔다가 되돌아나와, 먹고 계산도 안 하고 도망가는 걸로 오해를 사지는 않을까 하는 쓸데없는 걱정을 하며 일부러 더 당당하게 가게를 나왔다. 뭐라고 하는 사람은 아무도 없었다. 계산을 했느냐고 물어보는 사람도, 걸리적거린다고 하는 사람도.

반짝이는 밤거리가 눈앞에 있었다. 심호흡을 했다. 오가는 사람들은 즐거워 보이고, 나는 배가 고팠다. 목도 말랐다. 만두나 닭튀김이 먹고 싶었다. 맥주도 마시고 싶었다. 그 모든 게 가능한 가게를 찾으려고 고개를 숙이고 휴대폰으로 검색했다.

"신난다, 신나!"

캐시디의 신난 목소리가 머릿속에서 공허하게 울려퍼졌다. 나는 혼자 길 위에 서 있었다.

책을 읽을 수 없는 여러 가지 원인

유력한 후보였던 북카페 탐구는 이렇게 실패로 끝났지만, 실제로 '책을 읽을 수 없는' 환경을 체험해보니 거기에는 몇 가지 힌트가 있었다. 뭐든 긍정적으로 생각하고 배움과 깨달음의 계기로 삼아야 한다. 자, 대체 책을 읽을 수 없게 만든 원인은 무엇이었을까.

일단 시간제한이다. 두 시간이라는 한정된 시간은 식사와 약간의 대화가 목적이라면 충분할지 몰라도 느긋하게 책을 읽고 싶은 사람에게는 꽤 빠듯하다. 애당초 내가 원하는 만큼 머무는 건 곤란하다고 가게에서 먼저 선을 그은 셈이니 환영받는다는 기분도 느끼기 어렵다.

회전이 중요하다는 건 잘 안다. 필요한 매출을 올리지 못하면 사업을 지속할 수 없다. 하지만 만약 그 손님이 필요한 단가의 두 배만큼 먹고 마실 의향이 있었다면? 나만 해도, 앞에서 말했듯이 커피 한 잔을 시켜놓고 몇 시간씩 눌러앉아 있을 생각은 애초에 없었다. 처음부터 특별한 밤을 보낼 작정이었으니 누가 시키지 않아도 이것저것 먹고 마셨을 것이다. 커피와 디저트로 시작해, 햄버거를 시키고, 술을 마시고, 또 안주를 먹고, 흥이 올라 또 술을 시키고…… 그럴 예정인 손님도 두 시간 뒤에 가게를 나가는 게 맞을까. 또 '커피 한 잔 시켜놓고 몇 시간이고 눌러앉아 있는' 사람들을 정말 나쁘게만 볼 일일까. 그 사람들이 꼭 돈을 아끼려고 그랬다고 말할 수 있을까? 어쨌든 시간제한은 '책에 푹 빠져 읽는' 것과는 어울리지 않는다. 째각째각 울리는 시계 소리가 책에 몰입하도록 내버려두지 않는다.

또하나는 조명이다. 분위기 있는 조명은 독서하는 사람을 위한 것이 전혀 아니었다. 휘도가 낮은 건 그렇다 쳐도 더 큰 문제는 빛이 떨어지는 각도다. 책을 읽기에는 부적합했다. 어떻게 해도 그림자가 진다. 어찌어찌 좋은 자세를 찾아도, 그림자가 지지 않는 위치가 거의 없다. 페이지 위에 어른거리는 그림자는 순간순간 집중을 깨뜨린다. 한 번이라도 책을 읽는 시뮬레이션을 했더라면 이런 조명을 선택하지 않았을 것이다.

그리고 당연히 사람들의 대화 소리다. 바로 근처에서 말소리가 들려오기 전까지는 그럭저럭 순조롭게 독서를 하고 있었다. 커다란 음악 소리와 무수한 말소리가 합쳐져 백색소음을 만들어내어 오히려 편안함마저 느꼈다. 하지만 대화 내용이 귀에 들어오기 시작하면 그때부턴 틀렸다.

"어, 차가 있다고 하셨는데 어디 사세요?

"결국 재결합하셨어요?"

"그래서 지금 행복하신가요?"

"행복이란 게 대체 뭘까요?"

이렇게 되면 이제 끝이다.

사실은 중간에 또 한 무리가 와서 옆자리에 앉았다. 내 자리와 여성 두 명이 앉은 자리 사이에 과묵해 보이는 두 사람이 앉기에 혹시 좋은 완충재가 되어주지 않을까 하고 순간 기대했다. 하지만 주문할 때 한 남성이 "이 중에서 제일 양이 많은 메뉴가 뭔가요?"라고 질문한 순간 너무 재미있어서, 말수는 그리 많지 않았지만 그 뒤로 그들이 하는 말 한마디 한마디에 귀를 기울이게 됐다. 상사와 부하인 듯했다. "세부섬을 정말 좋아하는구나?" "네, 엄청 좋아해요."

"말소리가 거슬려서 책을 못 읽겠다"는 불만에 대한 조언으로 가장 쉽고 효과적인 것이 "이어폰을 끼라"는 것일 테다. 맞는 말이다. 마음에 드는 음악으로 귀를 막고 목소리를 차단하는 건 효과적인 방법이다. 하지만 효과적이라고 해서 꼭 좋은 방법은 아니다. 나는 가끔 이어폰을 끼기 싫을 때가 있다. 가까운 곳에서 들리는 소리 말고 공간의 전체적인 소리를 듣고 싶을 때가 있는데, 해가 갈수록 그런 생각이 강해졌다. 특정한 음악을 듣고 싶다기보다는 막연하게 어떤 소리를 듣고 싶은 느낌 말이다. 지극히 개인적인 취향이라는 건 잘 알고 있고, 진작 이어폰을 낄 걸 그랬나 싶기는 하다. 하지만 두 사람의 수다가 시작되기 전에는 이어폰을 낄 필요가 없었다는 것도 분명한 사실이다.

쓸데없는 소리를 늘어놓았는데, 나는 단지 북카페에서 기분 좋게 책을 읽고 싶었을 뿐이다.

하지만 지금까지 말한 장시간 이용 금지, 책 읽기 불편한 조명, 사람들의 말소리 같은 것들은 전부 부차적인 문제일지도 모른다. 하나하나 보면 전부 독서를 방해하는 요소가 맞지만, 본질적인 문제는 아닐지도 모른다. 그렇다면 '책을 읽을 수 없는' 본질적인 원인은 대체 무엇일까?

사무치는 외로움. 그곳에서 내가 느낀 사무치는 외로움이야말로 책을 읽을 수 없었던 가장 큰 이유일지도 모른다.

사무치는 외로움

혼자 있을 때보다 다른 사람과 함께 있을 때 더 외로울 때가 있다. 자신의 존재 가치에 대해 확신이 없을 때 그런 생각이 드는지도 모른다. 여럿이 모인 떠들썩한 술자리에서 특히 그렇게 느낄 때가 많다. 자의식 과잉이겠지만, 다른 사람과 있으면 자신의 존재를 더 의식하게 된다. 능숙하게 행동하지 못하는 자신의 취약함이 두드러지고, 비참한 외로움이 몰려든다. 아무도 자신의 존재를 인정하지 않는다고 느낄 때, 아무도 자신의 존재를 응원하지 않는다고 느낄 때, 아무도 자신의 존재를 긍정하지 않는다고 느낄 때 괴롭다.

혼자인 건 대수가 아니지만 '외톨이'라는 느낌은 힘들다. 내가 북카페에서 받은 느낌은 '외톨이'에 가까웠다. 수많은 테이블 중에서 나처럼 혼자 책을 읽는 사람을 발견했을 때는 소름이 끼쳤다. 혼자 있는 사람은 나와 그 사람뿐이었다. 보니까 다들 흥겹게 이야기꽃을 피우며 신나게 먹고 마시고 있었다. 데이트를 하거나, 여성들끼리 모임을 갖고 있었다. 그 떠들썩한 공간에서 혼자 책을 읽고 있는 나와 그 손님은 뭐랄까 희귀한 존재였다.

또 가게라는 공간에서 손님이 외로움을 느끼거나 반대로 용기를 얻는 건, 그곳에 있는 다른 손님들 때문만이 아니다. 그곳에서 일하는 사람들의 행동이나 모습도 작지 않은 영향을 준다. 그 가게의 직원들은 다들 기가 셀 것 같다는 인상이었다. 무엇으로 싸워도 내가 질 것 같았다. 그래도 내가 이길 것 같은 판, 예를 들어 '라틴아메리카 소설 제목 대기 게임'을 하자고 해도 그런 제안을 한 시점에 비웃음만 당하고 끝날 게 틀림없었다. 혹시 승낙해서 게임을 한다 해도 긴장으로 머리가 새하얘진 내가 게임에 질 가능성도 있었다. 편견이지만 '이 사람들은 자신들이 일하는 공간에 책이 많다는 사실에 아무런 흥미도 없는 게 아닐까' 하는 생각도 들었다. 억측은 꼬리에 꼬리를 물고 급기야 이런 생각까지 한다. '책 읽는 손님을 비웃지는 않을까'.

예를 들면 직원 휴게실에서 이런 대화를 나눌지도 모른다.

"A5 테이블? 뭐 읽고 있는 그 사람?"

"고상한 독서가 양반?"

"하하, 양반이라니. 그런 말 실제로 쓰는 사람 처음 봤어, 하하하."

코웃음 치는 소리가 들려오는 듯하다. 너무 자학적인 상상인지도 모른다. 이런 경우도 있을 수 있다.

"그 책 읽는 손님 말야, 커다란 하드커버 책이길래 뭘 읽나 하고 슬쩍 봤더니 케루악의 『길 위에서』인데 표지가 처음 보는 거였어."

"가와데쇼보신샤 출판사 전집 개역판 아냐? 분홍색이었나."

"그럼 바로 알아봤겠지. 그게 아니고 스크롤판*이라는 건데, 알아보니까 나온 시기가 전집과 비슷하더라고. 역자도 같은 미나미 쌤이야."

"미나미 쌤?"

• 두루마리 종이(scroll)에 타자기로 쓰던 집필 당시의 초고판. 간행판에 수록되지 않은 내용까지 실린다.

"아오야마 미나미."

"그렇게 부르는 사람 처음 봐. 미나미 쌤? 하하하."

"그래? 케루악이 타자기로 종이 한 장에 쉬지도 않고 써내려갔다는 등장인물 전원 실명 버전이 있나 봐. 대박이지?"

"대박이다."

"표지도 멋지다 싶었는데 북디자이너가 오가타 슈이치더라. 역시는 역시야."

"궁금하네."

"응, 내일 준쿠도 가서 찾아보려고."

이럴 가능성도 있다. 하지만 이 공간을 구성하는 사람들은 손님이고 직원이고 할 것 없이 '책을 읽는다'라는 행위에 어떠한 관심도 호의도 갖고 있지 않은 듯 보였다. 그리고 아까도 말했지만, 시간제한과 책 읽기 불편한 조명, 사람들의 말소리 같은 요소들이 전부 뒤엉켜 책을 읽는 사람에게 "당신 여기서 대체 뭐 하고 있어?"라고 말하는 듯했다.

설마하니 책 읽기 가장 좋은 곳일 거라 기대했던 북카페에서 독서가 이렇게 이질적이고, 뜬금없고, 눈치 없는 행동으로 느껴질 줄은 몰랐다. 기대가 크면 실망도 크다고, 모든 요소가 "당신이 있을 곳이 아니다"라고 몰아붙이는 통에 사무치게 외로워졌다고 하면 너무 과장일까. 그래, 과장일지도 모른다. 뭐가 그렇게 불만이 많으냐고 생각할지도 모른다. 책을 실컷 읽고 싶다는 당신의 개인적인 욕구를 왜 만족시켜줘야 하느냐고 생각할지도 모른다. 하지만 애초에 여긴 북카페잖아? 그럼 북카페가 대체 뭔데?

애초에 '북카페'란 뭘까

마침 눈앞에 있는 잡지에 북카페 특집이 실려 있어 읽어보았다. 도입문에는 '책을 꼭 붙들고…… 시간 가는 줄 모르고…… 의자 깊숙이 몸을 파묻고…… 한 손에는 커피, 한 손에는 책을 들고……'라는 문구들이 있다. 줄곧 북카페 조사를 하고 있는 사람에게는 낯익고 상투적인 말들이다. 이런 글들이 그리는 건 곁에 커피를 두고 느긋하게 독서에 몰두하는 광경이다. 책 읽기 좋은 곳이라는 뜻이다.

공식적인 견해는 어떨까. '일본북카페협회'라는 조직의 정의에 의하면 '카페와 책방이 합쳐진 형태로' '책장에 꽂힌 책을 자유롭게 꺼내 읽을 수 있으며' '책을 구입할 수 있는(열람만 가능한 곳도 있음)' 곳이라고 한다. 다음으로 '북카페는 왜 생겼는가?'라는 항목이다.

현재 일본에서는 연간 7~8만 권의 책이 출판되고 있습니다.

동시에 인터넷의 발달로 누구나 쉽게 방대한 정보를 얻을 수 있는 시대가 되었습니다. 출판물과 정보가 넘쳐나지만, 정작 서점은 서가 구성이 비슷비슷한 경우가 많아 아쉬움이 있었습니다. 관심 있는 테마나 취향, 기호에 맞는 서점에 가고 싶다는 요구에서 북카페가 탄생했습니다.

일본북카페협회 홈페이지 '북카페란'

"서점은 거기서 거기인 지루한 곳이지만, 북카페는 자신의 기호에 맞는 책을 찾을 수 있는 곳이다"라는 뜻일까. 의도를 모르겠다. 서점이 들으면 기분 나빠지지 않을까. 어쨌든 북카페의 주된 기능 중 하나는 '새로운 책을 발견하는' 것인 듯하다.

그다음은 '북카페가 왜 늘어나고 있나'라는 부분이다. 전국적인 서점 수 감소에 관한 이야기가 나오고, 그 뒤에 뜻밖에도 "또하나는 희박해지는 인간관계와 외로움 때문입니다"라는 내용이 이어진다.

(……) 현대는 '개인'을 중시하는 시대입니다. 가정과 학교, 회사조직에서도 '개성'을 발휘하라고 강조합니다. 그 자체는 좋지만, 한편으로는 인간관계가 표면적이고 희박해지고 있습니다. 인터넷 사회가 되면서 '교류하는' 시대가 되었다고들 하는데 정말로 '교류하고' 있는 걸까요? 사람은 혼자서는 살아갈 수 없습니다.

제1의 장소인 '가정', 제2의 장소인 '직장'에 이어 제3의 장소로서의 '북카페'에 대한 요구가 많아지고 있습니다. 이러한 시대 변화가 '북카페'의 증가로 이어졌습니다. 책과 카페가 서로 잘 어울리는 데다, 소자본으로 창업할 수 있다는 점도 북카페가 늘어나고 있는 큰 요인 중 하나입니다.

출처 앞과 동일

사람과 사람의 교류를 되살릴 필요가 있다는 건 알겠다. 하지만 그렇다고 해서 그 '제3의 장소'가 '북카페'여야 할 필연성이 있는지 모르겠다. 억지스럽고 비약적인 설명이라고 생각하지만, 책을 좋아하는 사람들끼리 교류하고 싶어하는 욕망은 이해가 된다.

정리하면 북카페란 '책이 있는 카페'이고, 주된 기능은 '새로운 책을 발견하고' '사람과 교류하는' 것이다. 여기에 '책을 읽다'라는 말은 없다. 북카페에는 '책을 읽는' 기능이 없는 걸까. 아니면 말하지 않아도 당연히 내포되어 있는 걸까.

'새로운 책을 발견하다'의 숨은 뜻

새로운 책을 발견하는 방법에는 여러 가지가 있다. 읽고 있

는 책 속에 언급된 책, 좋아하는 작가가 영향을 받은 작품이라고 소개한 책, 트위터에서 보거나, 혹은 지인이나 친구가 알려준 책 등 나는 주로 이런 방식으로 새로운 책을 만난다. 그 밖에 인터넷 서평 기사나 신문 서평란에서 보고 알게 되는 사람도 많을 테고, 잡지의 문화면에서 정보를 얻는 사람도 있을 것이다. 아니면 '독서미터読書メーター'처럼 책에 특화된 웹서비스에서 취향이 맞는 사용자를 폴로하고 그 사람이 소개하는 책 중에서 고르거나, 아마존에서 제공하는 '이 상품을 구입한 사람은 이런 상품도 구입했습니다'를 이용해 다음에 읽을 책을 정하는 사람도 있을 것이다. 책을 발견하는 방법은 얼마든지 있다.

물론 서점에서 발견하는 기쁨은 어디에도 비할 수 없다. 사려고 마음먹었던 책과는 별개로, 전혀 생각지도 못한 책을 발견하고 '이끌리듯' 그 책을 집어 드는 경험은 오프라인 서점이 아니면 불가능하다. 게다가 온라인에는 오프라인 서점의 책장처럼 한눈에 쏙 들어오는 인터페이스가 없고, 지금의 기술로는 웹에서 그만한 정보량을 한 번에 제공하기 어려울 것이다. 이런 점에서는 서점이 압도적이다.

그러나 단순히 새로운 책을 발견하고 미지의 책을 접하는 경험을 제공하는 것만 놓고 보면 반드시 실제 점포가 있어야 할 필연성은 어디에도 없거니와 그것이 꼭 북카페여야 할 필요는 더더욱 없다.

북카페가 나쁘다는 게 아니다. 다만 협회의 공식 견해에 대한 위화감을 떨칠 수 없다. '새로운 책을 발견할 수 있고' '줄어드는 서점을 보완하는 역할을 담당하고' '획일화되지 않은 개성적인 상품 구성의 요구를 충족시키는'…… 출판 불황에 맞서는 대항마라거나 지역사회에 공헌한다는 그럴싸한 대의명분을 내세우고 있는데 정말로 그럴까. 번지르르한 말로 포장하고 있는 건 아닐까. 물론 그런 사명감을 갖고 북카페를 여는 사람도 있겠지만, '새로운 책의 발견'이라는 역할을 진지하게 생각했다면 서점을 열지 않았을까. 카페를 병행한다 하더라도 서점으로서의 기능에 더욱 무게를 두는 형태로 가지 않았을까. 왜 북카페일까.

나답게 일하고 싶다→가게를 해볼까→카페를 해볼까→이왕이면 좋아하는 걸 취급하자→책을 좋아한다→그럼 책을 취급하는 게 좋겠네→북카페다!

의외로 이런 식이지 않을까. 설령 그렇다 해도 비난할 생각은 없다. 나 역시 그런 마음을 갖고 있기도 하고, 어쨌거나 책이 꽂혀 있는 풍경은 언제 봐도 근사하기 때문이다.

책이 있는 풍경

책이 있는 풍경만큼 멋진 게 없다. 책이 쭉 꽂혀 있는 풍경을 보면 안심이 된다. 마음이 흐뭇해진다. 동시에 가슴이 뛴다. '책이 있는 풍경은 뭔가 멋지다'라는 인식은 책을 읽든 안 읽든 꽤 널리 퍼져 있는 것 같다. 앞서 말한 북카페에서도 책은 아주 효과적인 인테리어 소품으로서 빛을 발하고 있었고, 뭐니뭐니해도 여성들끼리의 모임이나 데이트 장소로 찾는 세련되고 멋진 가게의 벽 한 면을 책에 할애한다는 건 그만큼 보기 좋다는 뜻일 것이다.

다이칸야마에 있는 '쓰타야 서점'에 가보면 우아해 보이는 사람들이 개와 산책하는 도중에 휴식을 취하기도 하고, 여유로워 보이는 사람들이 노트북을 펼쳐놓고 있다. 그들은 진열된 책을 보거나 사는 게 목적이 아니라 그 공간에서 기분 좋은 시간을 보내는 게 목적인 듯 보인다. 실제로 건물 안이나 밖이나 어디에서든 책장이 보여서 과장을 조금 보태면 야외에서 책에 둘러싸여 있는 듯한 느낌도 든다. 마치 '책이 있는 정원'에 와 있는 듯 기분이 좋다.

이 '책이 있는 풍경은 뭔가 멋지다'라는 것에서 조금 더 나아가면 '꼭 책이 아니어도 된다'가 되어버리는 걸 보여주는 사례도 있다. 다시 쓰타야 이야기인데, 2017년에 쓰타야를 운영하는 '컬처컨비니언스클럽(CCC)'이 공간 프로듀스와 운영을 담당하는 공립도서관이 모형 책 수만 권과 대출이나 열람이 불가능한 해외서적을 대량으로 구입했다는 뉴스가 나왔다. 누리꾼들은 기가 막힌 일이라며 비난했다. 그때 지자체의 담당 부서에서 둘러댄 설명이 "책에 둘러싸인 압도적인 공간을 연출하기 위한 것"이라는데, "책처럼 보이기만 해도 멋있으니까 꼭 책이 아니어도 될 거야! 그러니 이번엔 모형 책으로 가자! 모형 책이 잔뜩 꽂혀 있으면 멋있을 거야!"라는 의사결정 장면을 실제로 봤으면 얼마나 좋았을까 생각했던 재미있는 사건이었다.

하여간 책을 읽든 읽지 않든 책이 있는 풍경은 많은 사람에게 기분 좋은 것으로 여겨지고 있다고 해도 과언은 아닌 듯하다. 기분이 좋은 이유 중 하나는 당연히 '왠지 지적인 분위기가 난다'라는 점일 텐데 이유는 더 설명하지 않아도 될 것이다. 굳이 말하면 '서가'라는 말을 소리 내어 말할 때 스스로가 지적인 존재가 된 것 같은 그 느낌이다.

또하나는 하나의 면, 하나의 덩어리를 이루는 책이 어쩌면 바다의 파도나 초목, 꽃처럼 자연이 보여주는 풍경과 비슷한 존재여서가 아닐까 하는 것이다. 공통적으로 '무한한 패턴'을 가지고 있다.

실제로 책등은 아주 다채롭다. 당연히 인쇄된 글자도 책마다 전부 다르고, 사용된 서체나 글자의 크기, 종이의 종류, 색깔도 죄다 다르다. 시간이 지나면서 조금씩 변하기도 한다. 게다가 두께와 높이도 제각각이다(CD나 레코드와 다른 점이 이 부분이다. CD는 너무 낮고, 레코드는 너무 얇다). 이처럼 서로 다른 책들이 일정 이상 모이면 완전히 유일무이한 풍경이 나타나고, 그 풍경을 다른 장소에서 똑같이 만들어내기란 불가능하다. 완벽히 똑같이 재현할 수 없다는 점에서 자연물과 비슷하다.

대체로 많은 사람이 자연을 좋아한다. 공간을 꾸미는 아이템 중에 이렇게 쉽게 자연이 가진 무한성에 근접하는 인공물은 없을 것이다. 아주 손쉽게, 완전히 다른 근사한 풍경을 만들 수 있다. 최근 북카페가 늘고 있는 데는 이런 이유도 꽤 크게 작용하지 않았을까.

물론 전하고 싶은 가치관이나 세계관이 있을 때, 적절한 책을 선정하고 배치한다면 책장은 그 메시지를 전하고 보강하는 수단이 될 수 있다. 책이란 정말 대단하다.

책을 소품 취급하다니

이런 말을 하면 얼굴을 찌푸리거나, 의아하다는 눈빛으로 바라보거나, 걱정스러운 표정을 짓는 사람이 꼭 있다. 책은 읽는 것이지 결코 장식품이 아니라는 것이다. 책에게도, 작가에게도, 독자에게도 실례가 아니냐고 묻는다.

물론 한 사람 한 사람의 책에 대한 절실함이나 진지함을 가벼이 여길 생각은 조금도 없고, 나에게도 책이라 하면 일단 읽는 것이다. 하지만 일부 사람들이 '멋진 풍경으로만 바라보는' 게 진지하게 읽는 사람들의 절실한 독서를 방해하지 않는 한, 바꾸어 말하면 책과의 가벼운 관계가 책과의 진지한 관계를 침해하지 않는 한, 나는 책의 이미지가 더 가벼워져도 좋다고 생각한다. 더욱 세련되고 편리하고 다가가기 쉬운 것이기를 바란다. 그러니 '북카페'든 뭐든 책이 꽂힌 공간이 늘어나는 건(책을 책으로 존중하면서 다룬다는 것을 전제로) 언제나 대찬성이다. 책이 더욱 다양한 곳에 놓이고, 의도했건 의도하지 않았건 사람들이 책과 우연히 만날 기회가 많아진다면 세상은 분명 조금 더 풍요로워질 것이다. 책이 지금보다 더 폼나고 팝하고 쿨한 것이 되어 책을 든 사람이 지금보다 더 멋진 존재로 여겨지는 그런 아이템이 되어도 나쁠 건 없다고 생각한다.

예를 들어 나에게는 '스케이트보드'라고 하면 왠지 '멋지다'는 이미지가 있고, '암벽 등반'이라고 하면 왠지 '대단하다'는 이미지가 있는데, 책도 그렇게 되었으면 좋겠다. 그래서 지금보다 많은 사람이 책을 친근한 존재로 여기고 지금보다 많은 사람이 책을 읽게 되었으면 좋겠다. 진입 장벽은 낮으면 낮을수록 좋다.

나오는 거리가 먼 세련된 느낌의 잡지에 독서나 책방 특집이 실린 걸 보면 기분이 좋다. 누구인지가 중요한 건 아니지만, 호시노 겐*이나 아오이 유** 같은 유명인이나, 독서 예능 프로그램에서 큰 영향력을 가진 사람들이 자신이 좋아하는 책을 언급하거나 어떤 책의 영향을 받았다고 소개하는 것은 책을 둘러싼 세계에서 무조건 긍정적이고 좋은 일이라고 생각한다. 내가 넘버걸***에 열광해 가사나 타이틀에서 알게 된 사카구치 안고나 하기와라 사쿠타로의 소설을 읽고 하야시 세이이치의 만화를 봤듯, 그런 일이 많은 곳에서 많은 사람에게 일어났으면 좋겠다. 그런 것들이 쌓이고 각인되어 책과 독서에 대한 이미지가 지금보다 더 밝아져서 쉽게 사람들의 흥미를 끌면 좋겠다. 그렇다고 해서 피해 보는 사람은 아무도 없지 않나.

절대로 "독서는 훌륭한 것이다. 그러니 더 많은 사람이 해야 한다!"라고 말하려는 게 아니다. 지극히 이기적인 이유일 뿐이다. 책을 읽고 책의 도움을 받아 살아온 사람으로서 앞으로도 많은 책을 읽고 많은 도움을 받아 인생을 지탱하고 싶기 때문이

● 일본의 가수 겸 배우, 작가
●● 책을 좋아한다고 알려진 일본의 배우
●●● 일본의 록밴드

다. 그러기 위해서라도 계속해서 다양한 책이 출판되기를 바라기 때문이다. 책을 파는 장소가 오래도록 남기를 바라기 때문이다. 그뿐이다. 좋아하는 책을 만드는 출판사가 사라지면 슬프고, 좋아하는 작가가 충분한 수입을 얻지 못하면 분하다. 자주 가는 서점이 없어진다는 소식은 듣고 싶지 않다. 그건 나에게 너무 큰 손실이다. 그런 손해를 입고 상실을 맛보지 않기 위해서라도, 지금보다 더 많은 사람이 책을 읽어 책이라는 장르 전체에 흘러드는 돈의 액수가 커지는 게 우리 같은 독서 팬에게도 여러모로 좋을 거라고(나쁘지는 않을 거라고) 소박하게 생각한다. 너무 소박한가. 하지만 적어도 책을 뭔가 고상하고 특별한 사람만 향유하는 것으로 여기는 배타적이고 선민적이고 폐쇄적인 태도보다는 훨씬 건강하다고 믿는다.

그나저나 책과 관련된 말 중에 '밝고 흥미롭고 폼나고 유쾌한 독서'의 대극 관계에 있는, 내가 아주 혐오하는 말이 있는데, 그것은 '독서에 대한 무관심이 우려된다' 같은 종류의 이야기다. 울화통이 터진다(북카페 이야기에서 상당히 멀어졌다!).

독서에 대한 무관심을 걱정하지 마라

"젊은 세대의 독서에 대한 무관심이 심각합니다."

흔히 듣는 이야기다. 들을 때마다 신물이 나고 화가 치민다. "책을 한 달에 한 권도 읽지 않는 대학생이 이렇게나 많습니다…… 이는 10년 전 조사와 비교해 10퍼센트 높아진 수치입니다……" "원인은 스마트폰 등의 정보기기 보급으로……" "참으로 안타까운 일입니다……".

이런 말이 성립하는 이유는 독서가 '유익하고, 바람직하고, 꼭 해야 하는 일'이라는 인식이 널리 퍼져 있기 때문이다. 물론 책이라는 게 필요한 지식을 얻기 위해 읽는 경우도 있지만, 책 읽기를 좋아하고 독서가 취미인 사람에게는 그냥 취미일 뿐이다. 오락이자 즐거움이다. 독서가 취미인 사람에게 독서는 어디까지나 취미이고, 많은 선택지 중에서 고른 하나의 놀이일 뿐이다. 애니메이션이나 영화 감상, 뜨개질이나 아웃도어 활동을 취미로 가진 당사자의 인생에서 그것이 중요한 딱 그만큼 중요할 뿐이고, 어떤 취미를 가진 당사자가 그 취미를 가지지 않은 사람에게 "애니메이션을 보지(영화를 보지/뜨개질을 하지/캠핑을 가서 겨울 하늘 아래에서 동료들과 느긋하게 차이 티를 마시며 시간을 보내지) 않다니 말도 안 돼"라고 한탄하는 게 우스운 것과 마찬가지로 "독서를 하지 않다니 말도 안 돼"라고 한탄하는 건 우습다.

그런데 독서는 어째서인지 이런 취급을 받기 쉽다. 마치 대단히 중요한 일인 것처럼, 누구나 꼭 해야 하는 일인 것처럼, 그런 전제를 깔고 문제를 제기한다. 예를 들어 일본문화청이 실시한

'국어에 관한 여론조사'(2018년도)를 보면, "독서의 장점이 무엇이라고 생각하나?"라는 질문에 가장 많은 사람이 선택한 답변이 "새로운 지식과 정보를 얻을 수 있다"였다. 질문하는 쪽이나 답변하는 쪽이나 '독서는 누구나 꼭 해야 하는 중요한 일'이라는 고정관념에 사로잡힌 듯 보인다. 미디어에서는 독서 인구가 감소하고 있다는 사실을 언급하며 '새로운 지식과 정보를 얻을 수 있는' 중요한 독서를 사람들이 멀리하는 건 심각한 문제라며 떠들어댄다. 우습기 짝이 없다. 다른 취미에 대해서도 같은 소리를 해보라지.

"애니메이션 감상의 장점은?"

"뜨개질 인구가 감소하고 있는데⋯⋯."

다시 말하지만 독서를 통해 지식과 정보, 나아가 새로운 배움이나 깨달음, 그리고 교훈을 얻을 수는 있다. 하지만 그건 다른 취미를 통해 새로운 배움이나 깨달음, 교훈을 얻을 수 있는 것처럼, 그럴 수 있다는 것에 지나지 않는다. 그 이상도 이하도 아니다.

독서를 특권화해서는 안 된다. 그것은 우리가 실제로 느끼는 것—독서를 취미로 가진 모든 사람을 내 멋대로 '우리'라는 말로 묶어버렸지만—과는 많이 다르다. 재미있기 때문에 독서를 한다. 설레기 때문에 독서를 한다. 독서의 '장점'이 뭐건 간에,

그냥 좋아하기 때문에 하는 것이다. 살아가는 데에 꼭 필요하기 때문에 하는 것이다. 무엇과도 바꿀 수 없는 소중한 취미인 것이다.

책, 그리고 독서라는 행위에 대해 사랑도 존중도 없는 사람만이 할 수 있는 질문, 한탄. 그런 건 엿이나 먹어라. 아니면 개나 줘라(아니다, 그럼 개한테 미안하니 안 되겠고). 게다가 (어디까지나 이기적인 이유에서) 책이 좀더 세련되고 멋진 것이 되었으면 좋겠다고 생각하는 사람으로서 이런 논조는 책과 독서의 이미지 향상에 도움이 되기는커녕 아주 유해할 뿐이다.

독서는 '좋은 것'이다…… 새로운 지식과 정보를 얻기 위한 것이다…… 하지만 독서를 하는 젊은이들이 줄고 있어 큰일이다…… 그런데 그렇게 걱정하는 연장자들의 독서 인구도 줄고 있다…… "해라, 해라" 하는 사람들이 하지 않는데, 그 말을 듣고 독서의 매력에 빠질 사람이 누가 있으랴. 매력에 빠지는 건 설레거나 욕망을 느낄 때 가능한 일이다. 공허한 탄식은 원래 있는 매력조차 깎아 먹는다. 정말 민폐다.

웃는 얼굴을 보여줘야 한다. 걱정하고 한탄하기 전에 즐거운 모습을 보여줘야 한다. 즐겁게 책을 읽는 모습을 보여줘야 한다. 한탄을 하더라도 최소한 제대로 독서를 하면서 해야 한다. 그러지 않을 거라면 부탁이니까 그 잘난 입들 좀 다물어주었으면 좋겠다. 심각하고 뻔뻔한 얼굴로 걱정하는 그 위선적인 얼굴들을 볼 때마다 난 좀 지나치다 싶을 정도로 화가 치민다.

대화가 없는 곳에 생명은 없다(제3의 장소는 지옥)

자, 본론으로 돌아가서(잠깐 샛길로 빠져 책 이야기에 열을 올렸다) 북카페란 무엇일까.

북카페의 두번째 기능인 '사람과의 교류', 즉 제3의 장소로서의 북카페는 생각할 여지도 없다. 그런 곳이 책을 읽는 데 중점을 둘 리 없기 때문이다. 다들 아무렇지 않게 제3의 장소, 제3의 장소라고 말하는데, 그건 사실 지옥에 가깝다는 점만 지적하고 이 이야기는 마무리하려 한다.

요즘 일본에서 '제3의 장소'라고 하면 집이나 직장이 아닌 '마음 놓고 자기 자신에게 집중할 수 있는 곳'이라는 이미지가 강한 듯한데, 사회학자 레이 올든버그Ray Oldenburg가 주창한 건 전혀 그런 아늑한 장소가 아니다. 휘핑크림을 잔뜩 올린 코코아를 양손에 쥐고 후후 불어 마시는 그런 장소가 아니다. 그가 말하는 건 이렇다. "대화가 없는 곳에 생명은 없다" "비아냥, 우스움, 결말이 나지 않는 언쟁, 농담, 조롱" "제3의 장소 안에서 탄생하는 유머와 웃음" "힘내, 즐기려고 여기 왔잖아. 우린 하나야!"

벌써 지친다. 힘없이 웃을 뿐이다. 맥이 빠진다.

내가 올든버그의 저서에서 본 바로는, 제3의 장소란 술 한잔하며 책을 읽으려고 신나게 가게 문을 열고 들어가자마자 아는 얼굴이 있어 악수를 하거나 어깨에 손을 두르며, 혹은 포옹을 하며 한쪽이 "와썹, 맨?" 하고 물으면 다른 쪽이 적당히 대답을 하고, 커다란 맥주잔을 들고 카운터석에 선 남성 둘이서 뒤쪽에서 당구를 치고 있는 여성을 쳐다보며 "저 엉덩이는 언제 봐도 끝내준다니까" 하며 입맛을 다시고, 홀린 듯이 당구대 쪽으로 가 그 고저스한 여성을 흘깃거리며 당구 큐대를 집적거리는데, 웬일로 연신 눈이 마주친다. 심지어 이쪽을 향해 웃기까지 한다. '뭐야, 이거 어쩌면 오늘 기회가 오는 건가?' 생각하지만, 일이 그리 쉽게 풀릴 리 없고, 갑자기 웬 미식축구부의 윌리인가 하는 녀석이 위풍당당하게 들어와 제니퍼의 허리를 감싸고 열렬한 키스를 나눈 뒤에 함께 나가버린다. 기대는 허무하게 무너지고 과장되게 어깨를 으쓱한 뒤 맥주를 한 잔 더 마시고 이제 슬슬 돌아갈까 하는 참에 마침 제니퍼가 혼자 돌아온다. 핫팬츠와 탱크톱 차림의 온몸에 가벼운 상처를 입은 채 울부짖으며 "밖에…… 밖에……"라고 말한다. "윌리가…… 윌리가…… 그놈들이……"라고 딜딜 떨며 말한다. 아무래도 무슨 일이 난 것 같다.

그때, 와장창 유리창 깨지는 소리. 가게 안에 울려퍼지는 비명. 설마 저건…… 그래, 바로 이런 곳이다.

독서는 대체 언제 할 수 있나요!

'책이 있는 것'과 '책을 읽을 수 있는 것'은 전혀 다른 이야기

이제 고찰은 충분히 깊어진 것 같다. '북카페'는 책을 읽기 적합한 장소인가 아닌가. 결론은 이렇게 말할 수밖에 없다.

"북카페에서는 다른 곳에서 책을 읽지 못하는 이유와 똑같은 이유로 책을 읽지 못한다." 혹은 "북카페에서는 다른 곳에서 책을 읽을 수 있는 이유와 똑같은 이유로 책을 읽을 수 있다."

명쾌한 결론을 내보려 했지만, 오히려 모호해진 것 같기도 하다. 그러니까 '북카페'가 의미하는 건 단지 '책이 있는 카페'이고, 거기에 '읽는' 행위에 대한 태도는 포함되어 있지 않다는 것이다. '북'은 '리딩'과 전혀 상관이 없다. '북카페'라는 이름은 편안한 독서시간을 보장하거나 그것을 목표로 하는 장소를 가리키지 않는다.

그러니 '북카페' 중에는 책을 읽을 수 있는 가게도 있고, 읽을 수 있을 때가 있고 읽을 수 없을 때가 있는 가게도 있고, 애초에 책을 읽는 데 협조할 마음이 전혀 없는 가게도 있다.

즉, '책이 있는 장소'와 '책을 읽을 수 있는 장소'는 전혀 다른 곳이다. 그런데도 왠지 '북카페'라고 하면 '오, 북카페? 다음에 책 읽으러 가볼까'라고 생각하게 된다. 그리고 대부분의 경우에는 '아, 잘못 왔다' 하고 씁쓸한 마음으로 가게를 나온다.

이런 기대와 현실 사이의 괴리는 대체 왜 생기는 걸까. 읽는 행위에 중점을 두지 않는 '북카페'는 우리를 갖고 노는 나쁜 존재일까. 그렇지는 않을 것이다. 애초에 뭔가 오해가 있는 게 아닐까. 그런 생각을 하며 이번 장을 끝내려 한다.

'북카페'에 얽힌 두 가지 오해

쾌적한 환경에서 독서를 즐길 수 있으리라고 굳게 믿고 '북카페'에 간 사람이라면 책 읽는 사람에 대한 배려를 전혀 찾아볼 수 없는 환경을 마주하고 화가 날지도 모른다. 북카페라고 했으면 책을 읽을 수 있게 해줘야 할 거 아냐, 책에 대한 애정이란 게 있긴 할까, 분명 독서를 안 하는 사람일 거야 등등. 그러나 유감스럽게도 이건 부당한 불평이다. 책을 읽고 싶은 사람과 '북카페' 사이에는 안타까운 어긋남, 안타까운 오해가 두 가지 있다.

우선 방금 말한 것처럼 '북카페'는 원래 '읽는' 행위와 아무런 관계가 없다는 점이다. '북카페 특집'이 실린 잡지에 있던 가게 홈페이지에 가봐도 "쾌적하게 책을 읽을 수 있는 환경을 제공합니다"라고 소개하고 있지 않다. 내가 사무치는 외로움을 겪은 가게의 소개 문구는 "식사와 음료, 라이브 무대를 즐기며 새로운 술과 책, 음악을 접할 수 있는 레스토랑입니다"였다. 독서에 대한 언급은 아무 데도 없다. "마음껏 독서를 즐길 수 있다"고 홍보하면서 그런 환경을 갖추지 않은 게 아니라, 애초에 어떤 가게도 그런 걸 표방하지 않는다. 그러니 거짓말한 건 아니다.

그리고 또하나는 사실 대부분의 가게가 '북카페'라는 이름조차 쓰지 않는다는 것이다. 조금 전 특집에서도 가게 이름에 '북카페'가 붙은 곳은 한 곳밖에 없었다. 대부분은 그냥 심플하게 '카페'였다. 그러니까 독서를 좋아하는 사람들이 "쾌적하게 책을 읽을 수 있을 것 같으니 그 북카페에 가보자"라고 했을 때, 가게 입장에서는 "우리 가게는 쾌적한 독서시간을 보장하는 곳이 아닌데요" "가게 이름에 북카페란 말도 없어요"라고 생각한다는 것이다. 문장 자체가 거의 잘못된 셈이다.

그럴 생각조차 없는데 마음대로 그렇게 믿어버리는 곳, 그런 이름을 쓰지도 않는데 마음대로 그렇게 부르는 곳, 그것이 바로 북카페다. 그러니 가게를 향해 불평을 하는 건 이치에 맞지 않는다. 불평을 해도 미디어를 향해 해야 한다. 그들은 '그곳에 책이 있다'는 이유만으로 멋대로 '북카페'라고 싸잡아 부르는 것으로도 모자라, '독서를 즐길 수 있는 가게'라고 내세운 사람이 아무도 없는데 '북카페'에 가면 양질의 독서시간을 즐길 수 있다는 이미지를 멋대로 유포한다.

조잡한 프레임 씌우기, 허접한 이미지 유포, 엉터리 언론플레이를 보면, 언뜻 이것으로 누구 하나 행복해지지 않을 것 같지만, 그렇지는 않다. 이런 정보로 이익을 얻는 층이 있는데 그건 '카페를 좋아하는' 사람들이다. 그들은 딱히 책 읽을 환경이 아니라도 상관이 없다. '독서하기 좋아 보이는' 분위기를 맛볼 수 있으면 된다. 인스타그램에 업로드할 때 쓸 문구와 스토리만 제공받으면 된다. 그리고 "북카페에 다녀왔어요. 느긋하게 책 읽기 좋더라고요!"라고 말할 수 있으면 된다. 그런 글을 끄적거리며 함께 간 친구와 "분위기 끝내준다~"라고 말할 수 있으면 정말로 그걸로 충분하다.

카페를 좋아하는 사람들에게 소개하는 '카페의 한 콘셉트'로서의 '북카페'. '거기 가면 편안하게 책을 읽을 수 있겠구나, 내가 가면 딱 좋겠다'라고 곧이곧대로 받아들여 정말 책을 읽으러 간 우리 같은 사람들은 속았다는 걸 알고 슬픔에 잠긴다. 왜 거짓말하느냐고 발끈한다. 하지만 거짓말쟁이 취급을 당한들 상대에게는 아무런 타격이 없다. 왜냐하면 그런 건 작고 하찮은 목소리에 불과하기 때문이다.

3장

거리에 나가 책을 읽다

지난 장을 거치며 이제 책 읽을 장소 탐구 제2단계로 접어들었다는 걸 눈치챈 분도 있을지 모르겠다. 북카페라는 존재를 검증해보기 전까지의 가설은 이랬다. "책이 있는 카페라면 책을 읽을 수 있을 것이다." 그리고 이런 결론을 얻었다. 책의 유무는 상관없다. 즉, 우리는 '거기에 책이 있다'는 표면적인 요소는 어떠한 지침도 되지 않는다는 사실을 알았다. 이렇게 바꾸어 말할 수도 있다. "책이 없는 모든 장소에서도 책을 읽을 수 있을 가능성이 있다"라고.

앞에서도 말했지만, 책은 간편하다. 갖고 있으면 읽을 수 있다. 프로젝터도 필요 없고, 갈아입을 옷이나 운동화도 필요 없다. 오븐이나 칼, 뜨개바늘이나 털실도 필요 없고, 넓은 공간도 방망이도 글러브도 필요 없고, 비가 올까 걱정할 필요도 없다. 그냥 책이 있고 빛만 있으면 된다. 그래서 우리는 언제 어디서나 책 읽을 궁리를 한다. 그런 욕망을 가지고 거리를 조금만 걷다보면 모든 곳이 책 읽을 곳으로 보인다. 공원 벤치도, 전철도, 떠들썩한 술집도, 병원 대합실조차도⋯⋯.

이번 장에서는 거리 이곳저곳의 '책 읽을 장소'를 고찰해본다. 각각의 장소가 어째서 책을 읽기 좋고 어째서 책을 읽기 좋지 않은지 철저히 분석함으로써 '책을 읽을 수 있는 장소'에 필요한 조건이 무엇인지 알아본다.

카페에서 책을 읽다

진부하지만 일단 카페부터 시작해보자. 물론 카페에도 여러 종류가 있다. 슈퍼 점원이 '일자리카페お仕事カフェ'라는 팻말을 붙이는 걸 본 적도 있다. 파견회사 이름일 것이다. '홈 카페'라는 말도 자리를 잡았다. 카페라는 게 '따뜻한 분위기의 그 무언가' 정도의 지극히 막연한 개념으로 바뀌고 있는 것 같다. 하지만 그것에 연연하면 이야기가 진행되지 않으니 여기서는 카페를 '그런 분위기의 곳'이라고 잠정적으로 정의해두겠다. 지금 떠

올린 곳, 맞다, 바로 그곳이다. 그곳이 카페다.

카페는 크게 두 종류로 나눌 수 있다. '큰 카페'와 '작은 카페'
다. '작은 카페' 중에는 이런 곳도 있다. '조용한 분위기를 추구
하는 카페'. 이 세 가지를 놓고 생각해보겠다.

먼저 '큰 카페'를 보자. 이곳은 아주 넓다. 홀과 주방 직원이
늘 여러 명씩 배치되어 있고 대부분이 대학생 아르바이트다. 그
들의 일하는 태도는 씩씩하거나 지루해 보이거나 둘 중 하나다.
음악은 박자가 빠른 것 아니면 잭 존슨의 노래가 큰 볼륨으로
흐르고 있다. 음식 종류가 다양하고 파스타가 있다. 코스메뉴가
있는 곳도 있다. 술도 여러 가지가 있다. 모닌Monin 브랜드의 시
럽을 다양하게 갖추고 있다. 커피에 힘을 주지 않을 확률이 높
다. 부드러움과는 거리가 먼 바글바글한 거품이 올라간 카페라
테가 나오기도 한다. 오렌지주스나 시킬 걸 후회하게 되는 그런
곳 말이다.

대학생 때 나도 바로 그런 카페에서 아르바이트를 한 적이 있
다. 커피나 디저트에 힘을 쏟지 않는 데는 경외감이 들 정도였
고, 케이크는 대형 식자재 업자에게 받는 냉동 케이크에 냉동
크랜베리를 흩뿌려 완성했고, 원두도 같은 업자가 판매하는 은
색 봉투에 든 분쇄한 원두를 커피 메이커로 추출했다. 원두의
신선도 같은 건 생각해본 적도 없을 것이다. 그 원두가 떨어지

면 종이팩에 담긴 아이스커피를 전자레인지에 데워 뜨겁게 내도록 배웠다. 이건 극단적인 예지만, '큰 카페'에서 독서를 하면 어떻게 될까?

내가 사무치는 외로움을 맛본 가게처럼 시간제를 채택하고 있지 않은 한, 일단 대체로 오래 있기 좋다. 오래 있기 좋다는 건 공간이 주는 익명성 덕분이다. 가게가 좁으면 손님과 직원의 존재감이 크다. 서로가 '사람'이라는 사실을 분명히 인식한다. 이 때문에 어떤 답답함이 생겨나기 쉽다. 무엇을 주문하는지, 어떻게 시간을 보내는지, 그리고 얼마나 머무는지, 자신의 일거수일투족이 의미를 가질 가능성이 크다.

그에 비해 가게가 넓으면 손님과 직원 개개인의 얼굴이 잘 보이지 않는다. 존재감이 희미해진다. 북카페 체험기에서 'A5 테이블 손님' '자신의 외모에 어느 정도 자신이 있는, 혹은 그것을 충분히 자각하고 있는 듯한 생기 넘치는 젊은 여성/남성'이라고 했는데, 그곳에서 사람은 '손님' '직원'이라는 기호로서 존재한다. 대체 가능한 무수한 기호 중 하나가 됨으로써 개인은 자신의 행동을 별로 신경 쓰지 않아도 되고 그로 인해 편안함을 느낀다. 교양이 없다는 말은 지나치겠지만 주위에 사람이 많은 데서 오는 무심한 태도를 가질 수 있다. 오랫동안 자리를 차지하고 있어도 눈치가 보이지 않는다.

그 대신 웬만한 곳은 시끄럽다. 애초에 혼자 오는 손님을 대상으로 한 곳도 아닐 뿐더러 여러 사람이 수다를 떨거나, 노트 북으로 열심히 일하거나, 진지한 표정으로 열띤 미팅을 하는 가운데서 우두커니 책을 읽는 정적인 상태는 모종의 고립감을 일으키곤 한다. 일반적으로 책 읽는 사람에 대한 배려 같은 건 찾아볼 수 없고, 오히려 자신과 달리 남들은 다 동적인 상태이기 때문에 겉도는 느낌이나 불안함, 어색함을 느끼기 쉽다. 보통 꿋꿋한 사람이 아니고서는 편하게 있기 어려울 것이다.

다음으로 살펴볼 곳은 '작은 카페'다. 개인이 운영하는 분위기가 따뜻하고 거리에 잘 녹아든 그런 카페다. 다른 곳에 비해 '그런 분위기의 곳' 하면 가장 먼저 떠오르는 카페라고 봐도 무방하다. 이곳은 큰 카페와 달리 책을 읽어도 겉도는 느낌이 덜하다. 속마음은 어떨지 몰라도 어쨌든 웃는 얼굴로 대해준다. 커피와 스콘이 있다. 스콘에는 직접 만든 잼과 클로티드크림이 곁들여져 나온다. 아니면 크로크무슈가 있다. 현미로 만든 메뉴도 흔히 볼 수 있다. 직원이 상냥한 말투로 "천천히 계시다 가세요"라고 말해주기도 한다. 확실히 환영받는 느낌이 있다.

주위 손님도 혼자 독서하는 사람을 이상하게 보지 않는다. 오히려 공간의 다양성을 증폭시키는 존재로 받아들인다. 이야기를 나누는 사람, 수첩을 정리하는 사람, 글을 쓰는 사람, 그리고 책을 읽는 사람. 다양한 방식으로 시간을 보내는 사람들의 모습이 공간을 물들인다.

듣기엔 참 이상적이고, 실제로 다양성 있는 공간이 좋은 건 맞지만, 그건 다른 손님의 입장에서일 뿐이다. 북카페가 카페를 좋아하는 사람들에게 이익을 가져다줬듯, 책 읽는 사람은 이야기를 나누는 사람들에게 "음, 이렇게 멋진 공간에서 느긋하게 책 읽는 모습이 보기 좋군" 하는 이미지로 소비될 뿐이다. 나쁘지 않은 풍경으로서의 '책 읽는 사람'. 정작 독서를 하는 당사자는 다른 사람들의 말소리 때문에 책 내용이 머리에 하나도 들어오지 않을 수도 있다는 상상은 아무도 하지 않는다(물론 그런 걸 상상할 의무도 없다).

또 이런 가게에서 경계해야 할 것 중 하나가 '내 집 같은 편안함'이다. 특히 거리에 잘 녹아든 가게일수록 이것이 무섭다. 지옥의 제3의 장소와 어깨를 나란히 하는 그 무시무시한 '내 집 같은 편안함'. 작은 가게의 특징이다.

'내 집 같은 편안함'이란 둔감하게도 긍정적인 말로 쓰이는 경우가 많은데, 그것은 어디까지나 그곳을 내 집처럼 느낄 수 있는 사람만이 누릴 수 있는 편안함이다. 생판 모르는 남의 집 거실에서 그 집 가족들이 단란한 시간을 보내고 있는 사이에 끼어 있는 모습을 상상해보면 알 수 있을 것이다. 나는 정체불명의 침입자일 뿐이고, 어색해서 행동 하나하나가 신경 쓰여 여간 불편한 게 아닐 것이다. 대부분 안면 있는 사람들이라 자연스럽게 대화가 무르익는다. 가게에 들어가면 이야기가 갑자기 뚝 끊기고 열린 문으로 시선이 쏠린다. 그런 상황은 혼자 책을 읽으러 처음 방문한 사람에게는 그저 악몽이다.

이런 적이 있었다. 새로 산 책을 읽으려고 어떤 가게에 들어갔는데(좌석이 총 열 개 정도인 아담한 곳으로, 러프하게 도장된 고재를 사용한 세련된 카페였다) 직원이 두 명, 먼저 온 손님이 한 명 있었다. 주문을 하고 책을 봉투에서 꺼낸 뒤 카페라테를 기다리고 있는데, 그때까지 잡지를 보던 손님이 가게 직원을 향해 갑자기 "이번 캠핑 말야" 하고 말을 거는 것이다! 캠핑 가시나요?(저도 같이 가도 될까요!) 게다가 불행히도 그 손님과 직원 사이에는 어느 정도 거리가 있었고 또다른 직원(그녀는 우유를 데우는 중이었다)도 조금 떨어진 곳에 있었다. 그 세 사람의 대화가 시작됐다! 세 사람의 목소리가 삼각형을 그리며 가게 안을 가득 채웠다. 내 위치는 그 한 변이 지나가는 곳이었다. 목소리와 시선이 마구 오간다…… 이것이 마의 내 집 같은 편안함 속 트라이앵글인가…… 듣던 것보다 훨씬 괴롭다. 나는 거북함을 견디지 못하고 서둘러 카페라테를 들이켠 뒤 가게를 나왔다.

또 독서처럼 가급적 시간에 구애받고 싶지 않은 일을 할 때 오래 머무는 것은 반드시 해결해야 할 문제다. 동시에 해결하기 어려운 문제기도 하다. 이 문제는 가게가 작으면 작을수록 생기기 쉽다. 큰 카페와는 반대로 손님 개개인의 존재감이 커진다. 고유의 얼굴을 가진 존재로 인식된다. 언제부터 어떻게 시간을 보내고 있는지 속속들이 파악이 되고, 손님도 그걸 자각하고 있다.

그럼 이런 공간에서 음료 한 잔을 주문하면 얼마나 머물러도 괜찮을까. '환영받는 손님'이 되기 위한 요건은 뭘까? '단가 500엔을 지불한 손님'을 몇 시간이고 환영하진 않을 것이다. 그럼 한 잔 더 시켜서 '단가 1000엔을 지불한 손님'이 된다면? 핫도그도 추가해 '단가 1500엔을 지불한 손님'이 된다면? 단가가 올라가면 환영받는 시간이 늘어나는 걸까. 아니면 무조건 '오래 있는' 건 다 민폐일까? 그 와중에 가게가 만석이라 나중에 온 사람을 돌려보내는 상황이 벌어진다면? 가게 쪽에서 어떤 내색을 하지 않는 이상, 나 혼자 생각해본들 다 무의미한 추측이다. 쓸데없는 걱정만 하게 된다. 손님은 눈치만 볼 뿐이다.

카페 고찰의 대미를 장식하는 곳이 '조용한 분위기를 추구하는 카페'다. '대화는 작은 목소리로 해주세요'라는 안내가 붙어 있는 유형의 카페로, 가게에 따라서는 '세 분 이상은 이용하실 수 없습니다'라는 방침을 내세우는 곳도 있다. 혼자 머물기를 권장한다. 사진 촬영이나 스마트폰 사용에 제한이 있는 곳도 있다. 아마 올든버그가 제창하는 교류의 장으로서의 '제3의 장소'

와 가장 멀고, 일반적으로 떠올리는 '마음 놓고 자기 자신에게 집중할 수 있는 장소'로서의 '제3의 장소'와 가장 가까울 것이다.

이런 가게에서도 오래 머무르는 문제가 생기는 건 마찬가지인데, 어쩌면 더 어려울지도 모른다. 이런저런 요소를 보면 뭔가 제약이 많은 '깐깐한' 유형의 가게임을 알 수 있다. 그러니 손님에 대해서도 반가운 부류와 반갑지 않은 부류가 분명히 있을 것이다. 하지만 오래 머무는 건 손님의 판단에 맡긴다(가게에 따라서는 추가 주문에 관한 규정을 두고 있는 곳도 있는데, 뒤에서도 이야기하겠지만, 종종 눈에 띄는 '두 시간마다 추가 주문 방식'은 비교적 불친절한 구조다).

하지만 독서라는 행위를 지지해주는 느낌이 들어서 기쁘다. 둘이 온 손님보다 혼자 온 손님을 더 환영하는 분위기는 확실히 든든하다. 내가 이곳에 있는 걸 인정받는다는 생각이 든다. 그리고 추구하는 대로 실제로 조용한 시간이 흐르고 있는 곳이 대부분이다. 그러나 '대부분'이라는 건 꼭 그렇지 않을 수도 있다는 뜻이라, 이건 때때로 치명적인 결과를 낳는다. 한번은 이런 일이 있었다.

3인 이상 이용 불가. 혼자 방문 권장. 두 사람일 경우 대화는 조용히. 혼자 조용히 시간을 보내는 분에게 방해가 되지 않도록 큰 소리는 내지 않기.

적당한 크기의 음악 소리가 미니멈하고 편안한 인테리어의 가게 안을 기분 좋게 채우고 있다. 정성껏 만든 맛있는 음식과 한 잔 한 잔 신중하게 내린 커피가 몸과 마음을 녹인다.

그런 가게에서 남자와 여자가 즐겁게 이야기하고 있다. 목소리가 크지는 않지만 약간 들뜬 톤으로 끊임없이 대화를 한다. 심하게 거슬리지는 않지만 가게가 워낙 조용해 말소리가 귀에 쏙쏙 들어온다.

말하고 있던 사람은 바로 나다. 내가 가게의 정적을 깨는 존재였다. 아주 멋지고 근사한 카페가 있다고 해서 데이트를 하러 갔다. 듣던 대로 나오는 음식마다 무척 맛있었고, 가게 분위기나 직원의 태도에서도 강한 긍지가 느껴져 매력적이었다. 대단한 가게라고 감탄하면서 우리는 감동받은 점을 재잘재잘 떠들었다. 나중에 '그때 우리가 너무 눈치 없게 행동한 건 아닐까' 하고 반성했지만, 그곳에 있는 동안은 '우리는 지금 이 가게를 충분히 즐기고 있다'고 생각하며 만족하고 있었다. 어쨌든 감동받은 상태였다.

좌석 수가 20개도 안 되는 작은 가게 안은 가게가 의도하는 대로 전체적으로 조용한 분위기이긴 했지만 우리 말고도 몇 팀이 똑같이 이야기를 나누고 있었다. 책을 읽으려고 찾아온 사람에게는 어땠을까. 좀 힘들지 않았을까.

아무리 가게가 혼자 머무는 걸 권장하고 지지한다 해도 대화

를 완전히 금지하지 않는 한, 혹은 필요에 따라서 시끄러우면
주의를 주러 가는 것도 불사하겠다는 굳은 의지를 갖고 공간을
컨트롤하지 않는 한, 언제나 이 불안정성이 따라다닌다. 그런 가
게에 가는 건 어떤 면에서 도박이다. 그곳을 방문하는 사람은
'조용할 가능성이 높다(그러나 아닐 수도 있다)'라는 불확실성이
가져오는 위험을 항상 감수해야 한다.

내가 정적을 깬 그 가게에서도, 떠드는 사람이 아무도 없고
독서를 방해하는 것이 아무것도 없을 때는 책을 가지고 온 사람
이 좋은 시간을 보내는 경우도 있을 것이다. 높은 빈도로 그런
일이 일어날지도 모른다. 하지만 그래서 더더욱 기대가 깨졌을
때의 실망은 커진다.

찻집에서 책을 읽다

순 불평만 늘어놓은 것 같은데 그렇다고 내가 카페를 싫어하
는 건 아니다. '책을 마음껏 읽고 싶은 사람' 입장에서 생각해봤
을 뿐, 그 조건을 제외하면 좋아하는 카페도 많다. 나는 카페라
는 공간을 좋아하는 편이다. 다만 역시 카페는 독서가 아니더라
도 어려운 공간이긴 하다.

예전에 셀프 생일 축하를 하러 배낭에 책을 넣고 평이 좋은

카페를 찾아간 적이 있다(특정 순간에 무슨 책을 갖고 있었는지 이상하게 잘 기억하는 편인데, 그날은 호사카 가즈시의 소설과 사이하테 다히의 에세이와 음악 산업을 그린 논픽션이었다). 미장으로 마감된 널찍한 공간 한쪽에는 잡화와 문구, 서적을 판매하는 코너가 꾸며져 있고, 중앙에는 철제 프레임과 원목으로 된 큰 테이블이 있고 그것을 둘러싸고 소파가 배치되어 있었다. 각 자리마다 작가가 만든 화병이 놓여 있고 아기자기하면서도 인상적인 꽃이 꽂혀 있다. 느릿한 일본 팝이 흐르는 가운데 직원들은 남색 셔츠에 베이지색 앞치마를 두르고 온화하게 일하고 있다. 자리에 앉는 순간, 아니, 가게 문을 연 순간이었을까, 나는 잘못 왔다는 직감이 들었다. 구체적으로 어떤 점 때문인지는 모르겠지만(겉만 번지르르한 따스함, 작위적인 아늑함, 억지스러운 편안함, 판에 박힌 훈훈함 같은 것일까……) '여긴 내가 있을 곳이 아니다'라는 기분이 들어 견딜 수 없었다. 느긋하게 시간을 보낼 요량으로 책을 세 권이나 챙겨 왔지만, 주문할 때가 되자 '밥만 먹고 빨리 나가자'라고 마음을 먹었다.

카페가 불편한 이유로는 '가게의 자의식이 잘 보인다'는 점도 한몫할 것이다. 미의식이라고 해도 좋다. 우리는 이런 걸 아름답다고 여기고, 이런 것을 멋있다고 생각하며(적어도 볼썽사납다고는 생각하지 않으며), 이런 가치관을 갖고 가게를 하고 있습니다, 라는 의식이 잘 전해진다. 그러니 자신에게 딱 맞는 곳을 찾으면 그 안에서 좋은 시간을 보낼 수 있다. 공감이나 동경 같은 걸 느끼면 그 안에 있는 모든 것이 기분 좋게 느껴진다. 한편, '맞지 않는다'라는 상황도 언제든지 생길 수 있다. 그렇게 되면 그 공간에 있는 것 자체가 불편하다. 다른 사람들은 가게가 제시하는 미의식을 즐기며 '지금 여기 있는 나'에 만족하고 있는 것처럼 보이는데 나만 어울리지 않는 듯 느껴지기도 한다. 노골적으로 말하면 아니꼽다. 카페라는 곳은 이런 문제가 따라다니기 쉬운 것 같다.

그런 점에서 찻집은 참 좋다. 여기서는 이른바 옛날 다방 같은 가게를 생각하면 된다. 물론 찻집에도 여러 가지 자의식이나 자기주장이 있겠지만, 그 이상으로 '시간의 더께' 같은 것이 전경에 있다. 그곳에 지금까지 흘러온 시간, 그것의 축적으로 새겨진 역사, 그런 것들이 공간 전체를 부드럽게 감싼다. 시간의 퇴적은 마음에 든다든가 들지 않는다든가, 아니꼽다든가 하는 차원을 유유히 넘는다. 누구나 그 넓은 품에 안길 수 있다. 이는 카페에서 볼 수 있는 다양성을 훌쩍 뛰어넘는다. 혼자 책을 읽는 나 같은 사람이 있는가 하면, 소개팅 앱으로 알게 되어 처음 대면하는 듯한 남녀, 경마 신문을 보는 캡을 쓴 할아버지, 미팅 중인 회사원, 크림소다를 다양한 각도에서 찍어 잽싸게 SNS에 올리는 남자아이, 노트북을 열고 일하는 프리랜서, 줄담배를 피우는 우울한 얼굴의 여대생, 화사한 목소리로 수다를 떠는 할머니들. 속성에 얽매이지 않는 다양한 사람들이 자연스럽게 어우러진다(이렇게 다양한 사람들이 자연스레 모여드는 장소가 얼마나 될까).

그런 각양각색의 사람들 속에서, 좌석 수까지 많은 가게라면 여러 가지 용건으로 사람들이 자주 들락거리니 오래 있어도 티가 나지 않는다. 좋은 의미로 아무도 나에게 관심이 없다. 아무튼 마음 편히 있을 수 있다.

그래서 책을 읽을 때는 무조건 찻집을 찾던 시기가 있었다. 휴일마다 찻집에 가서 커피를 마시고 담배를 피우고 책을 읽었다. 깜빡 잊을 뻔한 '책 읽을 수 있는 곳'에 관한 고찰도 '찻집 정도면 괜찮지 않나?'라고 결론 낼 수 있을 정도다.

그렇다고 찻집이 집중해서 책을 읽기에 완벽한 곳인가 하면 당연히 그렇지는 않다. 근처에서 정년퇴직한 아저씨들이 프로야구 얘기라도 하고 있으면 귀가 쫑긋해지고 이야기에 끼고 싶어진다. 할머니들의 건강식품 이야기도 재미있고, 남성 호스트와 여성 고객의 끈적끈적한 대화도 놓칠 수 없다. 다단계 판매자는 오늘도 열심히 무언가를 팔고 있다. 너무 재미있어서 슬쩍 녹음 버튼을 누르기도 했었다.

또, 담배다. 찻집 중에는 여전히 담배를 피울 수 있는 곳이 많다. 가게에 따라서는 흡연자의 휴식처 같은 곳도 있을 것이다. 나도 흡연자라 담배를 피울 수 있다는 건 매력적인 요소지만 피우지 않는 사람에게는 고역일 터. 나도 자리에서 피울 필요까지는 없다고 생각하고, 신칸센의 흡연부스처럼 근처에 담배를 피울 만한 공간이 있으면 충분하지만, 어쨌든 장시간 이용한다고 생각하면 담배를 피울 수 있다는 건 흡연자에게는 큰 매력이다. 반면 비흡연자에게는 큰 장벽이다(하지만 인터넷 리뷰 같은 곳에 '담배 냄새 때문에 별 하나'라고 적어놓은 것을 보면 '금연 가게도 얼마든지 있는데 굳이 스스로 흡연 가능한 가게를 방문하고 불평하는 건 무슨 경우냐'라고 생각한다. 어째서 이들은 자신의 기준만 옳다고 생각하는 어리석은 태도를 자각하지 못하는 걸까).

좀 조심스럽지만 그렇다면 커피 맛은 어떨까. 커피 업계 후배들에게 지대한 영향을 끼치는 전설적인 맛집도 물론 많지만, 퍼뜩 떠오르는 찻집 대부분은 내 입에 맞는 커피를 제공해주는 곳은 아니다. 탄맛이 나거나, 너무 진하거나, 맛이 아리거나, 검은 액체, 라는 느낌의 커피를 만날 확률이 압도적으로 높다. 그리고 몇 모금이면 사라지는 찻집 커피 특유의 양…… 소중한 독서시간은 맛있는 커피를 마시며 보내고 싶다.

몇 가지 불평을 했지만, 찻집이라는 곳의 매력은 변함없다. 찻집이 좋다. 여담이지만 나이가 들면 작은 찻집을 열어 의자에 앉은 채 커피를 내린 뒤 팔만 뻗어 "여기" 하고 내주며 살고 싶다는 생각을 가끔 한다.

바에서 무라카미 하루키를 읽다

고등학생 때 하루키의 책을 부모님의 책장에서 발견하고 처음 읽었다. 그후 공교롭게도 국어 수업에서 한 학기 내내 『바람의 노래를 들어라』를 다루었는데 수업도 재미있어서 하루키에 푹 빠졌다. 그런 경험이 독서를 내 확고한 취미로 만든 것 같다. 하루키를 계기로 독서에 심취하게 된 사람을 주위에서만 몇 명이나 봤으니 일본인 중에 그런 사람이 적지 않을 듯하다. 거기에는 분명 이유가 있을 것이다.

우선 당연하지만 "우와, 소설이란 게 이렇게 재미있는 거구나!"라는 경험을 하게 해준 점이다. 왜 이수했는지 모를 포르투갈어 수업 시간에 책상 밑에서 『양을 쫓는 모험』을 읽던 장면. 아르바이트 10분 휴식 시간에 직원 휴게실에서 홀린 듯이 『댄스 댄스 댄스』를 읽던 장면. 그 두 장면이 이상하게 인상에 남아 있는데, 너무 재미있어서 견딜 수가 없었다. 마냥 읽고 싶었다. 그 전에도 책을 즐겨 읽긴 했지만, 이토록 몰입한 건 처음 있는 일이었다.

그리고 또하나, 사실 이 점이 크지 않나 생각하는 이유가 있다.

화자인 '나'의 생활상이나 언행이 왠지 멋있어 보인다→그런 그가 책을 읽고 있다→책을 읽는 건 어쩌면 멋있어 보이는 일일 수도 있다→실제로 그는 꽤 쉽게 섹스를 한다→책을 읽으면 나도 곧 섹스를 할 수 있을 것이다!

고등학생에게 이건 상당히 강력한 매력이다. 외모나 운동 실력, 사교성, 유머 같은 것으로는 승부가 안 된다는 걸 진작 눈치챘고, 어쩌면 '내 나름의 승부수(인기 끄는 법)'를 만들 수 있을지도 모른다는 위험한 깨달음. 이것이 충격적인 발견인 게 그 전에는 아무도 '다른 길'이 있다는 걸 가르쳐주지 않았다. 빈약한 상상력을 가진 열일곱 살짜리가 외모로나 화술로나 당장은 힘들고 좋은 대학에 들어가 좋은 회사에 취직해 돈을 많이 벌어서 경제력으로 승부할 수밖에 없겠구나, 향후 10년은 어렵겠구나, 길고 힘든 여정이겠구나, 생각하던 참에 무라카미 하루키가 등장한 것이다. 하늘의 계시 같았다.

치기 어린 나이에나 가능한 대단한 사고방식인데, 다시 생각해봐도 이 두 가지 측면은 여전히 효과적인 힘을 지니고 있다. "독서는 재미있다. 하지만 독서는 어두운 취미인 것 같다"보다 "독서는 힘들다. 하지만 독서는 멋진 취미인 것 같다"보다 "독서는 재미있다. 그리고 독서는 멋진 취미인 것 같다"라는 이 인식은 그것이 맞든 틀리든 훨씬 밝고 강력한 힘으로 독서라는 행위를 긍정적으로 보이게 한다.

그건 그렇고 무라카미 하루키의 '쥐 3부작'이라고 불리는 작품들에는 '제이스 바J's Bar'라는 가게가 등장한다. 데뷔작 『바람의 노래를 들어라』에서는 "바닥 가득 5센티미터 두께로 땅콩껍질이 뿌려져 있다"는 그 '좁은 가게'에 화자인 '나'가 여름 내내 드나든다.

"나는 맥주와 콘비프 샌드위치를 주문한 뒤 책을 꺼내 느긋하게 취를 기다리기로 했다."

이 이미지가 고등학생인 내 안에 심겨 오랜 시간에 걸쳐 자라났다. 술을 마시며 느긋하게 책을 읽고 싶다는 어렴풋한 욕망이 이 정경에서 시작되었음을 깨달은 건 훨씬 나중 일이다. "늘 앉는 카운터석 끝자리에 앉아 벽에 등을 기대고" 샌드위치를 먹고 맥주를 마시며 책을 읽는다. 이 얼마나 사치스럽고 멋져 보이는지, 무슨 일이 있어도 꼭 해보고 싶었다.

역시 여름에 있었던 일이다. 처음 『바람의 노래를 들어라』를 읽은 지도 벌써 10년쯤 지났을 무렵이었다. 역에서 집으로 향하는 길에 바가 있었다. 조용하고 중후해 보이는 외관. 들어가려다가 '아무래도 오늘은 좀 그런가' 하고 괜히 몇 번이나 머뭇거리던 나는 마침내 결심을 하고 긴장한 채 무거운 문을 열고 가게 안으로 들어섰다. 유니폼을 입은 꼿꼿한 자세의 바텐더가 고개를 돌려 내 쪽을 보고 차분한 목소리로 인사를 건넸다. 카운터석에는 몇몇 손님이 앉아 조용히 이야기를 나누고 있었다. 나를 힐끗 보고는 곧바로 시선을 돌렸다. 아는 사람인지 확인한 것이다. 나는 안내받은 자리에 앉아 어디선가 이름을 들어본 기억이 어렴풋이 나는 위스키를 주문하고 담배에 불을 붙였다. 이때부터 벌써 진이 빠졌다. '아무래도 책을 읽는 건 무리다. 아니, 여기 있는 것조차 무리다.'

압도적인 어둠. 친밀감으로 가득찬 분위기. 친절하게도 말을 걸어주는 주위 사람들. 이런 상황에서 책을 펼 배짱이 내게는 없다. 결국 30분 동안 두 잔을 마시고 허둥지둥 나왔는데, 바에서 독서를 하는 어려움은 말소리나 어둠 같은 구체적인 상황에 기인한다기보다 더 추상적이고 막연한 문제에서 비롯되는 듯했다.

즉, 시간을 어떻게 보내야 할지 모르겠다. 이곳의 분위기에 자연스럽게 녹아들 방법을 모르겠다. 나로서는 이것밖에 없다. 예를 들어 어느 정도의 페이스로 술을 추가 주문하는 게 적당한가 하는 문제.

어떤 규범은 진위와 상관없이 내 안에 정착되기도 한다. 대학 시절 "바에서는 15분에 한 잔은 시키는 게 예의"라는 얘기를 세미나 수업 중에 교수님인지 선배에게 들은 적이 있다. 지금 생각하면 그들이 즐겨 가던 '신주쿠 골든거리*의 음주 문화'에 관한 이야기였던 것 같은데(그때는 골든거리가 뭔지도 몰랐고, 지금

* 수많은 식당과 술집이 다닥다닥 붙어 있는 신주쿠 뒷골목 유흥가

도 몇 번 간 게 전부인 그 동네에 어떤 규칙이 있는지 잘 모르지만), 나는 그때 별생각 없이 들은 이야기를 곧이곧대로, 그리고 막연하게 규범처럼 여기게 되었다. 그날 밤에도 어렴풋이 떠오르는 그 규범에 따라 15분 간격으로 술을 주문했다. 술이 세지 않은 나에게는 꽤 빠른 속도라서 설령 책을 폈더라도 금세 취기가 올라 독서는 힘들었을 것이다.

게다가 애초에 책을 꺼내도 되는지 잘 모르겠다. 가게마다 다르겠지만 "이곳은 대화를 나누기 위한 장소다"라는 곳도 있을 테고, 레이 올든버그가 바텐더로 있는 가게라면 기다란 나무 카운터 테이블에 책을 올려놓는 순간 호된 질책을 받을 것이다. "대체 무슨 짓이야! 대화가 없는 곳에 생명은 없다니까!" 하고 말이다. 혼이 나지는 않더라도 민폐 고객은 되고 싶지 않다.

행여 책을 펴도 될 것 같다는 판단이 들어도 역시 대화 소리가 거슬리기 마련이다. 가능하면 차단하고 싶다. 이어폰을 끼는 건 어떨까? 바에서 이어폰을 끼는 건 적절한 행동일까? 어쩐지 주눅이 든다.

어쨌거나 잘 모르겠다. 어떤 게 매너 있는 행동인지 도통 모르겠다. 방법이 없을까. 바에서 독서를 하는 전략은 두 가지 정도 있다. 하나는 여러 번 방문해서 그 가게의 암묵적인 규칙을 숙지하고 직원에게도 내 행동 패턴을 인식시킨다. 장기전이 되겠지. 또하나는 처음이고 뭐고 가게나 다른 손님의 시선을 의식하지 않는 담력을 기른다. 그런데 그게 가능한 사람이라면 애초에 '책 읽을 수 있는 곳'을 찾아 정처 없이 떠돌지도 않을 터. 이러나저러나 문턱이 높다.

'제이스 바'는 바인가?

제이스 바에서의 '나'처럼 바에서 우아한 시간을 보내는 건 완전히 실패였다. 그건 아주 쉽게 섹스를 성취하는 '나' 같은 극히 일부의 선택받은 자에게만 허락된 고귀한 유희인지도 모른다. 보통 사람이 그렇게 되기 위해서는 조금 더 나이를 먹을 필요가 있는지도. 은발을 쓸어 넘기며 은은하게 흐르는 글렌 굴드의 연주에 귀를 기울이면서 위스키를 홀짝이며 책을 편다⋯⋯ 나도 언젠가는⋯⋯.

응? 은발? 그래, 그건 좋다. 글렌 굴드의 연주에 귀를 기울인다고? 위스키를 홀짝홀짝? 이제야 알겠다. 나는 오랫동안 착각을 한 것이다. 다시 『바람의 노래를 들어라』로 돌아가 제이스 바의 모습을 살펴보자. 앞에서 인용했듯이 그곳은 "바닥 가득 5센티미터 두께로 땅콩껍질이 뿌려진" 곳이다. 그리고 이런 식이다.

"하지만 주위에 쥐의 큰 목소리를 신경 쓰는 사람은 아무도 없었다. 좁은 가게는 손님들로 넘쳐났고 너나 할 것 없이 큰 소리로 고함을 질렀기 때문이다. 마치 침몰 직전의 여객선 같은 광경이었다."

게다가 가게 안에는 주크박스가 있고, 핀볼 머신이 있으며, 휴대용 TV도 빌릴 수 있어서 그걸로 야구 중계를 볼 수 있다. '나' 일행이 마시는 건 기본적으로 맥주고, 아마 병으로 제공되는 것 같다. 인기 안주는 감자튀김이다. 제이는 "매일 한 양동이씩 감자를 깐다"고 한다.

이게 뭐야? 아무리 봐도 조용하고 중후하며 바텐더가 흔드는 셰이커 소리가 기분 좋게 울리는 그런 분위기가 아니잖아. 아니, 읽을 때도 소설에 묘사된 공간을 "조용하고 중후하다"고는 생각하지 않았을 텐데, 아마도 '바'라는 이름 때문에 "바야. 이곳은 바야. 바 하면 떠오르는 정통 바야" 하고 생각했던 것 같다. 제이스 바에서 보내는 시간을 동경한 내가 가야 할 곳은 바가 아니었다. 가야 할 곳은 아마 펍이다.

여기서 바와 펍의 차이를 세세하게 정의하기는 어려우니 큰 틀에서 대충 나눠보면, 바는 '대개 차분한 분위기/숏 칵테일/느긋하게 자리에 앉아 마심/안주는 말린 과일이나 치즈/테이블에서 계산' 같은 느낌이고, 펍은 '대개 떠들썩한 분위기/파인트 사이즈 맥주/스탠딩 테이블 있음/튀김도 있음/주문과 동시에 결제하는 방식' 같은 느낌이다.

써놓고 보니 역시 제이스 바는 펍에 가깝다. 이러면 이야기가 사뭇 달라진다. 은발이 되기를 기다리지 않아도, 나도 제이스 바에서 '나'가 하던 독서를 할 수 있을지도 모른다. 아니, 동경했던 독서를 이미 하고 있었다.

나는 감자튀김을 좋아한다. 아주 좋아한다. 너무 좋아해서 감자튀김을 안주 삼아 술을 마시면서 책을 읽으며 밤을 보내고 싶을 때가 자주 있다. 가장 먼저 떠오르는 곳은 종종 가는 근처의 아이리시 펍이다. 그곳은 아주 떠들썩하고 킬케니나 기네스 스타우트를 비롯하여 여섯 가지 정도의 맥주가 파인트나 하프 파인트 사이즈로 제공되며, 착석이 기본이지만 상황에 따라서는 서서 마시는 경우도 있다. 튀김뿐 아니라 안주 메뉴가 풍부하고 주문 즉시 결제하는 방식이다. 마음에 드는 곳이다. 여기는 개인이 운영하는 가게인 것 같은데, 영국식 체인 펍 '허브HUB'를 자주 찾던 시절도 있었다. 역시 주로 즐겼던 메뉴는 감자튀김과 맥주였다.

이런 곳에서 책을 읽으면 좋은 점 중 하나는 철저한 떠들썩함인데, 조용함을 기본으로 낮은 대화 소리가 띄엄띄엄 들리는 상황보다 오히려 더 책에 집중이 잘되는 것 같다. 시끄러움은 도를 넘으면 한 장의 두꺼운 노이즈가 되어 개개의 말이 의미를 가지지 않는다. 소리의 막으로, 나와 다른 사람 사이에 커튼이 쳐진 것 같은 느낌도 든다. 이런 소리 환경은 사실 독서에 적합하다(잘 때 시끄러운 노이즈 음악을 틀어놓기도 했다는 사람이 한 말이니 그리 많은 사람이 공감하지 못할지도 모르지만).

또 주문하자마자 돈을 지불하는 방식도 마음 편히 시간을 보내는 데 적지 않은 기여를 한다. 모든 손님이 그렇게 생각하진 않겠지만, 잠재적으로 느끼고 있을 편안함의 원천에는 '손님이 총 얼마를 주문했는지 가게가 정확히 파악하지 못한다'는 점이 있다. 주인이 혼자 운영하는 가게라면 몰라도 직원이 여러 명 있는 곳이라면 가게로서는 손님 앞에 놓인 잔이 첫번째 잔인지 두번째 잔인지 확실히는 알지 못할 것이다. 지금 이 주문이 어디로 나가야 하는 건지는 알아도, 좌석별 총 주문 내역은 모른다. 그때그때 정산을 함으로써 파악할 필요가 없기 때문이다. 이 경우 가게는 각 손님의 단가가 높은지 낮은지 알 수 없다. 어느 정도는 알아도 정확하게는 알 수 없기 때문에 '단가로 판단한다'는 시선으로 손님을 보지는 않을 것이다. 우리는 이걸 잠재적으로 알고 있기 때문에 마음 편하게 있을 수 있다.

그러나 반대로 바로 이 점 때문에 펍에서의 독서가 불편하기도 하다. 손님을 단가로 보지 않는다면 무엇으로 볼까. '아직 마시고 있는 손님인지 다 마신 손님인지'가 아닐까. 잔이 비는 순간 '이제 볼일이 다 끝난 사람'이 되는 게 아닐까. 그때 이런 선택에 놓인다. 한 잔 더 주문할까, 아니면 집에 갈까.

특히 개인이 운영하는 펍에서 그런 느낌을 받는다. 독서를 계속하고 싶다면 술을 계속 마셔야 한다. 순식간에 취한다. 그 대책으로 생각할 수 있는 것이 '잔을 쉽게 비우지 않는' 것인데, 뭐하러 그런 좀스러운 꼼수를 부리겠나. 하지만 이것도 업소의 규모에 크게 좌우되는 것 같다. 좌석 수가 많아 개개인이 눈에 잘띄지 않는 '허브' 같은 곳은 그런 걸 신경 쓰지 않아도 된다.

펍에서 책을 읽을 때의 또다른 불편함은 주어진 공간이 좁다는 점이다. 옆자리와의 거리도 가깝고 카운터 테이블의 앞뒤 길이도 짧다. 그도 그럴 것이 다른 사람과 왁자지껄 유쾌하게 이야기 나누는 게 목적인 공간이다. "이봐, 젊은이." 문득 누가 말을 걸어 고개를 들자 다시 올든버그 할아버지다. 새빨간 얼굴로 파인트 글라스를 쥐고 "아까부터 잠자코 고개를 숙이고 있던데 기운이 없나?" "아뇨, 지금 책을 읽고……" "걱정은 내려놓고 즐기라고!" 하는 것이 주안점으로 여겨지는 곳이니(편견), 한 사람 한 사람에게 충분한 개인 공간을 제공할 이유도 없다. 원래라면 잔과 접시를 조금 옆으로 밀어두고 정면에 책을 놓는 배치가 가장 이상적이지만 좁아서 불가능하다. 그러면 옆 손님의 영역을 침범하게 된다. 그건 안 된다. 그러니 눈앞에 맥주와 감자튀김을 놓게 된다. 이렇게 되면 쓸 수 있는 공간이 대부분 다 차버려 책은 들고 봐야 한다. 팔이 아프다. 무거운 하드커버이기라도 하면 '책을 들고 있는 것'에 온 의식이 집중되는 어이없는 경우도 생긴다. 그나마 문고본이 나을 것이다.

어쨌든 펍이라는 공간을 좋아한다. 들어가는 순간 매번 오늘도 제대로 된 독서는 글렀구나 싶지만 질리지도 않고 찾아간다. 맥주 두 잔을 마시고, 감자튀김을 쉴 새 없이 집어 먹고(감자튀김을 먹을 때 손을 멈춘다는 건 내게 불가능이다), 중간부터는 책이 아니라 스크린에 나오는 축구나 럭비 영상을 넋 놓고 보다가 한 시간도 안 돼서 나오는, 그런 일을 반복하고 있다. 펍을 좋아한다.

도서관에서 책을 읽다

지금까지 저마다 일장일단이 있었지만, 펍을 제외하고는 공통적으로 독서를 방해하는(좀더 순화해서 말하면 독서와 맞지 않는) 요소로 사람들의 말소리를 들 수 있다. 그럼 조용한 환경에서는 어떨까. 조용하고 앉을 수 있는 곳, 도서관이다. 도서관은 대부분의 동네에 있고 무엇보다 무료다. 만약 도서관이 독서에 가장 적합한 곳이라면 이보다 기쁜 소식은 없을 터.

한때 나도 도서관에 틀어박힌 시기가 있었다(여러 시기가 있었다). 갈 곳이 없어서 책과 물통을 챙겨 거의 매일 도서관에 갔다. 도서관은 확실히 기본적으로 조용하다. 수다 떠는 사람도 없고, 있다면 아마 사서에게 주의를 받을 것이다. 밝은 오후 도서관에는 빛이 비쳐 따뜻하고 나른한 시간이 흐른다. 듣기엔 좋아 보이지만, 엎드려 자고 있는 사람이 꼭 있다. 심지어는 자려고 오는 사람도 있다. 나도 종종 잤다. 어디선가 들려오는 숨소리, 가끔 코 고는 소리. 시에스타siesta, 라고 중얼거리며 그 나른한 시간을 좋게 받아들일 법도 하지만 도무지 그렇게 느껴지지 않았다. 나를 포함해 갈 곳 없는 낙오자들의 모임처럼 느껴졌다.

물론 분명한 목적을 갖고 오는 사람들도 있다. 하지만 그 상당수는 공부를 하는 사람이다. 어떤 이들은 평온하게 할 일을 하고 있지만, 어떤 이들은 열정 넘치게 공부를 한다. 잡아 뜯으려는 것으로밖에 보이지 않는 속도와 기세로 참고서 페이지를 넘긴다. 점을 치기라도 하듯 펜을 데굴데굴 굴린다. 넣었다 뺐다 하지 않으면 잉크가 나오지 않는다고 생각하는 건지 펜을 계속 딸깍거린다. 조용한 공간에서 그 소리는 몹시 요란하게 들린다. 사람 목소리만 없다고 해서 평화로운 고요가 보장되는 것도 아니라는 얘기다. 누구나 무료로 들어갈 수 있다는 건 갖가지 용건을 가진 사람이 온다는 뜻이니, 그런 곳에서 자신만의 충실한 독서시간을 만끽하고 싶다는 건 욕심일지도 모른다.

커피 체인점에서 책을 읽다

도서관도 아니라면, 기분 좋은 독서시간에 필요한 게 정말로 조용함일까, 이제는 모르겠다. 아담한 카페보다 대형 카페, 받침에 데미타스 잔을 내려놓는 딸그락하는 소리가 울리는 긴장감 있는 찻집보다 온갖 유형의 사람이 모이는 찻집, 정통 바보다 펍에서 맥주와 감자튀김. 이곳들은 다 떠들썩하다. 그렇다면 편안함의 원천은 무엇일까 생각했을 때 이 장소들의 공통점은 마음이 편하다는 것이다. 이어폰을 껴도 눈치보이지 않고 이것저것 신경 쓰지 않고 편하게 있을 수 있다.

이 '신경 쓰지 않는다'는 것은 '나를 신경 쓰는 사람이 없다'는 뜻이라, 직원도 손님 한 사람 한 사람을 개개의 인격체라기보다 처리해야 할 일로 간주한다. '오늘은 왠지 기운이 없어 보이네' 같은 생각은 하지 않는다. 나는 'A5 테이블'일 뿐이다. 손님도 직원을, 직원도 손님을, 또 손님끼리도, 서로 익명의 존재로 취급한다. 신경 쓰이는 '남의 눈'이 희미해진다. 공연히 이것저것 신경 쓰지 않고 마음 편히 보내고 싶을 때 꽤 중요한 요소라고 생각한다.

그 필두가 커피 체인점일 것이다. 220엔짜리 커피를 사서 자리에 앉는다. 두 시간 후에 한 잔 더 마시고 싶어 계산대로 향하면 "어서 오세요"라고 말하는 그 느낌. 정말 나에게 아무 관심도 없음을 알 수 있다. 몇 시간이고 있을 수 있다. 그러니 확실히 책을 읽을 수 있다. 하지만 내가 커피 체인점에 가는 건, 책을 제대로 읽고 싶을 때가 아니라 잠깐 시간을 때우고 싶을 때다. 이런 곳에서 적극적으로 독서를 할 마음은 없다. 단적인 이유는 책을 읽는 게 전혀 특별하지 않은 일이 되어버릴 위험성이 크기 때문이다.

　공공장소에서 좋은 시간을 보내는 건 혼자 힘으로 되는 게 아니다. 주위에 있는 사람들의 영향을 크게 받는다. 예를 들어 아주 특별한 저녁을 즐기러 자신의 생활수준보다 훨씬 사치스러운 가게에 간다고 하자. 안 가봐서 모르겠지만 고급 프렌치 레스토랑 같은 곳이라 치자. 한 벌뿐인 양복을 입고 약간 긴장한 표정으로 오늘 저녁 프러포즈라도 할 생각이라고 하자(이번엔 대체 누구 얘기일까). 웨이터가 정중하지만 자신 있는 말투로 뭐라고 뭐라고 한다. 아페리티프◆인지 뭔지 알아들을 수 없는 말을 한다. 그곳에 있는 다른 사람들이 모두 격식 있는 사람으로 보인다. 자기비하라는 감정이 슬쩍 고개를 들지만, 한편으로는 긴장감에 등이 빳빳해진다. 오늘은 잊을 수 없는 특별한 밤이 될 것 같은 그런 예감이 든다.

◆ apéritif, 서양요리의 정찬에서 식욕증진을 위해 마시는 식전주

그때 근처 테이블에서 껄껄 웃는 소리가 난다. 나도 모르게 쫑긋해진 귀에 들려온 건 상스러운 단어다. 그 뒤로도 어쩔 수 없이 들리는 정보를 종합해보면 그들은 일상적으로 이 가게에 오는 사람들이고 그들에게는 오늘이 특별하지도 사치스럽지도 않은 시간인 듯하다. "오늘은 아페리티프가 별로네" 하며 트집을 잡기도 한다(근데 아페리티프가 뭐죠?). 순식간에 기분이 확 잡쳤다. 망했다. 엉망진창이 된 것 같은 기분. 프러포즈도 다음에 할까…….

여기까지 쓰는 동안 몇 번이나 생각했고 지금도 생각하지만 내가 정신력이 너무 약한 건지도 모른다. 하지만 그걸 떠나서 어쨌든 공공장소에서 보내는 시간의 질은, 이 예도 그렇고 영화관이나 공연장도 마찬가지지만 주위 사람들의 영향에서 벗어날 수 없다. 다른 사람들의 행동이 생각보다 중요하다.

그런 점에서 저렴한 가격에 이용할 수 있는 커피 체인점은 높은 위험성을 내포하고 있다. 도서관처럼 비정상적으로 공부에 열중하는 사람이 늘 있고, 엎드려 자는 사람도 꼭 있다. 양복을 입은 남자가 전화기 너머로 상대를 끈질기게 질책한다. 컴퓨터 작업을 하는 사람이 타닥타닥 타이핑을 하고 다리를 떨듯이 마우스를 계속 클릭한다. 원한이라도 풀 듯 엔터키를 두들긴다. 펼쳐진 자료가 옆자리를 침범해 다른 사람이 앉는 걸 방해한다.

혼자서 네 자리나 차지한다. 어라, 이 사람, 카페 컵은 안 보이고 페트병과 편의점 빵만 나와 있는데, 아무리 눈에 잘 안 띄는 구조라고 해도 여기가 무료 휴게소인 줄 아나……?

이 사람들은 남을 존중하지 않는다. 자리를 제공해주는 가게에 대해, 주위 사람들에 대해 존중하는 마음이 없다. 몇 백 엔을 내고 얼마간의 공간과 시간을 산 셈인데, 제멋대로 굴 권리까지 샀다고 믿는 사람들이 꼭 있다. 그리고 대부분의 경우 자신이 보내고 있는 시간도 존중하지 않는다. 내 표현이 지나치다고 생각할 수도 있지만 적어도 스스로에게 주는 선물 같은 감미로운 시간을 보내고 있지는 않다(나도 그렇다). 물론 모두가 감미로운 시간을 보내야 한다는 법은 없으니 그 자체는 어쩔 수 없다. 문제는 그런 사람이 많아지면서 생겨나는 조잡한 분위기다.

자신에게 주는 선물 같은 시간을 보내러 온 사람이 있다고 하자. "이 프라푸치노를 위해서 이번 주도 고생했다"라는 그 즐거움이, 기대가, 아무 존중도 없는 사람들 때문에 훼손될 위험이 매우 가까이 있다. 다들 별생각 없이 보내고 있기 때문이다. '프라푸치노'를 '독서'로 바꿔도 마찬가지다. 소중한 독서시간을 바라고 온 이들에게는 커다란 문제다.

타인을 존중하지 않는 것과 자기 자신을 존중하지 않는 것은 결국 같은 이야기다. 즐거운 시간을 보내러 갔다가 망치는 경험을 반복하는 동안 점차 자신도 '이용하는' 대상으로만 그 공간에 자리를 잡는다. 그것이 태도에 드러나고 주위에 파급되어 돌고 돈다. 결과적으로 뭔가 어색하고 조잡하고 거친, 슬픔과 외로움과 울적함이 뒤섞인 분위기가 만들어지는 게 아닐까.

올든버그는 "대화가 없는 곳에 생명은 없다"고 했지만, 대화가 없어도 생명이 있다고 나는 주장한다. 하지만 존중이 없는 곳에 생명은 절대로 있을 수 없다. 존중과 즐거움은 뿌리가 같다. 좋은 시간을 보내려면 우리는 그 시간에 대해 적절히 기대해야 한다. 일단 이게 없으면 시작되지 않는다. 그리고 다가올 그 즐거운 시간에 대한 기대가 있는 사람은 거기에 이르기까지의 시간, 즉 자신이 살아가는 시간 역시 존중한다. 자신이 그 즐거운 시간을 누릴 가치가 있다고 말이다.

그리고 그 존중은, 즐거움은, 기대는, 훼손되어서는 안 된다. 훼손될지도 모른다는 두려움이 있어서도 안 된다. 기대가 반드시 이루어질 것이라는 확신을 갖고 안심하며 향할 수 있는 곳. '책 읽을 수 있는 곳'은 그래야 한다.

'읽다'가 받는 부당한 대우

읽을 수 있다는 건 어디까지나 읽을 수 있다는 것이다. 그것이 지금까지 살펴보고 내린 결론이다. 편안하게 읽을 수 있고 없고는 대개 운에 달렸다.

읽을 수 있을지도 모른다. 그러나 상황에 따라서는 읽는 걸 방해받을 수도 있다.

읽을 수 있을지도 모른다. 그러나 노골적으로 달가워하지 않는다는 느낌을 받을 수도 있다.

읽을 수 있을지도 모른다. 그러나 읽는 시간이 전혀 특별하게 느껴지지 않을 수도 있다.

읽을 수 있을……지도 모른다.

우리에게 주어진 것은 소극적으로 독서를 허용하는 장소뿐이라서, 그들은 "뭐, 읽고 싶으면 읽든가요"라고 말할 뿐이다. 우리에게 미소를 지으며 양팔 벌려 "자, 마음껏 읽으세요"라고 말해주지는 않는다. 이것은 책을 둘러싼 상황을 놓고 보면 조금 이상하고 비정상적으로 느껴진다. 책에 관한 동사를 생각해보면 잘 알 수 있다.

예를 들어 '사다'는 어떤가. 갖고 싶었던 책을 아마존에서 사도 되고, 초대형 서점에서 압도적인 물량을 느끼며 살 수도 있으며, 개인이 운영하는 서점에서 독특한 서가 구성을 즐기며 사는 것도 재미있다. 무인양품처럼 전문적이지는 않지만 서적을 판매하는 매장도 적지 않다. 서점이 점점 줄고 있다지만 구매의 선택지는 여전히 많다.

'알다'도 그렇다. 말할 것도 없이 서점에 가면 구간과 신간을 불문하고 수많은 책의 존재를 새롭게 알게 되고, SNS 타임라인에도 책에 관한 정보가 날마다 올라온다. 잡지, 신문, 전철 광고 등 책을 알게 될 기회는 온라인, 오프라인 할 것 없이 차고 넘친다. 또 '독서미터' 같은 독서에 특화된 웹서비스를 사용하면 '아는' 것은 물론이고 기록하고, 평가하고, 공유하기까지 가능하다. '발견하다'에 특화된 곳은 롯폰기의 '분키쓰文喫'로, 입장료 제도를 도입해 책과 독자가 만나는 공간을 만들어냈다.

책은 '바라보는' 것만으로도 매력적인 아이템이라는 이야기는 앞에서도 했는데, 'HMV&BOOKS 히비야 코티지HIBIYA COTTAGE'의 핑크색 표지 문고본 책만 진열한 '문고 갤러리'의 광경은 압권이었고, 유명한 북디자이너가 작품전을 열면 화제를 모은다. '묵다'도 있다. 이케부쿠로의 '북 앤드 베드 도쿄'와 '하코네 혼바코'는 각각 '묵을 수 있는 서점' '북호텔'이라는 이름을 붙인 꿈같은 곳이고, 마루젠준쿠도 서점은 '마루젠준쿠도에서 살아보다'라는 숙박 투어를 열기도 했다.

구입한 책은 '진열하거나' '장식할' 수도 있다. 세상 사람들이 독서를 하지 않는다는 게 거짓말이 아닐까 싶을 정도로 모든 가구점에서 책장을 취급하고, '서점 B&B'는 가구점과 협업해 가게 안의 모든 책장을 살 수 있게 하고 있다. '책이 있는 생활'을 즐겁게 만드는 독서 용품 브랜드 '비블리오필릭BIBLIOPHILIC'의 홈페이지에 가보면 다양한 북스탠드와 북엔드가 있고 책갈피나 북커버 등 책을 '꾸미는' 아이템도 가득하다. '가지고 다니기' 위한 토트백도 있다.

'가지고 다니다'로 말할 것 같으면 킨들 같은 전자책 단말기로 수많은 책을 가지고 다닐 수 있게 되었고, 킨들의 '킨들 다이렉트 퍼블리싱'이나 'BCCKS' 같은 출판 서비스는 '출판하다'의 문턱을 점점 낮추고 있다. '쓰다'와 '발표하다'는 블로그 서비스 등의 발달로 모든 사람에게 열려 있다. 종이책을 만들고 싶다면 인터넷 인쇄 서비스로 누구나 쉽게 동인지나 ZINE*을 발행할 수 있다. 그리고 그것을 '판다'. '문학 플리마켓'은 해마다 인기가 높아지는 것 같다. 그것은 '모이다'이기도 한데, '도쿄아트북페어'를 비롯한 북페어나 '서점 박람회本屋博' '한 상자 헌책 시장'** 등 만드는 사람, 파는 사람, 읽는 사람, 사는 사람이 정해진 날에 모이는 행사가 점점 늘고 있다. 이렇게 모인 사람들끼리 '말하고' '듣는다'. 독서모임이 일본 전역에서 열리고 있고, 청중 앞에서 책을 소개하는 서평 대회도 활발히 이루어지고 있다. 저자와 번역자가 출연하는 북토크 이벤트도 서점을 비롯한 여러 곳에서 개최되고 있다. 이러한 오프라인 현장은 애서가들

● magazine에서 나온 말로 독립 출판물과 비슷한 의미
●● 一箱古本市. 참가자가 상자 하나에 헌책을 담아 판매하는 플리마켓

이 '교류하는' 장이 되기도 할 것이다.

이렇게만 봐도 책을 둘러싼 상황은 갈수록 즐겁고 알차지고 있는 듯하다. 예전과 비교하면 훨씬 다양해졌다.

그러나 이렇게 많은 동사가 나왔지만 어째서인지 '읽다'는 등장하지 않았다('어째서인지'라고 하면 너무 자의적이지만, 독서대 나 클립형 북라이트, 독서용 베개 등 '읽는' 행위를 돕는 상품은 있군요……). 책과 관련된 상품이나 공간, 행사, 서비스 중에 '읽는 시간' 그 자체에 초점을 맞춘 것은 극히 드물다. 이것은 이상하고 비정상적이고 약간 무섭기까지 하다. 마치 책이라는 아이템에 '읽는' 기능 같은 건 없다는 듯 등한시되고 있다. 책을 읽는다는 매우 단순하고 기본적인 욕구가 이토록 외면당하는 데는 역시 무슨 까닭이 있지 않을까.

책을, 읽는다. 이런 단순한 행위가 왜 방치되는 걸까. 아니면 여기에서도 역시 '읽다'를 그저 가볍게 보는 것일까. "혼자 알아서 하세요. 쉽잖아요?"라는 걸까. 하지만 그게 쉽지만은 않다는 걸 많은 사람이 알 것이다. 쾌적한 독서시간을 보장해주는 무언가가 있었으면 좋겠다는 상상을 해본 사람도 적지 않을 것이다. 상상은 해도 그 영역에 손을 댈 주자가 없다. 그것이 '읽다'가 처한 상황이다.

누군가 집이 아닌 곳에서 책을 읽고 싶을 때, 기본적으로는 어떤 장소에서 혼자 시간을 보내게 된다. 즉, '혼자 온 손님'이 되는 것이다. 여기에 힌트가 있을지도 모른다. 다음 장에서는 책을 읽는 손님, '혼자 온 손님'에 관해 생각해보겠다.

4장

오랫동안 책을 읽는
혼자 온 손님

혼자 온 손님은 나약한 존재

신주쿠 골든거리에 아주 가끔 가는 가게가 하나 있는데, 10년째 알고 지내는 친구(이하 'A씨'라고 한다)가 일하고 있다. 낡고 삐걱거리는 문을 열고 들어갈 때 A씨밖에 없으면 나는 안심하고 자리에 앉아, 하고 싶은 이야기를 한다. 다만 언제까지나 그런 게 아니라 도중에 새로운 손님이 오기 마련이라 나는 '내게 허락된 특별한 시간은 끝'이라고 생각한다. 바로 일어나는 것도 너무 속이 보이니 조금 더 마시다가 셋이서 대화가 시작되면 대화를 하고, 또다른 사람이 와서 A씨가 그쪽에 신경을 쓰고 있으면 남은 사람들끼리 얼마간 이야기를 나누기도 한다. 적당한 때를 봐서 일어난다.

이런 순간에 능숙하게 대처하는 건 정말 어렵다. 불안정한 상황에서 사람과 소통을 하는 게 고역이다. 손님이 나뿐일 때는 A씨가 자원을 할애할 대상이 나뿐이니 나와 이야기하는 것이 자연스럽지만, 다른 사람이 들어오는 순간 상황은 단번에 복잡해진다. 그녀는 카운터석에 선 지휘자 같은 존재가 된다. 지휘봉을 휘둘러 이쪽 악기를 울리게 하고 저쪽 악기를 울리게 한다. 때로는 두세 가지 악기를 동시에 울리게 만든다. 기술이다. 그러다 나를 챙기러 돌아와주어도 어느새 어색해져서 절대 이전 상황으로 돌아가지 않는다. 옆 사람과 이야기한다고 해도 언제까지 하나의 화제를 끌고 가는 게 적절한지도 모르겠고, 나 말고 다른 사람과 이야기하고 싶을 수도 있다는 마음이 들며 괜히 미안해진다.

'불안정한 상황에서의 커뮤니케이션이 서툴다'는 느낌은 술집 같은 곳에만 국한된 이야기가 아니라, 지인의 전시회를 보러 갔는데 그 사람이 마침 전시회장에 나와 있을 때라든가, 영화관에서 아는 사람과 우연히 마주쳤을 때처럼 '정식으로 세팅된 게 아닌 대화'는 전반적으로 그런데, 나와의 대화가 별로 내키지 않는 것 같다고 여겨지는 순간 모든 게 끝이다. '사람과 가볍게 이야기하는' 게 어렵다.

A씨 가게 이야기로 돌아가, 지금 같은 패턴은 그나마 운이 좋

은 것이고, 카운터석이 꽉 차 있으면 테이블로 안내되어 먼저 온 손님과 합석을 하기도 한다. 이렇게 되면 정말 좌불안석이다. 줄담배를 피우는 것도 우습고, 스마트폰만 계속 만지작거리는 것도 이상하다. 그렇다고 처음 본 사람에게 말을 거는 건 쥐약이다. A씨가 도와주면 좋겠지만 바쁘고 즐거워 보인다. 큰일 났다.

그래도 있을 수는 있다. 이걸 말하고 싶었다. 그래도 있을 수는 있다. 불편하긴 하지만 그렇다고 절대 불가능한 일은 아니다. 상당히 고통스럽겠지만 어떻게든 버틸 수 있다. 어째서일까. 그것은 지휘자인 A씨와 안면이 있는 덕에 내가 거기에 있어도 괜찮은 존재로 인정받는 느낌이 들기 때문이다. 보호받는 듯한 느낌이다.

아는 사람이 전혀 없는 가게라면 이야기가 달라진다. 나를 아는 사람이 아무도 없는 상황에서 혼자 의연하게 시간을 보낼 만한 담력이 내게는 없다. 그럼 두 사람이라면 어떨까 생각해보면, 우리만 빼고 모두 아는 사이라면 꽤 괴롭겠지만 혼자 있는 것보다는 나을 것이다. 아는 사람들의 비율이 높더라도 우리처럼 두 명 일행이 여러 쌍 있는 상황이라면 거의 괜찮을 것 같다.

뭐가 다른 걸까. 나는 '결탁의 정도' 차이라고 생각한다. 어느 장소에서 시간을 보낼 때 편안함을 느끼는 요인에는 '나를 받아들여주는 느낌'이나 '여기 있어도 될 것 같은 안도감' 등 여러 가지가 있지만, 그 뿌리에 있는 중요한 키워드 중 하나가 '결탁'이다.

나는 '혼자 온 손님은 기본적으로 여리고 연약하며 섬세하고 순진한 존재다'라고 느끼는데, 그 내면을 들여다보면 결탁의 정도가 현저하게 약하기 때문에 불안을 느끼게 되는 것 같다. 뒤집어 말하면 결탁의 정도만 강해지면 더는 약한 존재가 아니게 된다. 이것은 혼자 온 손님에게 비치는 한 줄기 광명이다.

혼자 온 손님의 보유 포인트

결탁의 정도는 일종의 '포인트 시스템'으로 생각하면 이해하기 쉽다. 이는 고등학교 시절 교내 서열을 가시화하려고 고안한 시스템에서 비롯되었다. 포인트로 만들어보니 직감대로 내가 밑바닥을 헤맬 수밖에 없었던 이유가 잘 이해되었다.

자, 초기 설정으로 할당되는 포인트는 다음과 같다.

직원: 20 포인트

단골·직원과 아는 사이: 10포인트

처음 온 손님: 2포인트

이 상태로 시작해 누군가와 친해져 결탁을 하게 되면 그 사람의 포인트가 자신의 포인트에 가산된다. 합계 포인트가 그 장소와의 결탁 정도를 나타내는데, 높으면 편하게 있을 수 있고 낮으면 불편하게 있는다는 뜻이다. 30포인트가 넘으면 제법 존재감 있는 손님으로 간주된다.

A씨 가게로 생각해보자. 나는 '직원과 아는 사이'라서 10포인트다. 그리고 A씨가 잘 챙겨주니 '직원'의 20포인트가 부여되어 30포인트가 된다. 또 단골과 이야기를 나눴기 때문에 10포인트가 가산되어 40포인트가 된다.

여기서 처음 온 네 명 일행이 있다고 하자. 자기들끼리만 이야기를 나눌 경우 '처음 온 손님'의 2포인트가 네 개 모여 봐야 고작 8포인트다. 그런데 A씨가 네 명의 이야기에 끼어 직원의 힘을 보탠다. 그러면 그들은 20포인트가 더해져 단번에 28포인트가 된다. 그러다 나중에 단골 한 명이 네 명 일행에 합류한다. 아는 사이였던 모양이다("어머, B씨의 친구였어요?"). 이제 '단골'의 포인트가 더해져 무려 38포인트까지 올라간다! 지금 가게에는 40포인트를 가진 나, 50포인트를 가진 옆자리 손님, 아까 온 단골은 58포인트, 네 명 일행은 각각 38포인트로 강자들의 모임이 되었다(의문이 있을지도 모르지만 어쩔 수 없다. 계산의 정확성은 잠깐 눈감아주시기 바란다).

그때 청년 한 명이 들어왔다(다들 문 쪽을 흘끗 본다). A씨나 우리나(우리라니! 이 무슨 친근한 말인가!) 그가 누구인지 모른다. 청년은 카운터석 끝자리에 앉는다. 이때 그는 단 2포인트밖에 가지고 있지 않다. 이런 상황이야말로 지휘자인 직원이 솜씨를 발휘해야 할 부분인데, 마음을 편하게 만들어주기 위해 말을 걸어 20포인트를 줌으로써 일단 22포인트로 높이려고 할 것이다. 또 카운터석에 앉아 있는 다른 손님들과의 사이에 다리를 놓아 셋이서 합주를 하도록 지휘할지도 모른다. 그러면 두 사람에게 각각 10포인트씩 받아 42포인트가 된다. 그렇게 되면 이제 두려울 것이 없다. 대화 시간이다. 자, 우린 하나야!

이것이야말로 직원의 능력이고 기술이라 이런 케어를 게을리 한다면 청년은 2포인트인 채로 주눅 들어 있을 것이다. 이것이 내 집 같은 편안함의 무서움이요, 지옥의 정체로, 30포인트나 40포인트를 가진 사람들 사이에서 달랑 2포인트만 가진 채 시간을 보내는 건 상상만 해도 소름이 끼친다.

그런데 넓은 가게로 가면 이야기는 달라진다. 대체로 결탁의 정도가 낮은 공간이기 때문이다. 단골끼리 모여 있어 각각 30포인트씩 가진 테이블도 있겠지만, 대부분의 테이블은 직원과 모르는 사이라 그 인원수대로 한 명이면 2포인트, 두 명이면 4포인트, 세 명이면 6포인트, 같은 식으로 다들 낮은 수준을 이루고 있다. 그래서 혼자이고 2포인트밖에 없다 해도 크게 신경 쓰이지 않는다.

게다가 단골이나 아는 사이라고 해서 직원들과 계속 이야기를 나누는 경우는 드물어서 주위 사람들은 그들이 30포인트나 가진 강자들이라는 걸 모른다. 특권성이 겉으로 드러나지 않는다. 그러면 더이상 위협적인 존재가 아니다.

그리고 이건 아직 가설 수준이라 검증이 필요하지만, 다른 사람이 가진 포인트는 거리에 비례해 조금씩 줄어드는 성질을 가지는 것 같다. 내가 2포인트이고 옆 사람이 20포인트일 경우에는 강력한 위협으로 작용하지만, 그 사람이 아주 멀리 떨어져 있는 경우에는 내게 도달할 때쯤이면 4포인트 정도밖에 힘을 발휘하지 못하는 것이다. 널찍한 가게에 있을 때 편안한 이유에는 이런 점도 작용한다고 생각한다.

얘기하면 할수록 내가 지금 대체 뭘 하고 있는 걸까, 무엇과 싸우고 있는 걸까…… 하는 생각이 강하게 들지만, 어쨌든 마무리를 지어야겠다. 왜 혼자 온 손님이 나약한 존재일까, 불안한 존재일까. 앞서 말했듯 다 포인트가 낮기 때문이다. 조금 전의 청년이 2포인트 상태에서 벗어나 느긋하고 쾌적한 시간을 보내려면 직원이나 다른 손님에게 포인트를 받거나 혹은 단골이 되어 스스로 10포인트를 가진 존재가 될 필요가 있다.

혼자 책을 읽는 일이 이래서 어렵다. 혼자 책을 읽고 싶은 것이지, 그 자리에 참여하거나 다른 사람과 친해지고 싶은 게 아

니기 때문이다. 그보다 지금 있는 곳, 이 자리를 다른 누구에게
도 침범당하지 않는 '내 자리'로 만들 필요가 있다. 그런 사람에
게 대화는 침범이다. 그래서 보통은 직원이 20포인트를 주려고
해도 그것을 받고 싶지 않다. 왜냐하면 이야기하러 온 것이 아
니기 때문이다. 그러기 위해서는 2포인트밖에 없어서 주눅 든
상태를 감수해야 한다. 단골이란 가게에서 많은 시간을 보내며
직원과 서로 잘 알게 되어, 즉 결탁하여 마음 편하게 머물 수 있
게 된 존재인데, 그렇게 되려면 독서시간을 희생하고 커뮤니케
이션에 시간을 할애하거나, 혹은 포인트 받는 것을 계속 거부하
며 그저 방문 횟수를 늘리는 것만으로 언젠가 10포인트가 되기
를 기다리거나, 둘 중 하나다. 벌써 막막하다. 생각만 해도 우울
하다.

　하지만 꼭 그렇다고만은 단언할 수 없는 곳에 우리의 밝은 미
래가 있는 것 같다. 지금도 "보통은 직원이 20포인트를 주려고
해도 그것을 받고 싶지 않다"라고 했는데, 대화를 하지 않더라
도 20포인트를 부여받을 방법이 있다면? 시시한 수다를 떨지
않더라도 가게나 다른 손님과 결탁할 방법이 있다면? 다른 방
식으로 직원, 혹은 다른 사람이 내 존재를 분명히 인정하고 내
가 여기에 있는 것을 긍정하고 있다는 걸 확실히 느낄 수만 있
다면, 그 사람은 직원이나 다른 사람에게 포인트를 부여받아 장
소나 사람과 결탁을 이룬 존재가 되는 게 아닐까. 그렇게만 되

면 강자의 입장에서 마음 놓고 편안히 독서를 즐길 수 있지 않을까.

대화를 하지 않고도 30포인트, 40포인트를 가진 존재가 되어 독서를 하는 것. 그것이 바로 우리가 지향해야 할 상태다.

가게의 입장에서 본 혼자 온 손님

그러기 위해서는 가게가 명확하게 환영의 뜻을 표현해야 한다. "독서를 하신다고요? 알겠습니다. 최선을 다해 도와드리겠습니다. 편안하게 마음껏 읽으세요." 이 정도로 확실하게 느껴져야 비로소 결탁도 가능해진다. 하지만 지금까지 살펴본 바와 같이, 이렇게 명시되는 경우는 거의 없다. 거부하지는 않지만, 책 읽는 시간을 응원하는 명확한 의사 표시도 없다. 거기에는 분명 이유가 있다. '책을 읽으려는 손님'의 시각에서 잠깐 벗어나 가게 입장에서는 어떻게 생각할지 상상해보자. 가게에서 독서를 하는 사람은 도대체 어떤 존재일까.

가게는 가게를 유지할 매출을 계속해서 올려야 한다. 매입 원가, 임차료, 광열비, 인건비. 꾸준히 달리기 위한 돈을 벌기란 쉽지 않다. 음식점 개업 3년 후 생존율이 30퍼센트로 알려져 있다.

바로 접을 생각으로 가게를 차린 사람은 아무도 없을 테니 몹시 어려운 게임인 셈이다.

매출은 '좌석 수×회전율×객단가'로 산출된다. 각각 '자리가 몇 개인가' '하루에 손님이 몇 번 바뀌는가' '1인당 얼마를 지불하는가'이고, 이들의 곱이 클수록 매출이 높아지는데, 각 항목을 모두 일률적으로 크게 만들려면 '어깨가 맞닿을 정도로 자리가 다닥다닥 붙어 있고, 재빨리 이용하고 돌아가고, 돈은 많이 쓰는' 비현실적인 일이 일어나야 한다. 그래서 가게는 각각의 특성에 따라 어느 항목을 올리고 어느 항목을 낮춰 전체적으로 필요한 금액을 만들까 궁리한다. 그중에서 '좌석 수'는 변경이 어려운 항목이고, 비교적 조절하기 쉬운 것이 회전율과 객단가이다.

회전율은 머무르는 시간이 관건이다. 음식점 경영 입문서를 펼쳐보면 '시간제한을 둔다' '빈 접시를 바로바로 치운다' '너무 편한 분위기를 만들지 않는다' '종업원에게 시간 단축 교육을 철저히 한다'라는 꽤 딱딱한 말이 가득하다(낯설지 않다 했더니 모두 사무치는 외로움을 맛본 가게에서 체험한 것들이었다). 빨리빨리 나가게 만들라는 것이다.

시간제한을 두어 확실히 회전율을 확보하려고 노력하는 건 선술집 같은 곳이 많은데, 카페나 찻집에도 그런 과제가 없는 것은 아니다. 지금 이 원고를 쓰고 있는 커피 체인점도 "고객님들의 쾌적한 가게 이용을 위해 다음 사항을 삼가주십시오. 양해 부탁드립니다"라고 써진 스티커가 눈앞에 붙어 있고 항목 중 하나가 "장시간 공부나 게임으로 좌석을 이용하는 행위"이며, 예전에 간 카페에는 "장시간에 걸친 자리 차지는 다른 손님에게 피해를 주오니 삼가주십시오"라고 '차지'라고 표현하며 좌석 이용 자체가 방해 행위인 듯 말하는 걸 보고 깜짝 놀란 적도 있다. 아무튼 한 스타벅스 매장에서 시험공부를 금지했다는 이야기도 들리고, '눌러앉는' 문제가 인터넷상에서 자주 토픽으로 오르내리는데, 나도 예전에 카페를 운영할 때 '오래 머무는 분들께'라는 제목의 글을 블로그에 올렸다가 작지 않은 화제가 된 적이 있다. 어쨌든 많은 사람들이 생각하는 문제라는 말일 것이다.

독서는 어떨까. 오래 머무는 문제에서 공격 대상이 되는 것은 대개 공부나 컴퓨터 작업이고, 독서가 언급되는 경우는 본 적 없지만, 그것은 단순히 눈에 띄지 않는 존재이기 때문일지도 모른다. 책을 실컷 읽으려고 적당한 장소를 찾을 때 우리는 분명 오래 머무는 존재다. 즉, 가게 입장에서는 회전율을 낮추는 존재로 간주할 수 있다.

회전율 증감에 영향을 주는 지표 중에 '좌석 가동률'이라는 것도 있다. 이는 '의자 수에 비해 실제로 어느 정도 손님이 있는가'를 나타내는 지표로 '실제 손님 수÷만석 시 좌석 수'로 계산한다. 나는 지금 2인석에 혼자 앉아 이 글을 쓰고 있는데, 만일 모든 자리가 이런 상태일 경우 가동률은 50퍼센트이다. 일반적으로는 70퍼센트 이상이 바람직하다고 하니 좋은 상태는 아니다. 다시 말해 지금의 나는 가동률 면에서 바람직하지 않은 존재다. 독서를 하는 사람도 마찬가지다. 2인석은 2인이 이용했으면 하는 게 가게의 자연스러운 바람이다.

그리고 객단가. 책을 읽는 사람은 매출에 얼마나 도움이 될까. 예전에 남의 대화에 귀를 기울이다가 이런 소리를 들은 적이 있다. "난 진짜 좋아하는 사람 앞에서는 긴장해서 아무 말도 못해. 긴장하면 음료 얘기만 하게 된다니까. 큰일이야. 완전 재미없는 여자래. '너무 많이 마시는 거 아냐? 그만 마셔' 이런 얘기를 한 시간에 한 번 정도 듣는 것 같아."

의미 없이 튀어나오는 "큰일이야"가 왠지 좋다. 어쨌든 농담 같은 말이지만, 이것은 상당히 핵심을 찌르고 있다. 둘 이상일 때는 이렇게 "너무 많이 마시는 거 아냐? 그만 마셔"라고 말하는 동석자가 있다는 뜻이다. 다른 사람과 함께 있을 때, 자신의 페이스나 욕구 외의 요소가 주문에 영향을 준다. "한 잔 더 할까"는 "좀 더 같이 있고 싶다"는 말이고, 체면치레 같은 것도 관련이 있을 것이다. 또 구순적 욕구랄까, "입술을 가만두지 않는" 것도 주문을 가속화하는 요인이다. 나도 낯선 사람들이 여럿 있는 상황에서 술을 마시면 대개 페이스 조절에 실패해 곯아떨어지거나 속이 울렁거리는데, 이는 정신의 평정을 유지하기 위해 입술을 잔에 계속 갖다 대기 때문이다. 그 빈도가 너무 높아져 신체의 평정을 깨뜨리는 패턴이다.

혼자인 경우에는 그 자리에 계속 있기 위한 구실로 "한 잔 더"(가게가 주는 압박은 차치하고) 마실 필요가 없고, 다른 사람의 페이스에 동조하거나 따라갈 필요도 없다. 긴장을 완화하는 수단으로 이용하지도 않는다. '커피 한 잔으로 버틴다'는 말이 있는 것처럼, 한 잔이면 정말 얼마든지 버틸 수 있다. 지금의 나처럼 "커피를 마시고 싶은 게 아니라 집필을 위한 자릿세로 커피 값을 낼 뿐"이라고 했을 때 리필을 할 이유는 어디에도 없고, 객단가는 최저 수준에 그친다.

물론 이런 일은 두 명 일행일 때도 일어날 수 있고(체면치레와는 반대로 반감을 사지 않기 위해 추가 주문을 참는 경우도 있을 수 있다. "○○씨는 항상 추가 주문을 해서 금액이 많이 나온다니까"라는 험담을 아이 친구 엄마에게 듣지 않도록……), 또 반대로 혼자라도 음식을 기대하고 있는 경우나 '오늘은 특별한 날이니까 사치를 부릴 거야. 하고 싶은 대로 다 할 거야'라는 마음이 있는 경우에는 계속 추가로 주문해 먹고 마시는 단가 높은 손님이 되기도 할 것이다. 케이스 바이 케이스라 가게 입장에서도 뚜껑을 열어봐야 알겠지만, 아마 일반적으로 책을 읽으러 혼자 온 손님이 더 많이 주문할 확률은 낮을 것이다. 적어도 혼자 온 손님을 보고 '신난다! 혼자 온 분이네! 단가가 높겠어!' 하고 기뻐하는 가게는 드물지 않을까.

이렇게 검토해보니, 가게 입장에서 본 혼자 책을 읽는 손님은 오래 머무르며 회전율을 낮출 것 같은, 테이블을 혼자 사용해 좌석 가동률도 낮출 것 같은, 음료 한 잔으로 끝까지 버텨 객단가도 낮을 것 같은, 그런 존재라는 사실을 알 수 있었다. '환영받는 손님'이라고 보긴 어렵다.

그렇다고 해서 모든 가게에서 꺼리는 손님이냐 하면 그렇지는 않다. 이런 태도를 가진 곳도 있을 수 있다. 꽤 옛날에 쓴 글이지만 앞서 언급한 '오래 머무는 분들께'라는 블로그 기사 전문을 소개한다.

오래 머무는 분들께

아주 오랜 시간 가게에 계시는 분을 종종 본다. 얼마 전에도 정오가 조금 지나서 오셨는데 점심을 먹고, 간식시간에 차를 마시고, 저녁때가 되자 저녁을 먹고, 그러고도 조금 더 머물다 가신 손님이 있었다. 꽤 특수한 예이기는 하지만 몇 시간씩 계시다 가는 분을 자주 본다.

대부분의 경우 그런 손님들은 계산을 하면서 "너무 오래 있어서 죄송해요" 같은 말을 한다. 어떤 마음으로 그런 말을 하시는지는 잘 모르겠지만, 그런 분들에게 너무 말하고 싶은데 좀처럼 얼굴을 마주하고 할 수 없었던 말이 있다. "이렇게 오래 있어 주셔서 정말 정말 정말 감사합니다. 너무 기뻐요. 손님이 어떤 분인지는 전혀 모르지만 우리는 당신이 너무 좋아요"라는 말이다.

시간은 유한하다. 하루는 아무리 발버둥 쳐도 24시간이고, 자유롭게 쓸 수 있는 시간은 정해져 있다. 나는 쉬는 날이면 항상 고민을 한다. 이 한정된 시간을 무엇에 어떻게 써야 잘 썼다고 소문이 날까. 어떡하면 가장 기분 좋은 하루를 보낼 수 있을까. 시간이란 건 참 값지다.

그리고 우리는 카페가 무엇보다 편안한 시간을 제공하는 장사라고 생각한다. 편안하게 보낼 수 있는 공간, 기분 좋은 시간을 제공하고 그 대가로 돈을 받는다. 주문받은 밥이나 찻값을 받는 것은 편의적인 것에 지나지 않는다고까지 생각한다. 궁극적으로는 정해진 입장료를 받는 것으로 돈거래를 끝내고 "네, 당신은 이곳에서 쾌적한 시간을 보낼 권리를 구입하셨습니다. 원하는 만큼 계십시오. 먹거나 마시고 싶은 게 있으면 말씀하세요. 개별 주문에 대한 요금은 발생하지 않습니다" 하는 시스템이어도 괜찮지 않을까 생각한다(실제로 입장료+주문한 메뉴의 원가를 받는 바가 있다고 한다).

얼마 전에 「인 타임In Time」이라는 SF영화를 보았다. 가까운 미래에 시간이 통화通貨가 되어 뭔가를 살 때 자신의 시간을 지불한다. 남은 시간이 0이 되면 죽는다. 시간이 적으면 가난한 것이고 시간이 많으면 부유한 것이다. 가난한 사람은 너무 금방 죽으니 부자들에게 반역하자는 얘기다. 재미없었다.

이 영화 얘기를 꺼낸 건 우리의 생각을 설명하기 좋을 것 같아서다. 다시 말해 우리는 장소를 팔고 시간을 지불받는 모델이다. 지불받는 시간이 길면 길수록 가치가 커지고 우리의 부가 축적된다. 자본주의 경제가 아니라 시간주의 경제. 대충 그런 이미지다.

잘 전달되었을지 모르겠지만 쉽게 말해 한정된 시간의 작지 않은 비율을 우리 가게에서 보내는 데 할애해주셔서 너무 기쁘고 감사하다는 이야기다. 머무는 시간과 편안함은 비례하는 게 아닐까, 오래 계시면 계실수록 카페 모야우라는 곳이 마음에 들었다는 확실한 증거가 아닐까, 사랑받는 것 같아 행복하다.

글로 설명하기가 어려운데, 어쨌든 예를 들어 밥을 먹으러 와서 밥만 먹고 돌아가는 분을 부정할 뜻은 전혀 없고, 우리 가게를 좋아해주시는 것 같다는 느낌이 들 때면 늘 진심으로 기쁘다.

오늘 이 글을 쓴 건 '450엔을 내고 세 시간이나 있으려니 좀 미안하다'고 생각하시는 분들이 꽤 계시지 않을까 싶어서였다.

오래 머무는 것에 대해서 우리가 어떻게 생각하는지 알려드리고 싶었기 때문이다. 객단가나 회전율, 라이프 타임 밸류* 같은 축이 아닌 다른 기쁨이 가게에도 있다는 걸 알려드리고 싶었기 때문이다. 당신이 편안하게 보낼수록 우리는 무지 행복해요, 라는 말을 한 번쯤 하고 싶었기 때문이다.

혼자 오래 머무는 손님을 환영할 수 있는 가게의 조건

'라이프 타임 밸류'라는 말의 뜻도 제대로 모르고 글을 쓴 게 부끄럽다. 글도 여기저기 허술한 구석이 많아서, 첫 부분에 '오래 머무르지만 많이 먹고 마시는 분'의 이야기를 하는 바람에 "단가가 높으면 상관없지 않느냐"는 지적을 받기도 했다. 이렇게 조잡한 글이지만 대체적으로는 지금도 같은 생각이다.

그런데 이 글의 내용은 지금까지 생각해온 혼자 온 손님에 관한 문제를 전부 뒤엎는 태도처럼 보인다. 오래 머물렀으면 좋겠다. 대환영이다. 왜 당당하게 그리 말할 수 있었을까.

두 가지가 그것을 가능하게 했다. 첫째는 '우리 가게는 오래 있을 수 있는 곳이어야 한다는 의지'이고, 둘째는 '매출 걱정이

● 어느 고객이 한 업체에 평생 가져다주는 이익

없어 기회손실을 민감하게 받아들이지 않을 수 있는 상황'이
다. 우리는 "느긋하고 편안하게 마음껏 있을 수 있는 장소를 만
들자"는 의지가 확고했다. 왜냐하면 실제로 그런 곳을 좋아했기
때문이다. 단순하지만 강력한 원동력이다. 그리고 그 마음에 어
떤 망설임이나 오기도 없었던 건 비교적 상황이 여유로웠기 때
문이다. 손님이 충분히 있었고 인건비도 크게 들지 않아 금전적
여유가 확실히 있었다. 개인적으로는 '이제 한계다, 더는 무리
다'라고 느낄 만큼 일이 힘에 부칠 때도 있어서 주문이 적은 게
편했고 자리가 꽉 차서 막 온 손님을 돌려보낼 때는 조금 안도
할 정도였다. 그래서 어떻게 보면 회전율과 객단가를 낮추고 객
석 가동률도 낮추는 '혼자 오래 머무는 손님'이 못마땅한 존재
이기는커녕 오히려 반가운 존재였다. 왜 이렇게 쓸데없는 소리
를 하는지 모르겠지만…… (그리고 저는 떠났지만 모야우는 지금도
활발히 영업하고 있습니다. 오래 머무는 손님에 대한 견해는 2012년 당
시의 것임을 양해 부탁드립니다.)

이것이 가능하려면 물론 '그렇게 이용하지 않는 손님'의 존재
가 있어야 하고, 만일 대부분의 손님들이 커피 한 잔을 주문하
고 개점부터 폐점까지 계속 있는 상황이라면 가게는 성립하지
않는다. 하지만 그건 그런 일이 일어났을 때 생각하면 되는 문
제다. 어쨌든 우리는 우리가 원하는 광경을 보고 싶었다.

가게는 계산식에 따라 매출을 최대로 끌어올리려고 하는 반면에 계산식상으로는 도저히 합리적이라고 할 수 없는 판단도 내리는 법이다. 비합리적인 부분이야말로 그 가게의 정신을 나타낸다고도 할 수 있다. 나의 경우는 경영상의 여유가 그것을 가능하게 했지만, 우선은 의지와 욕망이다. 그것이 있으면 무언가가 시작된다.

그러니까 책 읽는 사람에 대한 전면적인 환영을 명시하는 곳이 거의 없다는 건 그런 의지와 욕망을 가진 가게가 거의 없다는 뜻인지도 모른다.

"그게 아니다. 그러고 싶은 마음이 굴뚝같다. 하지만 말이 좋지, 그럴 여유가 없다. 다들 근근이 버티고 있다." 기사가 화제가 되었을 때 이런 반응이 몇몇 있었다("민폐다"라고 직접 말하는 사람도 있었다. "우리 가게도 그렇다고 생각하면 어쩔 거냐"라는 것이었는데, 카페를 대표해서 쓴다고 한 적은 없는데……).

그런 말을 계속 듣다보니, 오래 있는 사람을 계속해서 진심으로 환영하고 싶다는 건 역시 듣기 좋은 소리일 뿐인가, 제대로 된 경영 판단으로는 있을 수 없는 일인가 싶다가도 결국 이런 생각이 들었다. "하지만 훨씬 더 질 나쁘게 오래 머무를 것 같은 존재가 받아들여지는 장소도 많지 않은가." 그 존재는 '컴퓨터 작업자'요, 그곳은 '노마드 워커를 위한 카페'다. 이들을 받아들이는 건 회전율이나 객단가의 관점에서 보면 불합리한 판단으로 보인다. 하지만 그들이 갈 곳은 많다. 그런 상황을 고려할 때 책 읽는 사람이 받는 부당한 대우 역시 의지와 욕망의 결핍이라고밖에 볼 수 없다. 더 말하자면 책을 읽는 사람은 많은 사람으로 하여금 근본적인 거부감을 느끼게 하는 존재가 아닐까. 자신의 존립을 위협하는 불온하고 기분 나쁜 존재가 아닐까.

독서할 곳이 이렇게도 없는 건 '회전율'이나 '좌석 가동률'이나 '객단가' 같은 계측 가능한 성질뿐 아니라, 독서라는 행위 자체가 내포하는 부정적인 성질 때문이 아닐까.

5장

독서라는 기분 나쁜 행위

노마드 워커의 사회성

늘 가는 커피 체인점, 혹은 같은 체인의 다른 점포, 다른 커피 체인점도 있고, 초코 크루아상 체인점의 1인용 소파 자리도 좋은 것 같다. 조금 더 가면 좋아하는 카페도 있고, 얼마 전에 생긴 '크리에이티브'를 표방하는 카페도 이용할 수 있을 것이다(아니 꼬운 분위기라 분명 가지 않겠지만). 가끔 패스트푸드점에서 햄버거를 먹으며 일을 하는 것도 나쁘지 않다. 볼 때마다 수많은 흰색 사과 마크가 창가에 줄지어 있는, 자주 앞을 지나는 호텔 라운지에 큰맘 먹고 들어가보는 것도 괜찮을지도 모른다(내 주제에 역시 무리다).

오늘 어디서 이 원고를 쓸까 생각했을 때 떠오른 후보다. 컴퓨터로 뭔가를 하려고 하면 선택지는 풍부하다. 대부분의 장소에서 와이파이를 이용할 수 있고, 자리에 콘센트가 갖추어져 있다. 컴퓨터 작업을 지원한다.

이것은 이상하다면 이상한 일이다. 컴퓨터 작업은 공부와 함께 카페에 오래 머무는 것으로 적지 않게 비판의 대상이 되고, 앞에서 본 것처럼 주의사항으로 붙어 있기도 하며, 하다보면 시간이 잘 가서 얼마든지 계속할 수 있을 것 같은 행위이고, 실제로 굉장히(심하게?) 오랫동안 머무는 경우도 허다하다. 그런 행위임에도 불구하고 용인하는 곳이 수없이 많다.

물론 대부분은 어디까지나 '하게 해 주는 곳' '해도 되는 곳'이라, 그 점에서는 독서와 크게 다르지 않을지도 모른다(하지만 컴퓨터 작업은 와이파이와 콘센트를 제공받고 있으니 역시 독서보다는 우대를 받는 셈이다. 제대로 배려받고 있다). 그러나 독서와 확연히 다른 점이, 컴퓨터 작업은 공유 오피스처럼 '완전히 전념할 수 있는 장소'가 여럿 마련되어 있고, 칸막이 없이 개방되어 있어도 그 사람들의 편익이 무엇보다 우선시되는 듯한 곳이 많다는 것이다.

퍼뜩 떠오르는 곳이 시부야의 팹카페FabCafe와 신주쿠의 카피스Caffice 정도인데(특히 팹카페는 나도 일을 하러 매일 찾던 때가 있었는데 커피와 음식이 다 맛있어서 좋았다), '노마드 카페'로 검색하면 얼마든지 나온다. 모두 컴퓨터 작업자의 이용을 전제로 편리성과 쾌적함을 빈틈없이 고려하고 있다. 독서가 받는 부당한 대우를 생각하면 하늘과 땅 차이다. 왜 이렇게 다른 걸까.

팹카페나 카피스를 운영하는 회사가 인터넷 관련 기업이고 그들이 운영하는 여러 사업 중 하나라는 데서 이유를 찾을 수 있지 않을까. 이런 회사 직원들은 아마 밖에서 컴퓨터를 펴놓고 일을 할 기회가 많은 사람들일 것이다. 그런 사람들이 만든 카페. 자신들 스스로 확실한 니즈가 있기 때문에 타깃도 명확하게 설정할 수 있고 제공하는 서비스도 적절히 설계할 수 있다. 같은 처지, 같은 부류의 사람들을 응원하고 그들의 행복에 기여하고 싶다는 의지 또한 확고하다.

또, 음식점 사업의 단일 수익에 큰 기대를 걸지 않고, 의존하지 않을 가능성도 있다. 어디까지나 기업 브랜딩의 일환으로, 분명 점포에서의 경험이 브랜드에 대한 호감과 신뢰를 높이고 장기적으로 큰 이익을 가져다줄 것이라고 판단했을 것이다.

반대로 독서의 세계는 어떨까. 같은 처지, 같은 부류의 '읽는' 행위를 응원할 주자가 어디 없을까. 예를 들면 출판사가 있을 것이다. 도서총판도 좋고, 물론 서점도 가능하다. 하지만 그런 움직임은 없다시피 하다.

그런 가운데 대형 도서총판 일본출판판매가 문을 연 '책과 만나는 책방'인 '분키쓰'는 언뜻 '읽다'를 응원하는 듯 보였다. 입장료를 내고 들어가는 서점으로, 커피와 녹차를 무제한 제공한다. 좌석이 여러 개 마련되어 있고, 판매되는 약 3만 권의 책은 자유롭게 읽을 수 있다. 다만 '분키쓰'는 '책과의 만남'에 주안점을 둔 곳이라 홈페이지를 보면 '고르다'나 '음미하다'라는 말은 있어도 '읽다'는 교묘히 피해 간다. '읽다'라는 말이 등장하는 건 한 번뿐이고, 실제로 가봐도 책을 읽는 사람은 일부이고 수다를 떨거나 컴퓨터 작업에 몰두하는 사람도 많다.

겨우 이 정도지 그 외에 '읽다'를 지원하는 공간은 크게 생각나는 곳이 없다. 출판업계 사람들은 "최적화된 환경에서 책을 읽고 싶다"는 욕구를 가지지 않는 걸까. 너무 일상적으로 읽다 보니 서바이벌 능력이 고도로 발달해 어떤 환경에서도 문제없이 읽을 수 있고, 그래서 굳이 독서를 위해 마련된 장소가 필요하지 않은, 그런 건 상상해본 적도 없는, 그런 독서 능력자들뿐인 걸까.

아니면 당장 출판업계가 다른 사업을 시작할 여유가 없는 건지도 모른다. 그럼 '라 카구la kagū'는 뭐지? 출판사 신초샤는 2014년에 '의식주+지知 큐레이션 스토어'인 '라 카구'를 오픈했는데(2019년 3월에 업태 변경), 이런 걸 만들 바에야 독서를 위한 공간을 만들었다면 신초샤의 브랜드 이미지가 높아지지 않았을까. 나아가 독서의 즐거움을 보다 강력하게, 보다 많은 사람에게 알려, 혹은 재발견하게 해 독서 문화의 저변을 넓히는 데 기여하지 않았을까.

"그 특성상 경제적으로는 가장 어려운 이 사업에 감히 맞닥뜨리는 우리의 뜻을 헤아려, 그 달성을 위해 세상의 독서인들이 우리와 아름답게 공존해주기를 기대한다"가 아니었던가? 이게 세상의 독서인들과 아름답게 공존을 이룬 모습일까? 착각했다. 이건 이와나미문고의 발간 기념사였다. 대단히 실례했습니다. 더욱이 도스토예프스키, 카프카, 포크너를 비롯한 신초문고, 가브리엘 가르시아 마르케스와 토머스 핀천의 전집을 간행하고, 신초크레스트북스 시리즈를 계속 세상에 내주는 신초샤에게 나는 마음 깊이 감사하고 있다. 실컷 불평을 늘어놓았지만 정말 좋아하는 출판사다.

아무튼 세상의 컴퓨터인들과는 아름다운 공존이 많이 이루어지고 있지만, 독서인들과의 공존은 전무하다. 독서인은 존재하지 않는다고 여겨지는 것 같기도 하다.

이 부조리한 상황을 지켜보고 있노라면 "독서라는 행위 자체에 문제가 있는 게 아닐까" 하는 생각이 들었다는 것이 앞장 끝부분의 결론이었다. "혹시 독서가 주위 사람에게 묘하게 이질적이고 기분 나쁜 행위로 여겨지는 건 아닐까"라는 피해의식의 결정체 같은 생각에 이르고 말았는데, 크게 틀린 이야기도 아닐지 모른다.

화장터에서 책 읽는 사람

집이 아닌 곳에서 하는 컴퓨터 작업이나 독서는 공적인 공간을 자신의 사적인 공간으로 만드는 행위다. 다른 사람과 수다를 떠는 사람들에 비해 훨씬 밖으로 열려 있지 않고 안으로 닫혀 있는 느낌이다. 그리고 독서는 컴퓨터보다 닫힌 정도가 훨씬 심하다.

두 가지 특성이 독서를 기분 나쁜 행위로 만드는 것 같다. 배타성과 비생산성이다.

컴퓨터 작업은 언뜻 '컴퓨터와 그 사람'만의 폐쇄적인 행위 같지만, '작성한 기획서를 누군가에게 보낸다'처럼 화면 너머의 살아 있는 타인과 무언가를 공유하고 있는 상태를 상상하기 쉽다. 이건 실제로 그렇지 않을 경우에도 마찬가지인데 "작업자와 컴퓨터 말고도 뭔가가 더 있을 것이다"라는 가능성이 느껴지는 것만으로 효과적이다. 배타적 상태로 가기 직전에 머물러 있다. 그리고 주위를 차단하고 있는 듯이 보여도 사실은 말을 걸면 대답해줄 것 같은 느낌도 있다. 이 역시 "저 컴퓨터 안에는 분명 메신저 프로그램도 깔려 있을 테고 어쩌면 지금도 누군가와 대화를 나누고 있을지도 모른다"는 억측에서 비롯된 느낌이다. 아니면 화면과 눈 사이의 거리 문제일까. 서로 꽤 떨어져 있다. 방해할 여지가 있어 보인다. 즉 컴퓨터 작업자는 커뮤니케이션 회로가 조금은 열려 있는 듯 보인다. 완전히 닫혀 있지 않다.

그에 비해 책이라는 물건에는 라인 앱도 트위터도 내장되어 있지 않고, 책을 펴고 있는 동안 그 사람은 책 이외의 것과는 전혀 연관성이 없다. 애초에 다른 사람과 공유하거나 주위 사람과 소통하기 이전에, 책을 읽고 있는 사람은 지금 여기와는 다른, 단절된, 다른 차원의 세상에 있기 때문에, 비록 실제로는 글자를 건성으로 읽으며 오늘 저녁 메뉴만 생각하고 있더라도 주위에서는 알 길이 없다. 다른 세상에 깊이 빠져 있는 것처럼 보인다. 지금 현재의 세상과는 무관한 듯 보여 주위 사람들 입장에서는 책을 읽는 사람이 자신들을 완전히 무시하는 배타적인 태도를 취하고 있는 것처럼 여겨진다. 자신들의 존재를 지우고 없는 사람 취급하는 느낌을 받는다. 말이라도 걸면 노골적으로 한숨을 쉴 것 같은 기세다. '이탈' 상태다(아마도). 매우 불온하고 불쾌한 존재다.

할머니의 장례식 때 화장터 대기실에서 책을 읽고 있었더니 나중에 친척 한 명이 "그건 좀 아니지"라고 말한 적이 있다. 내가 알기론 그 친척도 스마트폰을 보고 있었는데, 책과 스마트폰은 다른 모양이고, 뭐가 다른지 모르겠다는 건 역시 억지라고 생각하기는 한다. 실제로 책을 읽을 때 마음속으로 '말 걸지 마, 말 걸지 마' 생각한 것도 사실이다.

늘 혼자 다른 곳으로 가버린다

현존하는 일본에서 가장 오래된 인쇄물은 『백만탑다라니』라는 불경으로, 서기 770년에 완성되었다고 한다. 순간 '겨우 일본에서 가장 오래된 것?' 하는 생각도 들었지만, 구텐베르크가 활판인쇄 기술을 발명한 게 15세기니 역시 대단하다. 1200년이 넘도록 똑같은 글자가 찍혀 있었다고 생각하면 엄청나다.

책이라는 물건에는 불변성이 있다. 어떤 책이 나타내는 건 늘 (언제까지나) 그 책에 있는 내용뿐이다. 한편, 컴퓨터나 스마트폰의 디스플레이가 비추는 것은 너무나 가변적이라, 내가 지금은 컴퓨터 화면에 문서 편집기를 띄워놓았지만, 1분 후에는 트위터를 볼지도 모르고, 프로야구 기사를 읽을지도 모른다. 지금 옆사람이 보고 있는 스마트폰 화면도 휙휙 바뀌고 있다. 어쩌면 같은 야구 기사를 보고 있을지도 모른다.

컴퓨터나 스마트폰 화면의 가변성이 '같은 것을 보고 있을지도 모른다' 혹은 '같은 것을 볼 수 있을지도 모른다'는 어렴풋한 연대 의식을 가져다준다면 극단적일까. 타고 있는 전철이 비상정지했을 때 일제히 스마트폰을 꺼내 화면을 들여다보고 잠시 후 고개를 들어 앞사람을 쳐다본다. "○○역에서 인명사고가 난 것 같네요" "그러게요"라고 말하는 그 느낌.

물론 내가 보고 있는 문서 편집기도 그렇고, 메신저 프로그램으로 주고받는 메시지도 그렇고, 회원제 홈페이지도 그렇고, 반드시 모든 영역에 누구나 접근할 수 있는 건 아니지만, 그렇다고 해서 "하지만 트위터를 보고 있을지도 모른다"는 가능성이 제로가 되지는 않는다. 그래서 컴퓨터나 스마트폰을 보는 행위는 주위 사람에게(굳이 그런 생각을 하는 사람은 없겠지만 잠재적으로) 안도감을 주는 효과가 있다. 미약하게나마 유대감을 계속 보장해준다.

그런데 종이책은 그 책의 내용이 아닌 다른 것을 비추고 있을 가능성이 없다. 그러니 그 책을 읽으려면 그 책을 실제로 갖고 있어야 한다. 하지만 웬만한 우연이 아닌 이상 그 책이 자기 가방에 들어 있을 리는 없다. 즉, 같은 공간에 있는 사람이 읽고 있는 책의 내용에 그 책을 가지고 있지 않은 사람이 접근할 가능성이 없다.

지금 저 사람이 읽고 있는 책에 접근할 수 있는 사람은 저 사람뿐이다. 이 배타성. 웅성거리는 열차 안에서 다들 긴급 속보를 보려고 스마트폰을 꺼내는 와중에 계속 책을 펼치고 있는 사람. '저 녀석은 분명 다른 걸 보고 있어' '내가 지금 저 녀석과 같은 걸 볼 가능성은 전혀 없어'. 이 불온함. 같은 내용에 접근하려면 "실례가 안 된다면 그 책을 함께 읽어도 될까요?" 하고 볼이 맞닿도록 얼굴을 들이밀 수밖에 없다.

소통에 대한 장벽, 접근권의 점유. 독서를 하는 사람은 극단적으로 닫힌 존재다. 독서의 이런 배타성과 비교하면, 컴퓨터를 하는 사람은 거의 완전하게 개방된 존재로 느껴질 정도다.

솔직히 말하면 텔레비전을 오래 보는 사람은 한가하고 외롭든지 지성이 없든지, 둘 중 하나(혹은 둘 다)라고 단정하고 내심 경멸했다. 그래서 남편이 쉬는 날이면 종일(평일에도 매일 아침저녁으로) 텔레비전을 보자 처음에는 몹시 당황했다. 하지만 지금은 그것이 일종의 친절함이라고 생각한다. 적어도 책만 읽고 있는 것보다는 훨씬 낫다. 텔레비전은 남편이 지금 무엇을 보고 있는지 알 수 있고, 함께 볼 수도 있다.

"방에 저런 욕조가 있다고?" 하고 말할 수도 있고, "이 사람은 배우야, 아니면 옛날 아이돌 가수야?" 하고 물어볼 수도 있다. 아마도 '공유'의 문제일 것이다. 텔레비전을 보고 있는 남편은 지금 여기 있다고 느낄 수 있지만, 책만 보던 미노루는 옆에 있어도 없는 것처럼 느껴졌다. 나기사를 내버려두고 늘 혼자 다른 곳으로 가버렸다.

에쿠니 가오리, 『저물 듯 저물지 않는』에서

비생산성에 개의치 않는 사람/압도적 성장에 뜻을 둔 사람

지금 나는 매우 생산적인 일을 하고 있다. 컴퓨터로 글을 쓰고 있다. 단어 하나하나, 문자 그대로 생산하고 있다. 끝까지 열심히 한다면 책이 될 것이다. 책이 나오면 인세도 발생한다. 노력해서 무언가를 이룬 경험은 나에게 자신감을 줄 것이다. 성장할 것이다, 그것도 압도적으로. 그래, 미래를 위해 나가자.

이렇게 컴퓨터 앞에서 무언가를 위해 노력하는 사람은 지금의 나처럼 지극히 생산적인 상태일 가능성이 크다(물론 그렇지 않을 가능성도 크다). 그에 비해 독서는 2장에서도 말했듯 재미를 위한 것이고, 그 순간을 즐길 뿐이다. 재밌을 것 같아서 읽는다. 궁금해서 읽는다. 행위가 있을 뿐이다. 과정이 있을 뿐이다. 아무것도 생산하지 않는 것, 그것이 독서다.

이것이 독서의 기분 나쁜 점이다. 지극히 비생산적인 일에 몰두하고 있는 그 광경은 생산성으로 가치의 유무를 평가하는 데 익숙해진 이 사회에서 도저히 이해할 수 없는 일이고, 그렇기 때문에 불쾌한 게 아닐까.

업무시간 중의 사무실을 상상해보라. 사람들은 컴퓨터나 서류나 전화를 붙잡고 일을 하고 있다. 뭔가 액션을 취하고 있다. 회의를 하는 소그룹이 있다. 인쇄한 자료를 어디론가 가져가는 사람이 있다. 사람들은 저마다 뭔가를 생산하고 있다. 그런데 상상해보라. 그 와중에 혼자 꼿꼿한 자세로 의자에 앉아, 꼼짝도 하지 않고, 말도 하지 않고, 정면을 바라보며 온화하고 흡족한 표정을 짓고 있는 사람. 그런 사람이 있다면 어리둥절할 것이다. 어떻게 그런 상황을 견딜 수 있는지, 생산하는 쪽 사람은 상상이 되지 않는다. 일이 아무리 지루하고 걸핏하면 회사를 관두고 싶어도, 이러고 있고 싶다는 건 아니다. 다른 생산 행위를 찾을 것이다. 그런데 이 사람은 마치 부처님 같은 표정으로 비생산의 시간을 감수하고 있다. 주위 사람이 동요하는 것도 전혀 이상한 일이 아니다.

책을 읽는 사람도 이렇게 보일 수 있다는 것이다. 아니면 "독서는 무언가를 배우기 위한 행위가 아니라 단지 재미를 위해 하는 일"이라는 억지에 가까운 지론 때문에 생긴 오해일 뿐이고 오히려 정반대일 수도 있다. 그러니까 독서가 비생산적인 행위 같아서 기분 나쁜 게 아니라 지나치게 생산적인 행위로 보여서 기피한다는 설이다. 독서라는 행위를 "새로운 지식과 정보를 얻기" 위한 것으로 생각하는 사람들이 많다는 것은 앞에서도 이야기했다. 그러니 공적인 공간에서 독서를 하는 사람은 높은 뜻과 목적의식을 가지고 압도적인 성장을 위해 묵묵히 노력하는 사람으로 보일 수도 있다.

"느긋하게 휴대폰 게임이나 해야지."

"스트레스 풀리게 수다나 떨자고."

이런 시간을 보내려는 사람 옆에서 책을 읽고, 성장을 위한 구체적 행동을 하고 있는 사람이 있다.

"참…… 자격시험 공부……해야 하는데……."

그런 식으로 모처럼의 평온한 시간이 엉망이 되는 듯한 기분이 드는지도 모른다.

정리하자면 독서라는 행위는 배타적이고 비생산적인(혹은 지나치게 생산적인) 행위라고 할 수 있다. 어쨌든 다른 사람들 앞에서 그런 극단적인 행위에 몰두하고 있는 존재가 이질적이고 불온하며 불쾌하고 기분 나쁘게 비친다는 설은 꽤 거친 주장이지만 완전히 틀린 말은 아닐 것이다. 사회의 가치 기준을 교란하고 전복시키는, 질서를 어지럽힌다는 비난을 피할 수 없는, 급진적이고 위험하고 폭력적인 행위, 그것이 독서다.

"그런 행위를 하라고 장소를 내어주다니 당치도 않다. 아니, 당장 몰아내야 한다. 저런 일을 하게 내버려둬서는 안 된다. 저런 존재는 용납할 수 없다."

사람들이 잠재적으로 그렇게 생각하기 때문에 독서를 둘러싼 상황이 이렇게 된 것이라고 생각하면 납득이 간다. 사회가 우리를 적대시하고 있다!

영화에 영화관이 있듯이

이것이 얼마나 타당한 고찰인지는 모르겠다. 망언이라고 해도 크게 부정할 마음은 없다. 다만 지금까지 살펴본 바와 같이 이것만큼은 확실히 말할 수 있다.

우리에게는 책 읽을 곳이 없다. 읽을 수는 있겠지만 두 팔 벌려 환영해주는 곳은 거의 없다. 이것은 독서라는 문화를 생각했을 때 너무 아쉬운 일이다.

하나의 문화가 뿌리를 내리고, 줄기를 뻗고, 잎을 무성히 틔우려면, 그리고 그 무성한 잎을 생기 있게 유지하려면 '그 일에 전념할 수 있는 장소'의 역할이 무엇보다 중요하다. 아무리 말해도 지나치지 않다.

영화에는 영화관이 있다. 골프에는 골프 연습장과 필드가 있다. 음악에는 라이브하우스와 스튜디오가 있다. 스키에는 스키장이 있고, 암벽 등반에는 클라이밍짐이 있다. 스케이트보드에는 스케이트 파크가 있고 요가에는 요가 스튜디오가 있다.

꼭 각각의 장소가 없어도 문화는 존재할 것이다. 저마다 지금까지 존재해왔듯이 말이다. 그러나 '그 일에 전념할 수 있는 장소'가 있고 없고는 천지 차이다. 만약 영화관이 없어서 작은 화면과 빈약한 음향으로만 영화를 봐야 한다면, 만약 스키장이 없어서 야산을 직접 올라서 스키를 타야 한다면, 만약 스케이트 파크가 없어서 늘 주의를 받고 눈치를 보면서 놀아야 한다면…… 마음 놓고 몰두할 곳이 없었다면 각 문화의 저변이 지금처럼 이렇게 넓어지지는 않았을 것이다.

없어도 괜찮을지 모르지만 있는 편이 확실히 좋다. 없는 세상과 있는 세상이 있다면 있는 세상이 훨씬 풍요롭다고 각 문화 애호가들은 생각할 것이다. 공간이 있어서 용기 내어 시작했고, 지금은 그것이 소중한 취미가 된 사람도 많으리라("클라이밍짐 같은 게 왜 필요하냐, 자연에서 하는 게 최고지"라고 말하는 사람도 물론 있겠지. 쓸데없이 진입 장벽을 높이고 싶어하는 꼰대들은 어느 문화에나 있다. 정말로 뭐랄까, 말을 말자).

그러니까 독서에도 그런 곳이 있으면 좋겠다. 아무 눈치보지 않고 책을 실컷 읽을 수 있는 곳. 독서를 위해 마련된 곳. 책을 읽는 사람이 주인공이 되는 곳. 그런 곳이 있는 편이 없는 것보다는 확실히 좋다. 누가 만드느냐. 그런 곳을 진심으로 필요로 하는 사람이 만들면 된다.

선입견은 가능을 불가능하게 한다

"쇼헤이에게 '투수와 타자 둘 다 하면 안 되느냐'"고 했어요(웃음). 고등학교 시절 그 아이는 투수로 결과를 내지 못하고 '불완전 연소'했어요. 타자로서의 재능이 먼저 발휘되는 것 같기에 그럼 둘 다 하면 되지 않겠느냐고 했죠."

이런 가요코 씨의 말에 오타니 쇼헤이는 "프로의 세계는 죽을 힘을 다해 포지션을 차지하려고 애쓰는 세계니까 둘 다 하겠다는 건 하고 있는 사람들에게 실례야"라고 반론했다고 한다. 그러나 하나마키히가시 고등학교의 사사키 히로시 감독이 "선입견은 가능을 불가능하게 한다"라고 말한 가르침을 가슴에 새기고 고등학생 때 163킬로미터라는 목표를 세웠다. 가요코 씨가 무심코 말한 선입견을 벗어난 발상이 그의 머릿속에 남아 있었던 게 아닐까. 가요코 씨는 이런 말을 덧붙였다.

"안 될 게 빤하다느니 비상식적이라느니 하는 말을 나중에 사람들에게 듣고 아, 그런 거였구나, 생각했어요. 그런데 옛날부터 쇼헤이는 다른 사람이 못하는 걸 해보고 싶다는 모험심이 있었던 것 같아요. 둘 다 하려다가 2000안타고 200승이고 하나도 못한다고 하는데, 쇼헤이 혼자 1000안타 100승을 하면 되잖아요?"(웃음)

이시다 유타, 『오타니 쇼헤이 야구 쇼넨 I 일본편 2013~2018』

앞에서도 말했지만, 화제가 되었다는 블로그 글에 달린 코멘트 중에 부정적이거나 회의적인 것도 있었는데, 그 상당수는 똑같이 가게를 하고 있는 사람이거나 그렇지 않더라도 가게 쪽 입장에서 본 사람들이 쓴 것이었다. "현실은 녹록지 않다" "도쿄에서는 불가능하다" 등등. "어쩌라고?" 싶었지만 솔직히 상처받은 적도 있다. 동시에 사람은 꽤 쉽게 사고를 멈춘다고도 생각했다.

"커피 한 잔을 시켜도 손님이 시간을 신경 쓰지 말고 편히 보냈으면 한다. 그것을 온 힘을 다해 환영하겠다"라고 생각은 하지만 "그러고 싶어도 현실은 녹록지 않다"라는 데서 생각을 멈춰버리는 것 같다. 그렇지만 자포자기하는 말을 내뱉는 이 사람들이 진심으로 그걸 원할까. 시도는 해보았을까. 그 이전에 방법을 생각해본 적은 있을까. 애초에 '어쩌면 가능할지도 모른다'고 생각해본 적이 한 번이라도 있을까. 부정적인 의견을 제기하는 사람들의 태도는 원하기도 전에 포기해버린, 나태하고 단순한, 정지된 사고의 산물로밖에 보이지 않았다.

정말 불가능할까?

할 수 있는 방법이 진짜 없을까?

뜻밖의 도전 의식이 생겼다. 그후 고엔지에 있는 독서다방 'R좌독서관ア─ル座読書館'이라는 위대한 선배와의 만남도 있었다. 그리고 후즈쿠에가 탄생했다.

이런 가게입니다.

fuzkue

책 읽는 가게

안내문과 메뉴

인터넷 등에서 보고 후즈쿠에가 어떤 가게인지 이미 알고 계시는 분은 글이 긴 편이니 주문부터 하셔도 됩니다. 물론 찬찬히 읽어보고 주문하셔도 됩니다.

어쨌든 어느 정도는 살펴보시는 편이 느긋하고 좋은 시간을 보내는 데 도움이 될 것입니다(스포츠든 뭐든 게임의 규칙을 잘 알아야 충분히 즐길 수 있으니까요).

하쓰다이점에서 실제로 사용하는 「안내문과 메뉴」의 '안내문' 부분입니다(2020년 6월 시점). 이 책에 수록하기 위해 레이아웃을 일부 조정했습니다.

들어가며

후즈쿠에를 찾아주셔서 감사합니다. 혼자만의 시간을 소중하게, 사치스럽게, 편안하게 보내고 이곳에서의 시간이 내일을 위한 활력 혹은 더 잘 살아보자는 에너지나 희망의 근거가 된다면 더 바랄 게 없다, 그런 공간이 된다면 더 바랄 게 없다는 마음으로 운영하고 있습니다. 복잡한 세상에서 잠시 벗어나 느긋한 시간을 마음껏 즐기시기 바랍니다.

fuzkue　아쿠쓰 다카시

기본적인 설명

후즈쿠에는 '책 읽는 가게'입니다.

'책 읽는 가게'는 책을 실컷 읽으려고 벼르고 오신 분에게 최상의 환경을 제공하기 위해 설계·운영되고 있습니다. 저희 가게가 생각하는 '확실히 쾌적하게 책을 읽을 수 있는 상태'는 크게 두 가지 요소로 이루어져 있습니다. 하나는 잔잔한 고요가 보장되는 것, 다른 하나는 마음 놓고 느긋하게 머물 수 있는 것. 따라서,

조용한 시간을 보낼 수 있습니다

언제 와도 조용한 시간을 보장받을 수 있는 곳이었으면 합니다. 부디 평온하고 알찬 시간을 보내고 가시기 바랍니다.

천천히 느긋하게 보낼 수 있습니다

아무 눈치보지 말고 천천히 느긋하게 보내시기 바랍니다. 네다섯 시간씩 머물다 가시는 건 예사고 열한 시간 동안 계시다 간 분도 있습니다. 원하는 만큼 마음껏 머물다 가세요.

독서 이외의 활동

'책만 읽어야 하는 가게'가 아니라 '책을 읽을 수 있는 가게'입니다. '확실히 쾌적하게 책을 읽을 수 있는 상태'를 지키는 것이 저희 가게가 할 일이며, 독서 이외의 활동을 배제하지는 않습니다. 그러니 뜨개질이든 사색이든 그림 그리기든, 뭐든 좋으니 부디 여러분만의 근사한 시간을 편안하고 느긋하게 보내시기 바랍니다. 다만 몇 가지 협조를 구하는 사항이 있습니다. 다음과 같습니다.

협조를 구하는 몇 가지 사항

'확실히 쾌적하게 책을 읽을 수 있는 상태'를 지키기 위해, 또 기분 좋고 특별한 시간을 보내러 온 분에게 질 좋은 시간을 제공하기 위해 다음과 같이 몇 가지 협조를 구하고 있습니다(영화 상영 전에 감상 매너를 안내하는 것과 비슷합니다).

일행끼리의 대화

일행끼리의 대화는 엄격히 금지하고 있습니다. "지난번에는 조용하고 쾌적했는데 오늘 갔더니 근처에 이야기하는 사람이 있어서 책에 집중할 수 없었다" 같은 편차 없이 조용함이 보장된 공간을 만들기 위해서입니다. 일행끼리의 대화는 "이만 갈까?" 같은 사무적인 대화만 부탁드립니다. 귓속말이나 필담도 금지입니다. 아무쪼록 한 분 한 분 독립된 시간을 보내시기를 바랍니다.

사진 촬영

사진을 찍어 SNS 등에 올려주시는 것은 대환영입니다. 너무 감사하고, 꼭 부탁드립니다! 하지만 촬영할 때 몇 가지 주의 사항이 있습니다. 셔터음은 소리가 요란하니 연속적인 셔터음은 두 번 정도까지만 부탁드립니다(편하게 찍을 수 있는 무음 카메라 앱을 추천합니다). 또 다른 손님이 찍히지 않도록 주의하십시오. 덧붙여 지금 읽고 계시는 글이나 메뉴표의 촬영은 삼가주시기 바랍니다. 왠지 모르게 뭔가 빼앗기는 듯한 기분이 들기 때문에(왜일까요?) 이 글은 이곳에서만 읽어주시기 바랍니다(배경으로 적히는 것은 전혀 상관없습니다).

펜 사용

'하다하다 펜까지 ㅋㅋ'라고 생각할 수 있는 항목이지만 귀에 거슬리는 소리가 나기 쉬워 의외로 무시할 수 없는 부분입니다. 본인은 소리가 나는 타이밍을 알고 있기 때문에 놀라지 않지만, 가까이에서 갑자기 요란한 소리가 나면 놀라서 집중이 깨지기 쉽습니다. 덧붙여 비록 무의식중에라도 '또 나진 않을까……' 하고 경계하게 되어 불필요한 스트레스를 받을 수 있습니다. 따라서 다음 사항을 주의해주십시오.

• 심을 꺼낼 때
'딸깍!' 소리가 나지 않도록 부드럽게 눌러주십시오. 또 빈도가 높으면 신경에 거슬리기 때문에 자주 딸깍거리는 것은 삼가주십시오.

• 펜을 놓을 때
펜을 사용하고 나면 반드시 펜을 책상에 놓게 되는데, 그때 무심코 높은 데서 내려놓으면 요란한 소리가 나 주위 분들이 놀랄 수 있습니다. 조심스럽게 놓아주세요.

• 열정적으로 쓸 때
이상하게 딸그락딸그락 소리가 나는 펜이 있는 것 같습니다. 대체 왜 그렇게 만든 걸까요? 어쨌든 특히 그런 펜으로 열정 넘치게 쓸 경우 딸그락거리는 소리와 함께 분위기를 어수선하게 만들기 때문에 주의해주세요.

주위에 전해질 정도의 우중충한 분위기나 맹렬한 기세

이것은 영화관이나 기념일 디너 같은, 조금 사치스러운 기분으로 충분히 즐기는 장면을 생각하시면 이해하기 쉬울 텐데, 모처럼 좋은 시간을 보내고 있을 때 옆에서 지루해하는 커다란 하품 소리나 무거운 한숨 소리가 들리면 결코 기분이 좋지는 않습니다. 편안한 시간을 보내고 있는 주위 분들을 적절히 존중해주세요.

맹렬한 기세는 열심히 공부나 일을 할 때 그런 상태가 되기 쉬우니 주의해주십시오(이곳 말고는 이런 말을 하는 곳이 거의 없을 테니 마음먹고 공부나 일을 열심히 하고 싶으신 분은 다른 곳에서 하시는 게 훨씬 쾌적하고 좋을 것입니다).

컴퓨터와 키보드 사용

거의 사용하실 수 없습니다. 하드웨어 키보드 타이핑, 마우스 사용, 간헐적인 클릭은 자제해주시기 바랍니다.

즉, 컴퓨터는 보는 용도로만 사용 가능합니다. 타이핑은 검색과 단축키 사용만 부탁드립니다. 타자를 많이 치고 싶을 때는 바깥 계단 같은 곳에서 해주세요. 너무 차별하는 것 같지만 독서를 하고 있는 사람들 사이에서 눈치보며 하는 것보다 오히려 더 편하고 좋으리라고 생각합니다.

검색을 할 때도 엔터키 등을 '타닥!' 두드리거나 손가락과 멀리 떨어진 키를 '탕!' 두드리는 등 일반적으로 급하게 멀리 있는 키를 치면 시끄러울 가능성이 높기 때문에 부드럽고 매끄럽게 해주시기 바랍니다.

터치패드 등의 클릭은 가끔 하는 건 신경 쓰이지 않지만, 계속되면 펜을 딸깍거리는 소리처럼 신경에 거슬리는 면이 있다고 생각합니다. 여러 번 클릭할 필요가 있는 경우에는 환경설정 등에서 탭으로 클릭하도록 변경할 수 있으므로 변경을 부탁드립니다.

너무 까다로워서 죄송합니다. 사실 매끄럽고 작은 타자 소리는 전혀 신경이 쓰이지 않고, 경우에 따라서는 적당한 소음이 될 수도 있다고 생각하는데(그래서 저나 직원들은 컴퓨터를 사용합니다), 컨트롤하는 비용이 너무 높다고 판단하여(요컨대 주의를 줘야 하는 상황이 생기는 게 피곤해서) 언젠가부터 이런 형태가 되었습니다.

이어폰 착용 시

시끄러운 소리가 새어나오지 않도록 음량에 주의해주시고, 이어폰을 끼면 자신이 내는 소리까지 차단되어 자신도 모르게 시끄러운 소리를 낼 수 있으므로 펜 등을 사용할 때는 주의해주세요

번외편(하지만 중요) — 비치된 책의 열람 절차

비치된 책은 주인과 직원들의 개인 물품으로 저마다 소중한 책이기

때문에 기본적으로 자리에서 읽는 것은 삼가주시기 바랍니다.

다만 읽지 말라는 뜻은 아니고 읽고 싶은 책이 있으면 말씀해주세요. 도서카드를 발급해드리니 필요 사항을 기입한 뒤 읽으시면 됩니다. 한 번에 두 권까지 열람할 수 있습니다. 반납은 "이거 다시 꽂아둘게요"라고 말하고 책장에 되돌려놓거나, 저희에게 주시면 됩니다. 절차가 번거로워 죄송하지만 "자유롭게 읽으세요"라고 하면 꼭 책이 훼손되는 일이 발생합니다.

그래서 확인과 기입이라는 약간의 수고를 들이면 '다른 사람의 물건을 빌린 것이니 소중히 다뤄야겠다'는 인식이 생기지 않을까 생각해서 이렇게 하고 있습니다. 언뜻 보기에는 번거로운 것 같아도, 사실은 약간 기분 좋은 점도 있지 않을까 생각합니다.

책은 소중하게 다뤄주시기를 바라는데, 거칠게 다룬 걸 보면 책이 불쌍해서 슬퍼지기 때문입니다(제가). 내 것이 아닌 책을 어디까지 조심스럽게 다룰 것이냐 하는 건 미묘한 문제라 저도 어디쯤이 사회적 합의를 이룰 수 있는 부분인지 잘 모르겠지만 후즈쿠에의 경우는 다음과 같습니다.

펼친 상태로 엎어두지 않는다. 너무 세게 펼치지 않는다. 바구니 같은 불안정한 곳에 쑤셔넣지 않는다. 음식이나 음료수로 더럽히지 않도록 주의한다. 가능한 한 원래 위치에 되돌려놓는다(원래 위치를 알 수 없는 경우에는 부담 없이 말씀해주세요). 페이지가 접힌 곳은 그대로 둔다.

책을 읽는 데 이렇게까지 신경을 써야 하나, 라고 생각하는 경우는 죄송하지만(이라고 하면서도 하나도 죄송하지 않지만) 본인의 책을 읽으시기 바랍니다. 자유롭고 편안하게 읽을 수 있을 것입니다.

여러 가지 말씀드렸지만,

긴장된 고요함을 만들고 싶은 마음은 전혀 없고, 따뜻하고 편안한 고요함을 만들고자 합니다. 그러니 아무 소리도 내지 마십시오, 주문할 때도 목소리를 낮춰주십시오, 라고 하는 것이 절대로 아닙니다. 오히려 책장을 넘기는 소리나 잔을 놓는 소리, 옷이 스치는 소리, 그리고 주방에서 나는 소리나 창문에서 희미하게 들려오는 거리 소리, 이따금 들리는 직원과 손님이 주고받는 말소리, 그런 다양한 소리와 흘러나오는 음악들이 뒤섞여 적당한 소음이 만들어지는 게 좋다고 생각합니다.

그렇지만 이 공간이 최우선으로 지키려고 하는 편안하고 조용한 시간을 즐기고 있는 분들을 방해하지 않기 위해서라도 위에서 말한 바와 같이 몇 가지 사항에 대해 협조를 구하고 있습니다.

또, 위에서 말한 내용 이외에도 '이것은 귀에 거슬릴 것 같다, 집중이 깨질 것 같다'는 판단이 들 때는 말씀드리겠습니다. 자기가 내는 소리가 시끄러운지 판단하기 어려울 수 있기 때문에(저나 직원들의 타자 소리 등이 귀에 거슬릴 때는 알려주시면 대단히 감사하겠습니다) '주의'라는 뉘앙

스보다는 '안내'에 가까운 것으로 받아들여주시면 정말 감사하겠습니다. 한편, '말을 걸지 않는다=특별히 시끄럽지 않다'라고 생각하시면 되지만, '이건 좀 거슬리겠는데'라는 판단은 꽤 직감적이라, 조금 전까지만 해도/전에는 아무 말도 하지 않더니, 라는 경우가 생길 수 있습니다. 상황에 따라서도 다를 것입니다. 양해 부탁드립니다.

짧게 말해 "좋은 시간을 보내러 온 사람끼리 서로 존중하며 함께 쾌적한 시간을 만들어나가자"라는 것입니다.

조금 기분 나쁘게 들릴지도 모르겠지만, 그래도 존중은 정말 중요하다고 생각합니다. 꼭 이곳이 아니더라도 타인과 시간이나 공간을 공유할 때, 거기에 있는 사람끼리 서로를 존중하느냐 아니냐는 경험의 질을 크게 좌우한다고 생각합니다. 배려라고 바꿔 말할 수도 있겠지만, 존중이라는 말이 더 적극적인 울림이 있는 것 같아서 이렇게 표현하고 싶습니다.

"나는 좋은 시간을 보내러 왔다, 다른 사람들도 좋은 시간을 보내러 왔다. 그럼 다 같이 좋은 시간을 보내는 게 가장 좋잖아"라는 생각인데, 낯선 사람들끼리 있을 때 꼭 말을 하지 않아도 낯선 사람인 채로 서로를 존중하고 긍정한다면 정말 좋은 시간을 보낼 수 있지 않을까, 때에 따라서는 놀랍도록 특별하고 값진 시간이 되지 않을까 생각합니다. 추구하는 건 따뜻하고 편안한 고요함입니다.

이해해주시면 감사하겠고, 공감해주시면 행복하겠습니다.

요금 구조

'주문할 때마다 줄어드는 자릿세' 방식입니다.

음식이나 음료를 얼마나 주문하느냐에 상관없이 모든 분이 눈치보거나 불안해할 필요 없이 느긋하게 시간을 보낼 수 있도록 고안된 구조입니다(대발명).

'정가 or more'를 결제할 수 있습니다.

너무 좋은 시간이었다, 가격 이상의 가치가 있었다, 지지하고 응원한다, 그래서 돈을 좀더 내고 싶다, 라고 만약에 생각하신다면 더 많이 내실 수 있습니다. 구두로 말씀해주셔도 되고 계산기를 다시 쳐주셔도 됩니다. 아주 기쁜 마음으로 받겠습니다. 앞항의 구조를 통해 모든 분에게 지속적인 운영을 위한 필요 충분한 금액을 받고 있습니다. 그러니 '정가만 내려니 뭔가 미안하다' 하는 기분은 전혀 느끼실 필요가 없습니다. 많은 곳 중에서 이곳을 선택해주시고 이곳의 방식을 받아들여주신 것만으로도 진심으로 고맙고 기쁩니다. 어디까지나 '조금 더 주고 싶어서 그래~' 하는 마음을 감사히 받는다는 뜻입니다.

계산은 계산대(?)에서 해주세요

직원이 서 있거나 앉아 있는 그 언저리가 계산대라고 할까, 돈을 주고받는 구역입니다. 결제하실 때는 여기로 오시면 됩니다. 결제금액은 세금 별도입니다. 소비세를 받는 입장이 되어보니 아, 소비세는 정말 그냥 맡아두었다가 나라에 내는 것이고 가게로는 1엔도 들어오지 않는구나, 아, 그렇구나, 소비세는 세금이구나, 소비할 때 내는 세금이구나, 그런 것이구나, 그야 그렇겠지, 하고 생각했습니다. 신용카드도 사용 가능합니다. 스퀘어 square라는 결제 서비스를 이용하고 있습니다.

'주문할 때마다 줄어드는 자릿세'에 관한 설명

주문 수나 종류에 따라 자릿세가 달라지는 구조입니다.

아주 대충 요약하면 '음료수 한 잔을 마시건, 어느 정도 먹고 마시건, 결국에는 2000엔 안팎으로 수렴하는' 구조입니다. 2000엔 안팎으로 좋은 시간을 보내야겠다고 생각해주시면 그걸로 충분합니다(네 시간 이상 체류 시 요금이 달라지니 확인 바랍니다).

주문 내용	자릿세
음료	900엔
음료+단품(디저트/안주)	600엔

음료+단품×2	300엔
음료×2	300엔
음료×2+단품	0엔
음료×3	0엔
음식(밥/빵)	900엔
음식+단품	600엔
음식+음료	300엔
음식+음료×2	0엔
음식+음료+단품	0엔

더불어 체류 시간이 네 시간을 초과할 경우에는 한 시간당 자릿세가 600엔씩 추가로 발생합니다. 물론 주문을 하시면 자릿세는 줄어듭니다(예를 들어 체류 시간이 네 시간 삼십분인 경우, '음료/푸드×3+단품'을 주문하면 자릿세가 0이 되는 식입니다).

하지만 일일이 카운트하기도 귀찮으실 테니 '영화 두세 편 보는 시간만큼 느긋하게 보내면 그에 상응하는 금액이 나온다'라는 식으로 생각하시면 충분할 것 같습니다. 일단 기준을 알려드리면, 네 시간 초과 시 2500~3000엔, 다섯 시간 초과 시 3000~3500엔, 여섯 시간 초과 시 3500~4000엔 정도가 나오는 경우가 많습니다(참고로 개점 때부터 폐점 때까지 계시면 7000~8000엔 정도 나올 것입니다). 주문 내용에 따라 달라지기 때문에 전혀 정확하지 않으니 도중에 현시점에서의 금액 등이 궁금하실 때는 언제든지 물어봐주십시오.

다음 페이지에 구체적인 예를 몇 가지 들어보겠습니다. 이런 느낌입니다. 또, 자릿세 계산은 마지막에 하기 때문에 처음부터 다 정해서 주문하실 필요는 없습니다.

주문 내용	앞 페이지 표의 해당 항목(자릿세)		결제금액
커피 1잔	음료: 900	자릿세 900+700	1600엔
커피 2잔	음료×2: 300	자릿세 300+700×2	1700엔
커피 2잔과 케이크	음료×2+단품: 0	자릿세 0+700×2+500	1900엔
정식	음식: 900	자릿세 900+1000	1900엔
정식과 맥주	푸드+음료: 300	자릿세 300+1000+800	2100엔

이런 느낌인데, 그건 그렇고 대체 왜 이런 생소한 구조를 사용하는지 모르겠다고 생각하실 수도 있지만, 이곳에서 보내는 시간의 질과 양을 지키고 모든 분이 마음 놓고 느긋하게 보낼 수 있도록 하기 위함입니다.

'느긋하게 보낸다'라는 게 꼭 '이것저것 먹고 마시자'로 연결되는 것은 아닙니다. 커피 한 잔으로 충분하다고 생각하시는 분도 있고, 맥주와 함께 가볍게 안주를 먹고 싶은 분도 있고, 식사도 하고 식후에 홍차와 디저트도 먹어야겠다고 생각하시는 분도 있습니다.

누구나 편안하고 느긋하게 보내기 위해서는 모든 분의 '느긋하게'가 동일한 가치를 가질 필요가 있고, 자신의 '느긋하게'가 다른 사람의 '느긋하게'보다 결코 못하지 않고, 완전히 동등하게 환영받는 존재임을 인식할 필요가 있다고 생각합니다.

그래서 위의 표 범위 안에서는 가게에 돌아오는 이익이 1500엔이 되도록 설계되어 있습니다('음료×3'과 '음식+음료×2'는 조금 더 높게 설계되어 있습니다).

커피 한 잔을 주문하셔도, 맥주와 안주를 주문하셔도, 식사와 홍차와 디저트를 주문하셔도 같은 1500엔입니다. 그러니 가게로서는 아무런 문제나 모순 없이 "음료 한 잔만 주문하고 몇 시간 동안 이용하셔도 됩니다!"라고 선언할 수 있고, 이곳에 머무는 분도 그것이 문제나 모순이 아니라는 것을 아셔야 '아무리 그래도 음료 한 잔 시켜놓고 몇 시간이나 있는 건 좀……' 하고 걱정을 하거나 '두 시간이 지났으니 한 잔 더 시켜야 하나……' 하는 식으로 눈치볼 필요 없이 머물 수 있다고 생각합니다. 그런 점에서 현재로서는 이 구조가 최선이라고 봅니다.

이 구조는 개업한 지 1년쯤 지난 2015년 가을에 도입했는데, 그 이전이나 이후나 평균 체류 시간은 변함없이 두 시간 삼십분입니다. 아주 깔끔하고 기분 좋은 숫자입니다.

여러분이 그리 느긋하게 머물러주신다면 하루종일 거의 빈틈없이 바쁜 날, 저희 가게가 맞이할 수 있는 인원은 30명 정도입니다.

이 구조가 아니라면 1년에 한 번꼴로 있는 손님 많은 날이 비록 매일 계속된다 하더라도, 대부분의 손님이 음료 한 잔만 주문하실 경우에는 결코 가게를 유지할 수 없고 '이 사람 슬슬 집에 안 가나?' '아니면 한 잔 더 시키든지' 하는 잡념이 생기기 쉽습니다. 그런 것이 반복되면 '시간제한을 만들까' '차라리 대화 가능한 가게로 바꿀까' 하는 엉뚱한 방향으로 흘러갈지도 모릅니다.

그러나 이 구조가 있는 한, 이곳에 머무는 모든 분이 가게의 존속에 필요한 이익을 가져다주시는 분입니다. 그러면 위와 같은 잡념이 생길 여지가 없습니다.

그리고 '마음 놓고 느긋하게 보낼 수 있는 곳'이라는 '책을 읽을 수 있는 가게'로서 지켜야 할 가치를 확실히 지킬 수 있고, 충분한 손님이 와주신다면 이 공간을 편안하게 느껴주시는 분들께, 혹은 이 공간이 계속 있어주었으면 하는 분들께, 이 공간에 공감해주시는 분들께, 이 공간이 필요하다고 생각해주시는 분들께, 이 공간에서의 시간을 계속 제공할 수 있을 것입니다.

이런 훌륭한 구조입니다.

'정가 or more'의 배경

돈을 지불하는 것이 지지나 기쁨을 표현하는 행위가 될 때 그것은 사소하지만 분명 세상을 풍성하게 만들 것입니다.

저는 절판되지 않은 이상 책은 모두 새책을 사서 읽는데, 작가나 출판사에게 제가 할 수 있는 범위에서 돈을 쓰고 싶기 때문입니다. 그래서 다음 작품을 만들어주었으면 좋겠습니다. 그래서 그걸 마음껏 즐기고 싶습니다.

책은 아마존에서 살 때도 있지만, 가능하면 시부야의 마루젠준쿠도에서 사려고 합니다. 그 공간이 지속되는 데 조금이라도 기여하고 싶기 때문입니다.

이왕 쓴다면 의미 있게 돈을 쓰고 싶습니다. 돌고 돌아 나의 기쁨이 되도록, 혹은 슬픈 소식을 듣지 않도록, 그렇게 돈을 쓰고 싶습니다.

그런 생각을 하다보면 어떤 딜레마에 빠질 때가 있습니다. 여기에는 돈을 좀더 내도 될 것 같다, 가능하면 조금 더 내고 싶다, 라는 마음이 들 때입니다.

내가 느낀 가치를 돈을 통해 표현하고 싶다. 계속 있어주기를 바란다, 지지한다, 가격 이상의 가치를 느꼈다, 그래서 좀더 내고 싶다. 그런 생각이 들 때가 자주는 아니지만 있습니다.

같은 책을 몇 권씩 사고, 이벤트에도 찾아가고, 많이 먹고 마시는 등

지지하고 응원하는 방법에는 여러 가지가 있겠지만, 그런 것과는 좀 다르다. 그렇게 하고 싶으면 물론 그렇게 하겠지만, 그건 그렇게 하고 싶으면 한다는 거고, 어쨌든 조금 다르다고 느껴질 때가 있습니다. 지금은 뭘 더 많이 받거나 더 많이 체험하고 싶은 게 아니라, 받을 건 이미 다 받았다는 느낌. '그냥 좀더 내고 싶은' 기분이 순조롭게 자연스럽게 실현된다면 이처럼 건전하고 돈을 내는 쪽이나 받는 쪽이나 행복해지는 일이 있을까요.

이렇게 돈이 '내야 하는 것'을 넘어(그것은 그것대로 모른 체하기 어렵지만), 유기적인 것, 삶을 풍성하게 해주는 것, 내는 것만으로도 뿌듯한 것으로 인식된다면, 세상은 좀더 풍성하고 기분 좋은 곳이 되리라 생각합니다. 그래서 이렇게 제안하는 것입니다.

참고로 개업 후 첫 반년 동안은 "어떤 것에 대한 만족도나, 활동을 이어나가는 것에 대한 기대의 정도, 공감이나 지지의 강도, 그리고 그것들에 대해서 적정하다고 느끼는 가격은 사람에 따라서 천차만별이다"라고 생각해 메뉴에 금액을 표시하지 않고, 어떠한 기준도 제시하지 않으면서, "원하는 만큼 지불해주세요"라는 식으로 했는데, 이것은 이것대로 꽤 재미있었지만, 이렇게까지 통째로 맡겨버리니 의외로 아무도 행복해지지 않고 피곤하기만 하다는 결론에 도달해 그때부터 몇 번의 변화를 거쳐 지금의 방식에 이르렀습니다.

보다 쾌적한 시간을 위한 몇 가지 사항들

'이렇게 해도 되나?' 하는 의문이 해소되어야 더 좋은 시간, 더 자유롭고 느긋한 시간이 만들어진다고 생각합니다. 읽지 않아도 계시는데 별 지장은 없겠지만, 읽어보시면 '그래, 이거 궁금했어. 이제 더 마음 편히 있을 수 있겠어'라고 생각하실지도 모릅니다.

주문

자리로 가서 받습니다. 결정하신 것 같은 낌새는 대부분 알아차리지만 눈치채지 못할 때도 있습니다. 직원이 미처 알아채지 못했을 경우에는 주방 쪽으로 와서 주문하셔도 됩니다.

그리고 주문이나 결제 시에는 목소리를 낮출 필요가 없습니다. 금방 끝나리라는 것을 알고 있는 행동은 쾌적한 고요를 해치지 않는다고 생각하기 때문입니다. 잠깐 긴장을 푸는 효과도 있을 것입니다.

또, 가게에 방문했을 때 이미 배가 부른 경우도 있을 것입니다. 원하는 타이밍에 주문해주세요. 나중에 하실 경우에는 미리 말씀해주시면 감사하겠습니다.

다 드신 그릇

다 드신 것 같은 타이밍은 대체로 알아차리는 편이지만, 빤히 보기도 민망하고 너무 쳐다보는 것도 그리 기분이 좋을 것 같지는 않아서 자주 쳐다보지는 않기 때문에 알아채지 못할 때도 있습니다(특히 안주 같은 것은 대부분 잘 알아차리지 못합니다).

다 드셔서 치우길 바랄 때는 옆에 놓아두시면 알아채기도 쉽고 저희도 방해하지 않고 치울 수 있어 좋을 것 같습니다. 물론 직접 말씀해주셔도 됩니다.

만석 시

원하는 만큼 마음껏 머물다 가는 가게입니다. 그러니 아무 신경 쓰지 말고 편히 계시길 바랍니다. 단, 만일 만석이라 못 들어오는 분이 있다는 걸 우연히 깨달았는데 마침 나가려던 참이었던 때는 알려주시면 좋은 게 좋은 거라 매우 도움이 됩니다.

예약시간 연장

예약 시에 이용시간을 입력하게 되어 있는데, 막상 와보니 더 있고 싶어지는 경우도 있을 수 있습니다(기쁜 일입니다). 그때는 말씀해주세요. 특별히 말씀하지 않으셔도 기본적으로는 얼마든지 더 이용하실 수 있지만, 만석이고 그 뒤에 예약이 잡혀 있는 경우에는 "죄송합니다, 다음 예약이 있어서요"라고 말씀드리는 경우도 있습니다.

저희도 그런 말씀은 가급적 드리고 싶지 않기 때문에 그런 상황이 발생하지 않도록 시간을 여유롭게 예약해주시기를 권장하지만, 더 있고 싶으실 때는 일찍 말씀해주시는 게 안전합니다.

비치된 책

간단한 절차를 거친 후에 읽으실 수 있습니다. 앞쪽의 번외편을 확인해주십시오.

물

상온의 물이나 뜨거운 물을 내어드리는데, 원하시는 쪽이 있으면 말씀해주세요. 또 방해하지 않기 위해 그릇을 치우는 김에 부어드리는 경우 말고는 거의 부어드리지 않습니다. 원하실 때는 말씀해주세요.

자리별 온도 차

자리에 따라 온도 차가 있습니다. 겨울철에는 안쪽이 더 따뜻합니다. 담요는 자유롭게 사용하세요. 자리 이동도 원하시는 대로 하시면 됩니다. 공간 전체가 과도하게 덥거나 추울 때는 알려주세요(그이상 세게 틀 수 없을 때도 있지만요). 아무래도 몸을 계속 움직이다보니 적절한 온도를 판단하지 못할 때도 있을 것입니다.

자리 이동, 가벼운 외출

앞항과도 겹치지만, 같은 의자에 계속 앉아 있으면 엉덩이가 아플수 있습니다(저는 꼬리뼈가 튀어나온 건지 금방 아파옵니다). 자리 이동은 편하게 하시면 됩니다. 또 바깥 공기를 마시고 싶거나 몸을 펴고싶을 때도 있을 것입니다. 나갔다 들어오시면 됩니다. 귀중품은 잘관리하시기 바랍니다(이런 곳에서 남의 물건을 훔치는 것도 몹시 어려운 일이겠지만요).

카운터석 발판

발판이 짧아서 앉는 위치에 따라 발과 약간 멀지도 모릅니다. 발판을 적당히 앞뒤로 움직여 편한 포인트를 찾으시면 됩니다. 발로 움직일 때는 양 발등으로 끌면 좋습니다.

슬리퍼

오랫동안 샌들 생활을 하다가 구두를 신게 되고 나서야 확실히 신발을 벗고 편하게 있고 싶다는 기분이 뭔지 알게 되어 슬리퍼를 몇 개 준비했습니다. 자유롭게 사용하세요.

메모와 볼펜

독서를 할 때나 생각할 때 메모가 하고 싶어지면 사용하실 수 있도록 메모장과 볼펜을 준비했습니다. 필요하시면 말씀해주세요. 펜을 사용할 때에는 협조를 구하는 사항이 몇 가지 있습니다. 앞항을 다시 한번 확인해주세요.

흡연

금연입니다. 저도 애연가이지만 금연입니다. 비밀 흡연 장소를 안내해드릴 테니 말씀해주세요. 오래 계시려면 담배가 빠질 수 없지요!

이어폰 사용

마음껏 사용하세요. 저는 조그만 가게에서 이어폰을 낄 때 조심스러워서, 혹시나 하고 말씀드립니다. 시끄러운 소리가 새어나오지 않게만 주의해주세요.

화장실 방음

저 역시 조용한 환경에서 화장실에 가면 조금 긴장하는 편이라 안심하고 사용하실 수 있도록 꼼꼼한 방음 대책을 세웠습니다(두 겹으로 된 석고 보드 사이에 방음에 효과적인 글라스울glasswool이 들어 있는 구조입니다).

와이파이와 콘센트

자유롭게 사용하시면 됩니다. 와이파이는 'fuzkue_5GHz' 'fuzkue_2.4GHz'이고, 패스워드는 'fuzkue wifi'입니다. 잘은 모르지만 5GHz가 더 빠른 것 같은데, 가끔 접속이 안 될 때도 있는 것 같습니다.

충전

아이폰 충전기는 하나 있습니다. 필요하시면 말씀하세요. 안드로이드 충전기는 잘 모르는데 혹시 이런 걸로 연결하나 싶은 케이블은 몇 개 있으니 보시고 만약 쓸 수 있을 것 같으면 사용해주십시오.

인터넷에서 단절되고 싶다

저는 이런 기분이 들 때가 가끔 있더군요. 원하시면 휴대폰을 보관해드리겠습니다. 말씀해주세요.

시간에서도 해방되고 싶다

이런 기분이 들 때도 가끔 있더군요. 가능하면 시간을 신경 쓰지 않고 보내고 싶을 때 말입니다. 알람 역할을 해드릴 테니 "이 시간이 되면 알려줘요" 하고 말씀해주십시오.

이야기가 길어졌는데,

끝까지 읽어주셔서 정말 감사합니다. 지금까지 한 말은 모두 "이곳에서 알찬 시간을 보내시기 바랍니다"로 바꿀 수 있을 것입니다.

그러니 다시 말씀드리지만, 부디 이곳에서 알찬 시간을 보내시기 바랍니다.

2부

'책 읽을 수 있는 가게'를 만들다

6장

가게를 정의하다

분명히 선언하다

'책 읽는 가게'.

"이곳은 카페도 북카페도 아닌 '책 읽는 가게'입니다"라고 끈질기게 주장하기 위한 확장자.

주장할 필요가 있는 건 이것이 갓 만들어진 말이기 때문이다. '책 읽는 가게'라는 말이 일반화될지, 다른 말로 대체될지는 모르겠지만, 책을 읽기 위한 가게가 앞으로 더욱 퍼지고 보편화되어 그곳에 가지 않는 사람까지 "아, 책 읽는 가게 말이지?" 하고 따옴표 없이도 쉽게 인식할 수 있는 하나의 장르가 된다면(메이드 카페처럼), 굳이 수선스럽게 확장자를 강조할 필요도 없을 것이다. 하지만 아직은 아니다. 그래서 분명히 선언한다. "후즈쿠에는 '책 읽는 가게'입니다."

그리고 선언은 시작에 불과하다. 영화관이라면 어떤 설명을 덧붙이지 않아도 대부분의 사람이 같은 것을 떠올리겠지만, '책 읽는 가게'는 그렇지 않다. 어떤 기능이 있는지, 어떤 경험을 할 수 있는지, 저마다 상상하는 게 다를 테고, 애초에 '책 읽는 가게'가 제공하는 경험을 구체적으로 기대해본 적 없는 사람이 대부분일 것이다. 그래서 선언 다음에는 정의가 필요하다.

'책 읽는 가게'는 누구를 위한 가게인가. 그리고 '책 읽는 가게'를 '책 읽는 가게'답게 하는 구체적인 구성 요소는 무엇인가.

누구를 행복하게 할 것인가를 명확히 설정하다

'모든 사람이 편안하게 머물 수 있는 장소'를 표방하는 세련된 스탠딩 카페를 보면 어처구니가 없다. 사용하는 원두는 서드 웨이브*의 중심에 있는 프루티한 산미의 약배전 원두뿐이고 메뉴 표기도 영어다. 그것도 'Latte' 정도가 아니라 'Flat White'니 'Long Black'이니 '뭐야, 이건?' 싶은 것들도 많다. 정말 '모든

• third wave. 미국에서 2000년경부터 시작된 커피 문화의 세번째 풍조로, 공정 무역을 통해 들어온 커피 원두의 산지별 개성을 즐기는 것.

사람'을 위한 곳이라면 프라푸치노 같은 달콤한 음료나 카페인 없는 음료도 있어야 하고, 커피에 설탕과 우유를 넣을 수 있는 컨디먼트 바도 준비되어 있어야 한다. 유아차를 탄 아기와 휠체어를 탄 할머니도 물론 웰컴이겠지? 애당초 그 스타일리시한 외관과 인테리어를 보고 정말로 '모든 사람'이 편하게 다가올 거라 생각하는 건가? 앞을 지나면서도 '나와는 상관없는 곳'이라고 여기고 지나칠 사람들에 대해서는 어떻게 생각할까. 그 사람들이 "저 가게는 모든 사람이 편안하게 머물다 가길 바라는 곳이래"라는 말을 들으면 무슨 생각을 할까.

"아, 나는 '모든 사람'에 포함되지 않는구나?" 이것은 폭력이다.

그렇게까지 따질 필요는 없겠지만, 어쨌든 '모든 사람'은 분명 거짓말이다. 어떤 가치관을 표명하든 제삼자가 왈가왈부할 일은 아니지만 거짓말은 하지 말아야지. 그 너그러움을 가장한 콘셉트가 다른 사람에게 상처를 줄 수 있다고.

또 문턱을 낮춤으로써 개개의 행복이 희미해지는 면도 분명 있다. 커피 한잔의 여유를 즐기러 온 사람과 수다를 떨러 온 사람들의 행복은 어디까지 공존이 가능할까. 표면적으로 여러 유형의 손님을 환영하기 때문에 각각의 만족도는 떨어질 수밖에 없다.

누구를 행복하게 하기 위해 일하는가. 후즈쿠에는 명확하게 규정하고 있다. 안내서에도 있듯 '책을 실컷 읽으려고 벼르고 오신 분'이다. 그 사람들에게 '최적의 환경을 제공하는 것을 목표로 설계·운영'하고 있다. 그 사람들의 행복을 극대화할 방법 '만' 생각한다. 그 외의 사람들에 관해서는 생각하지 않는다. 독서할 마음이 없는 사람이 와도 물론 상관없고, 이왕 온 김에 나쁘지 않은 기분으로 돌아간다면 서로에게 좋은 일이겠지만, 그 사람들이 재미없다거나 괜히 왔다고 생각하더라도 그것은 서비스 범주 밖의 일이기 때문에 신경 쓰지 않는다.

조금 배타적으로 들릴 수 있지만, 그리 드문 일도 아니다. 영화관이 낮잠을 자러 온 사람들의 만족을 군이 생각하지 않고, 소리가 시끄러워 잠을 자기 어렵다는 클레임이 들어와도 아랑곳하지 않는 것과 같다.

물론 다양한 니즈를 가진 사람들을 포섭하는 것이 가능하다면 그래도 된다. 하지만 독서는 좀처럼 그렇게 되지 않는다. 책 읽는 사람들의 행복을 추구하면 할수록 도저히 공존할 수 없는 것들이 자주 눈에 띄었다. 이는 후즈쿠에를 운영하면서 발견한 것이다(개업할 때만 해도 좀더 다양한 것들과 공존할 수 있을 거라 생각했다. 컴퓨터 같은 것 말이다).

막연히 팔을 벌려 다양한 사람들을 적당히 만족시키고 그중에 독서를 하는 사람을 포함하는 것이 아니라, '책을 실컷 읽으려고 벼르고 오신 분'에게 초점을 맞춘다. 행복하게 하고 싶은 대상을 명확히 한정한다. 그러면 어떻게 행복하게 만들 수 있을 지 구체적인 방법이 보인다.

요건을 정의하다

독서는 겉으로 보기에 소리도 내지 않고 손도 거의 움직이지 않는 소극적인 행위다. 동시에 높은 능동성을 요구하는 행위이 기도 해서 나열된 글자를 하나씩 읽고 뜻을 인식해 정경과 논리를 만들어야 한다. 글자가 영상이나 소리가 되어 먼저 자극을 주는 일은 없고, 일단 만들어진 정경도 의식이 문득 딴 데를 향하거나 생각을 멈추는 순간 금세 사라져버린다(한번 사라졌던 정경이 샤워를 한다거나 하는 독서 외 시간에 갑자기 나타나기도 하는데, 이 또한 독서의 재미라고 생각한다).

이 소극적이고, 미묘하고, 나약한 행위. 이것을 지킬 것. 집중을 깨뜨리지 않는 환경을 만들 것.

제일 먼저 필요한 것은 조용함이다. 단, 정적과는 다르다. 주행 중인 전철 안에서 들리는 소리의 크기는 80데시벨 정도로 파친코장과 비슷한 수준의 상당한 소음인데, 의외로 전철 안에서 독서가 잘 된다는 사람이 많다. 즉, 독서를 방해하지 않기 위해 필요한 것은 데시벨로 표시되는 음량보다 들려오는 소리가 의미를 가지지 않아 의식을 빼앗아가지 않는 것이다. 의식을 빼앗는 소리. 그 첫번째가 말소리라는 사실은 자명하다.

그러니 일단 조용해야 한다. 대화 소리가 나면 안 된다. 그렇다고 완전한 정적과도 다른, 차분한 소리 상태가 형성될 것. 주의를 산만하게 하는 소리가 신중히 배제되고 잔잔한 고요가 자리할 것. 그리고 그것이 보장될 것. 지난번에는 조용했는데 오늘은 아니라는 빗나감이 있어서는 안 된다. 위험 요소를 없앨 것.

독서에 몰입하기 위한 또다른 요건은 눈치보지 않고 있을 수 있는 분위기다. 책을 실컷 읽고 싶다는 건 15분, 30분씩 틈틈이 하고 싶다는 게 아니라, 두 시간이고 세 시간이고 그날의 하이라이트로, 나아가 열심히 산 일주일 혹은 한 달에 대한 스스로에게 주는 선물 같은 특별한 시간으로 누리기 원하는 것이라고 여기서는 규정한다. 그러니 원 없이 독서를 할 수 있어야 한다.

가게에서 장시간 있을 때 염려되는 것이 '어떻게 하면 민폐 고객이 되지 않을까' 하는 점이다. 커피 한 잔을 시키면 몇 시간 정도까지 있는 게 허용될까. 식사시간에 음료만 주문해도 될까. 수시로 추가 주문을 해야 하나. 만석일 때는 어떡하지. 계속 있어도 되는 건가. 어느 시점부터 민폐 고객이 되는 걸까.

아무리 조용하고 쾌적해도 도중에 이런 궁금증이 생기면 순식간에 마음이 불편해진다. 그렇게 되면 더이상 책의 세계에 몰입할 수 없다. '상식'이나 '양심'과의 결말이 나지 않는 문답이 시작되고 만다. 그런 건 신경 쓰지 않는 얼굴 두꺼운 사람도 있겠지만 중요한 건 누구나 눈치보지 않고 원하는 만큼 있을 수 있어야 한다는 점이다.

잔잔한 고요가 보장되는 것, 마음 놓고 느긋하게 보낼 수 있는 것. 이 두 가지가 독서시간을 쾌적하게 만드는 요건이다. 그것이 지켜지는 한 그곳은 '책 읽는 가게'이며 그것이 깨졌을 때 그곳은 더이상 '책 읽는 가게'가 아니다.

요건을 정의했으면 이제 그것을 세분화해서 구체적인 형태로 실현하는 작업만 남았다.

규칙을 정하다

"내추럴와인과 풍부한 비건 메뉴를 갖춘 카페 겸 레스토랑."
"친숙한 분위기의 좌식 테이블을 갖춘 독채 장어요리 전문점."
이 카페 겸 레스토랑에 닭꼬치와 소주를 먹으러 가는 사람은 없을 테고, 이 장어요리 전문점에 계절 과일을 듬뿍 넣은 파르페를 먹으러 가는 사람도 없을 것이다. 기대치가 적절히 컨트롤된다. 미스매치가 발생할 요소가 있다면 가격대 정도다. 가게의 뿌리와 관련된 미스매치가 아니라면 이렇게 콘셉트만 설명해도 충분하다. 그러나 '책 읽는 가게'의 경우는 그렇지 않다.

"책을 실컷 읽으려고 벼르고 오신 분'을 위해 잔잔한 고요를 보장하는, 마음 놓고 느긋하게 시간을 보낼 수 있는 곳."

이렇게만 설명할 경우 어떻게 될까. 이런 일이 일어난다.

상황 1.

와~~~! 대박~~! '책 읽는 가게'래~~~! 찰칵! 카페 분위기 엄청 좋다 ~~~! 와~~~~! 대박이다~~~~! 여기 장난 아닌데~~~! 찰칵! 책도 엄청 많고 다들 책 읽고 있어~~~! 찰칵! 그래서 아까 그 얘기 말인데 어쩌고저쩌고 어쩌고저쩌고!!

(죄송하지만 조금만 조용히 해주시겠습니까?)

뭐라고 하잖아~~~~못 살아~~~~!! 깔깔깔!! 찰칵찰칵찰칵!! 그래서 아까 그 얘기 말인데 어쩌고저쩌고 어쩌고저쩌고!!!

상황 2.

오, '책 읽는 가게'라. 잔잔한 고요를 보장하는, 마음 놓고 느긋하게 보낼 수 있는 곳이라. 일하기 좋은 카페라고 보면 되나. 호, 진짜 조용하군, 딱이야. 커피도 시켰고, 슬슬 일을 시작해볼까. 노트북을 펴고, 배터리와 마우스를 연결하고, 와이파이를 체크하고, 좋아. 자료를 펼치고, 펜을 준비하고, 검정, 빨강, 파랑, 마커. 자, 완벽해.

탁탁탁탁탁!! 탕탕!!! 달가닥달가닥!! 딱딱딱딱딱!! 데구르르르르
~~~~!!!! 탕탕!!!!!

이런 식으로 엉망이 되기 쉽다. 독서가 그렇듯 '책 읽는 가게'
라는 존재 역시 나약해서 콘셉트만 달랑 설명하면 너무나 쉽게,
가게가 어필하려는 대상 외의 사람에게도 어필하게 된다. 가게
가 아무리 "책을 읽고 싶은 사람을 위한 공간이에요"라고 울먹
이며 우겨봤자 '그래도 대화 정도는 괜찮겠지?' '그래도 일은 해
도 되겠지?' '다른 가게도 다 그렇잖아'라고 느슨하게 해석해버
린다. 그리고 아주 쉽게 '책 읽는 가게'가 아니게 되어버린다.
　'책 읽는 가게'는 아직 시민권을 얻지 못한 개념이고, 언뜻 보
면 카페와 별반 다르지 않기 때문이다. 뭔지 잘 모르겠고 카페
와 비슷하면 그곳은 그냥 카페다. '뭐라고 뭐라고 장황하게 말
하지만 어쨌든 카페'다.

　어쩔 수 없다. 하지만 여기서 포기할 순 없다. 명확한 규칙을
정하면 해결할 수 있다. 규칙을 정하는 또다른 이유는 미스매치
를 막을 뿐 아니라 핵심 타깃인 책을 실컷 읽고 싶어서 찾아온
사람의 행복을 극대화하기 위해서이기도 하다. 규칙이 있어야
얻을 수 있는 자유가 있다.

'아리송함'의 싹을 자르다

흡연자인 나는 담배에 관한 사항에 민감하다. 가게에 들어가면 테이블에 재떨이가 놓여 있는지, 재떨이가 없어도 담배를 피우고 있는 사람이 있는지, 어딘가에 재떨이가 겹쳐져 있지는 않은지 유심히 살핀다. 금연이란 걸 알아도 밖에 재떨이가 있었는지 없었는지 확실히 기억해서, 있었다면 피우러 나가도 된다는 거구나 하고 마음이 놓인다. 그러나 아무 데도 재떨이가 보이지 않을 경우 잠시 자리를 비우고 거리 어딘가에 설치된 재떨이까지 가서 담배를 피우고 와도 되는지, 흡연이 가게 입장에서 민폐인지 알 수가 없다. 몇 번 가다보면 사정을 알게 되는 경우도 있고, 직원과 안면이 생겨 "잠깐 밖에 나갔다 와도 될까요?"라고 물어보는 경우도 있다. 명시되지 않은 사항은 서서히 알아가거나 용기 있게 질문해서 알아내는 수밖에 없다. 일반적으로 처음 온 손님은 불리한 입장에 놓인다.

후즈쿠에는 이런 문제를 해소하고자 한다. 자주 오는 사람이나 처음 온 사람이나 똑같이 마음 놓고 시간을 보낼 수 있는 곳이었으면 한다. 그를 위해 말을 아끼지 않는다.

손님이 자리에 앉으면 따뜻한 물을 가져다드릴 겸 「안내문과 메뉴」(별장 참조) 책자를 손님 정면에 놓는다. 우선은 이 공간을 충분히 이해하고 '아리송함'의 싹을 자르길 바라는 마음에서다.

애초에 '책 읽는 가게'란 무엇인가, 조용함, 체류 시간, 흡연, 자리 이동, 독서 이외의 활동…… 공간을 이용하기 전에, 혹은 이용 중에 생길 수 있는 대부분의 의문에 대한 답이 미리 다 적혀 있어 처음 왔더라도 이것만 읽으면 '이런 경우에는 어떻게 하면 좋을까' '이런 걸 해도 되나'라는 불안감 없이 머물 수 있다.

아무리 그래도 안내문이 좀 길다. 글자 수로 치면 약 1만 2000자에 달한다. 제정신으로 한 행동 같진 않다. 거의 강박에 가까운 장황함이다. 이렇게까지 구구절절 설명하는 가게는 본 적이 없다. 타의 추종을 불허하는 '투박함'이다.

신주쿠역에 있는 '비어&카페 베르크'라는 가게를 좋아하는데(후즈쿠에를 시작하기 전, 잔뜩 메모를 해가며 『신주쿠역 마지막 작은 가게 베르크』를 읽었다. 명저다), 얼핏 보면 이용 방법을 알 수 없다. 주문은 어떻게 하지? 어느 자리에 앉으면 되지? 정리는? 처음 와보면 좀 당황스러울 수 있지만 왠지 모르게 '알 것 같다'. 눈에 보이지 않는 질서와 리듬이 그곳에 있음을 느낄 수 있다. 그동안 수많은 사람이 반복해온 행동들이 그곳에 흐르는 공기에 바퀴 자국 같은 것을 만들었고 그것을 따라가기만 하면 될 것 같은 느낌이다.

실제로는 다른 사람의 행동이 교과서로 쓰이고 있는데, 남이 하는 대로 흉내내어 행동하다보면 자신도 긴 역사 속에 자연스럽게 녹아들어 그들과 함께 또다른 미래를 만들어가는 듯한, 지금 이 순간에 한정되지 않은 보다 큰 시간의 흐름에 편입되는 듯한 느낌이 있다. 베르크라는 공간이 시시각각 새롭게 만들어 지는 현장을 목격하는 듯한, 거기에 자신도 가담하고 있는 듯한, 그런 기분이 든다. 그곳을 어떻게 이용하면 좋을지 서서히 이해 하는 과정을 거치며 그곳에 흘렀던 시간에 대한 존중을 느끼도 록 설계되어 있는 것 같다. 세련된 아름다움이라고 생각한다.

베르크처럼, 꼭 말을 하지 않아도 전해져야 할 것이 제대로 전해지는 그런 밋이 있는 반면, 투박함도 극에 달하면 하나의 스타일이다. 후즈쿠에는 세련된 것보다 '책 읽는 가게'라는 개념 을 확고하게 성립시키기를 택했다. 책을 읽으러 온 모든 사람이 편하게, 느긋하게, 자유롭게 머물다 가는 그런 곳.

자유를 제한하다

모든 사람이 자유롭게 머물려면 명료한 규칙을 정할 필요가 있다. 예를 들어 공원에서 캐치볼을 하고 싶다고 하자. 요즘 공 원은 공의 사용을 점점 엄격하게 제한하는 것 같고, 이것이 야 구 문화의 가장 큰 적이라고 생각하지만, 일단 글러브와 공을 가지고 나가본다. 그러자 입간판이 있고 "모닥불은 금지입니다" "자전거 운행은 금지입니다" 같은 말과 함께 "구기(야구·축구·

럭비 등)는 금지입니다"라고 적혀 있다. '야구'라고? 어디서부터가 '야구'인가. 캐치볼은 '야구'인가. 배트를 사용하지 말라는 건가. 경기 형식이 아니면 괜찮나?

확신이 서지 않아 지자체 홈페이지에 가보니 해당 공원은 '공놀이(부모와 자녀 등의 레크리에이션을 제외)'가 금지라고 한다. '부모와 자녀 등'의 '등'에는 '친구 사이'가 들어갈까? 혈연이나 호적상의 관계가 필요한 걸까? 그렇다면 열일곱 살 고등학교 야구 선수와 전 프로야구 선수 아버지의 캐치볼은 가능할까? '부드러운 공은 가능'이라는 문구도 본 적이 있는데 연식구는 부드럽다고 받아들이면 되나?

판단의 책임을 전부 이용자에게 넘기는 것이 애매한 규칙의 특징으로, 이는 결코 자유를 보장하지 않는다. 상식과 판단력, 분위기 같은 막연한 것에 의지할 것인가, "연식구는 부드럽다!"고 단호하게 주장하며 밀고 나갈 것인가. 둘 다 피곤한 건 마찬가지고, 이용자끼리의 소모적인 해석 논쟁이 일어날 수도 있다.

사람에 따라 해석이 갈릴 수 있는 사항(조용한 정도라든가, 체류 시간이라든가)일수록 제공하는 쪽에서 기준을 명시할 필요가 있다. 그 기준을 탐탁지 않게 여기는 사람은 다른 곳에 가면 그만이다. 스포츠도 마찬가지지만 규칙이 있기 때문에 얻을 수 있는 자유가 있고, 후즈쿠에가 지향하는 것도 그것이다. 애매한 자유나

무조건적인 자유가 아닌, 명문화되고 규정되고 제한된 자유.

꽃다발을 건네듯 말을 건네다

규칙을 제시할 때 자칫 잘못하면 금지나 경고의 몸짓이 되어버린다.

"대화는 금지입니다" "컴퓨터도 거의 금지입니다" "가볍게 차 마시는 곳이 아닙니다" "카페라고 생각하고 들어오면 큰코다칠 거예요" "경고했어요. 이젠 몰라요".

경계가 앞서면 쓸데없이 방어적인 자세를 취하게 된다. 나도 가게를 하면서 서서히 배운 것인데, 개업 초기에는 무의식적으로 부정형 표현을 많이 사용했다. "삼가주세요" "하실 수 없습니다" "안 됩니다" "돌아가주세요" 같은(이렇게까지는 말하지 않았지만).

그런데 필요한 방어라고 생각해 고른 말이 공격이 될 수도 있다. 내가 예민한 성격인 탓도 있겠지만, 금지 표현을 보면 나한테 하는 말이 아닌데도 뭔가 질책을 받는 기분이 든다. 가게가 취하는 경계 태세에도 저마다 특징이 있다. 그것이 말을 듣는 사람에게도 파급된다. 말에는 그런 힘이 있다.

이것은 중요한 것을 놓치고 있다. 이 가게가 행복하게 만들고

자 하는 대상은 '책을 실컷 읽으려고 벼르고 오신 분'이라는 점
이다. 미스매치가 두려워서 아무 상관없는 사람에게 말을 하는
건 본말전도다. 말은 행복하게 하고 싶은 대상에게 해야 한다.
"대화하시면 안 됩니다"가 아니라 "조용한 시간을 보장합니다"
처럼.

책을 읽고 싶어서 온 사람에게 "맞아요, 여기는 '책 읽는 가게'
입니다. 당신의 독서시간을 최고로 만들어드리는 곳입니다. 이
곳은 조용함이 보장되고 얼마든지 오래 머무를 수 있습니다. 왜
냐하면 이러이러하게 당신을 지켜주기 때문입니다. 왜냐하면,
왜냐하면…… 그러니까, 책을 읽고 싶어서 오신 사랑스러운 당
신이여, 부디 알찬 시간을 보내고 가시기 바랍니다"라고 말하듯,
안내문은 그런 자세로 만들어져 있다.

경계심을 드러내는 부정적인 말 대신 환영을 나타내는 긍정
적인 말을 사용하는 건 가장 좋은 방어이기도 하다. 서비스의
대상을 명확하게 한정하고 싶을 때, 대상 범위 밖의 사람들에게
'철저히 무언으로 대응한다'는 방식은 꽤 효과적이어서, 책 읽으
러 온 사람을 향해서만 말을 함으로써 그렇지 않은 사람이 '나
에겐 아무 관심이 없구나. 아무래도 나는 이 가게와는 맞지 않
는 존재인 것 같아'라고 생각하게 할 수 있고, 그 사람은 '그럼
나중에 느긋하게 책을 읽고 싶을 때 다시 오자'라고 판단할 수
도 있을 것이다. 말을 밝게 하면 할수록 부정적으로 받아들여지

는 횟수가 줄어들고 공간이 더욱 건강해짐을 실감한다. 말은 가
능한 한 꽃다발처럼 웃는 얼굴로 건네고 싶다.

7장

잔잔한 고요와
질서를 지키다

그리스 아테네에 있지만 미국에 돌아오기라도 한 듯 익숙한 풍경과 맛에 우즈는 진저리가 났는데, 이런 느낌이야말로 스타벅스에 가치를 부여해 수백만 명의 사람을 사로잡았다. 캠퍼스 근처에 있는 스타벅스에 매일 아침 들르는 시애틀의 워싱턴대 학생들은 단골이 된 이유로 스타벅스가 "월등히 뛰어나서"가 아니라 "친숙하기 때문"이라고 설명했다. 마찬가지로 미국 서해안 출신의 한 여행자도 스타벅스의 예측 가능성을 칭찬했다.

브라이언 사이먼, 『원하는 게 커피예요? 스타벅스로 미국을 알다』

용도를 제한하다

미스매치는 아무에게도 득이 되지 않기 때문에 가능하면 막고 싶다. 그러나 완전히 없애기는 어렵다. '책 읽는 가게'는 이런 가게니까 원하는 사람만 오라고 아무리 홈페이지와 입구 옆 벽보에 설명해놓아도 보란 듯이 빠져나가는 사람들이 반드시 나타난다.

가끔 있는 상황인데, 카운터석과 소파에서 손님들이 저마다 책을 읽고 있다. 조용한 시간이 흐르고 있다. 그때 발소리가 나고 깔깔거리는 말소리의 잔향과 함께 문이 열린다. 그 순간 가게 안에 있던 고요가 밖으로 흘러나가는 것 같다. 들어오던 사람도 그걸 감지하고 놀란 표정으로 목소리를 낮추고 웃으며 눈치를 보고 있다. 나는 주방에서 성큼성큼 걸어 나와 "대화를 하면 안 되는 가게라서요"라고 말하면서 양손을 "멈춰" 하는 형태로 벌리고 제지한다. 기분이 좋으면 "다음에 또 들러주세요"라는 말을 덧붙이고, 기분이 나쁘거나 태도가 마음에 안 들거나 하면 그대로 발길을 돌려 돌아온다. 상대방은 예의 바르게, 혹은 상냥하게 웃으며, 혹은 아차 하는 표정을 지으며, 혹은 익살스럽게 어깨를 으쓱하고는 돌아나간다. 문이 닫히기 직전에 웃음소리가 들려오기도 한다.

'잘못 온 사람들'을 돌려보내고 돌아설 때는 가게 안의 손님들에게 "바로 이렇게 합니다"라고 시범을 보이는 듯한 기분이 든다. 이런 식으로 고요, 쾌적함, 질서, 즉 여러분의 독서시간을 지켜드리고 있습니다.

이런 적도 있다. 들어와서 성큼성큼 걸어가 자리에 앉아 가방에서 컴퓨터를 꺼내 테이블에 올린다. 우선 그것이 첫 동작이다. 나는 어김없이 다가가 "컴퓨터는 거의 사용할 수 없는데 괜찮으신가요?"라고 말하고, 경우에 따라서는 안내문 해당 페이지를 펼쳐 보이며 "이렇게 운영되고 있습니다"라고 알려주고 판단을 맡긴다. 난감한 표정을 짓고 있는 사람에게는 "조금 가면 스타벅스가 있어요"라고 알려준다. "일에 집중하고 싶으시면 그쪽으로 가는 게 더 편하실 거예요."

용도를 명확히 제한하고 있기 때문에 가능한 대응이다. 개업 초기에는 지속적이지 않다면 대화도 조금은 가능했고 컴퓨터 사용에 관한 제한도 없었다. 대화가 계속되거나 타자 소리가 울리면, 그때그때 주의를 주어 독서를 위한 고요함이 유지되도록 조절할 필요가 있었다. 이러면 말을 하는 사람도 조심스럽고 듣는 사람도 석연치 않다. "대화는 거의 불가능한데 괜찮으세요?"라고 해서 '조금은 괜찮겠지' 하고 들어갔더니 한마디만 해도 주의를 준다. '뭐야, 조금도 안 되잖아' 하는 식이다. 기준이 불분명하고 개인이 판단할 여지가 남아 있으면 이런 폐해가 생긴다.

'대화는 전혀 불가능' '타이핑은 검색과 단축키만'으로 정하고 나니 말하는 쪽도 편하고 듣는 쪽도 판단하기 쉬워졌다. 그래도 괜찮으면 머무르면 되고, 맘에 안 들면 다른 데로 가면 된다. 여유로움과 풍류가 있는 것도 물론 좋지만, 명확하게 규정하고 용도를 제한함으로써 얻어지는 '투박한 편안함'도 분명 존재한다.

매력을 완전히 없애다

가게를 하다보면 자칫 찾아준 모든 사람에게 나쁜 인상을 주고 싶지 않다는 생각을 하기 쉽다. 혹여나 사람들에게 나쁜 인상을 줄까 두려워하는 마음이 생긴다. 그러나 지향하는 상태에 초점을 맞추어 그에 따라 정당하게 한 행동이 설령 누군가의 기분을 상하게 하더라도 신경 쓰지 않아야 한다. 필요한 것은 모든 사람을 만족시키는 게 아니라 후회 없이 정당한 행동을 하는 것이다.

"독서를 하기엔 좋은 것 같네요. 하지만 컴퓨터 작업은 아니에요. 타자 소리와 마우스 클릭 소리까지 점원이 지적을 하더군요"(별 하나). 예전에 올라온 리뷰다. 타이핑을 금지하기 전이라 "요란한 타이핑이나 마우스 연속 클릭은 다른 분들에게 방해가 되니 주의해주십시오"라는 규칙이 있었다. 조심을 했는데도 지적을 받으면 이렇게 불평의 여지가 생긴다. 그러니 가게 콘셉트와 상관없는 사람에게는 더욱 제대로 매력 없는 가게로 만들어야 한다. 책 읽을 장소를 원하는 사람 외의 사람들은 확실히 불편해야 한다. 메리트가 없어야 한다. 협조를 구하는 몇몇 규칙도, 요금 구조도, 어떻게 보면 상관없는 사람을 분명히 무력화하면서 이곳에 올 이유를 없애기 위한 것이다.

그것을 관철하여 미움을 받더라도 좋아해주길 바라는 사람이 더욱 좋아하게 만드는 것이 중요하다. 타깃이 아닌 사람들의 눈치를 보다 쾌적하게 독서를 하고 싶은 사람들의 만족도를 떨어뜨린다면 아무 의미가 없다.

또, 불편함은 드물게 뜻하지 않은 부산물을 낳을 때가 있다. '그럴 생각은 없었지만, 대화를 못한다면/일을 못한다면 책이나 읽을까'로 시작해 생각지도 않게 만족스러운 독서를 하다가는 사람도 있다. '예예, 어차피 인스타그램에 카페에 왔다고 올리는 게 목적이겠죠'라고 생각했던 두 사람이(편견이 심한 편) 그 자리에서 제약을 받아들이고 느긋하게 말없이 책을 읽고 가면 '엄청난 유연함이군' '어떻게 하면 그런 합의가 이루어지지' '아주 견고한 관계네' 하고 감탄한다. 이것도 규칙이 "대화는 삼가주세요"였다면 볼 수 없었던 장면이다.

그나저나 조금 전의 리뷰는 이렇게 끝난다. "언제까지 이런 콘셉트를 지키며 가게를 유지할 수 있을지 궁금하네요." 유지하기 어려울 것이라며 곧 콘셉트를 바꾸거나 폐점을 하리라고 넌지시 말하는 이 리뷰를 마음속에 담아두었다가 가끔 떠오를 때마다 '지키기는커녕 더 엄격해졌는데?' '아직 유지하고 있는데?' '2호점도 냈는데 어쩌지?'라고 생각하고 있다(뒤끝 있는 스타일).

우연을 배제하다

아쿠쓰 : 하나다 씨는 그, 뭐랄까, 굉장히 기대되는 책이 있지 않으세요? 왜, 다음 쉬는 날엔 꼭 읽어야지 하는 그런 책이요. 그럴 땐 어떻게 하세요? 전투적인 독서라고 해야 하나, 하하하. 전투적인 독서를 할 때 어떻게 하시나요? 그럴 땐 이렇게 한다, 하는 게 있으세요?

하나다 : 아마 휴일 전날에 분위기 좋은 카페에 갑니다, 라는 게 가장 이상적인 답변이겠지만, 그건 아무래도 도박성이 높아요. 그 카페는 분위기도 좋고 괜찮을 거야, 라고 생각해서 막상 가보면 옆에 엄청나게 목소리가 큰 두 사람이 일에 관한 푸념을 끝없이 늘어놓는다거나, 정말 하나도 궁금하지 않은 시시한 이야기가 계속

들려와서 견딜 수가 없어요.

아쿠쓰 : 맞아요, 맞아요.

하나다 : 그때 그 실망감이랄까, 큰맘 먹고 비싼 1000엔짜리 아이스티를 주문해서 딱 앉았는데.

아쿠쓰 : 하하하, 1000엔짜리 아이스티, 쓰바키야커피椿屋珈琲 같은 곳 말이죠, 하하하.

하나다 : 하지만 아무도 내 독서를 지켜주지 않아요.

아쿠쓰 : 아니, 그런, 후즈쿠에를 의식한 이야기는 해주실 필요 없고요.

하나다 : 그러니 도전할 마음이 점점 사라지죠.

아쿠쓰 : 그럼 어떻게 하세요? 집에서 읽으세요?

하나다 : 집에서 읽어요.

'타인의 독서'라는 이름으로 차분히 삶과 독서에 관한 이야기를 듣는(그러고 나서 그대로 글로 옮기는) 인터뷰 기획을 후즈쿠에 홈페이지에서 간간이 진행하고 있다. 이는 'HMV&BOOKS 히비야 코티지'의 점장이자『만남 사이트에서 70명을 실제로 만나 그 사람에게 어울리는 책을 마구 추천했던 1년간의 이야기』『싱글 파더 연하 남자친구의 자녀 두 명과 치열하게 싸우면서 생각한 '가족이란 무엇인가 하는 문제'에 관한 이야기』의 저자이기도 한 하나다 나나코 씨가 출연한 회의 한 구절이다. 하나다 씨는 예측 가능성의 중요성에 관한 이야기를 많이 했다.

아팠던 기억은 반드시 남는다. '트라우마'다(아마도). 어디론가 책을 읽으러 가려다가도 과거에 실패한 기억이 떠올라 기가 꺾인다. 그러나 이번에는 다르지 않을까 하는 마음에 다시 가본다. 또 실패한다. 그런 일이 반복되면 결국 집에서 읽게 된다.

'책 읽을 수 있는 가게'에 가는 것이 도박이나 도전처럼 여겨져서는 안 된다. 우연성에 좌우되어서도 안 된다. 우연한 고요는 어떤 가게에서든 생길 수 있다(놀랍게도 원고를 쓰고 있는 이 커피 체인점은 저녁 여덟시에 70퍼센트의 자리가 찬 상황에서 지금 아무도 말을 하고 있지 않다!).

고요가 확실히 보장되어야 한다. 안심하고 기대할 수 있어야 한다. 이건 전혀 특별한 게 아닌 게, 예를 들어 영화를 쾌적하게 볼 수 있을까 불안해하며 영화관에 가지 않는 것과 마찬가지다. 지금부터 볼 영화에 대한 기대만 안고 간다. 그 느낌을 독서에 대해서도 가질 수 있기를 바랄 뿐이다.

심판원 역할을 맡다

단언하자마자 부정을 하게 되는데, 불안을 안고 영화관에 가는 경우도 있다. 갈 때마다 불쾌한 일을 겪는 불운한 사람도 있을 것이다. 계속 떠들어대는 사람. 요란하게 코를 고는 사람. 헤드뱅잉을 하듯 꾸벅꾸벅 조는 사람. 스마트폰을 힐끔힐끔 확인해야 직성이 풀리는 사람. 이런 사람이 가까이에 있으면 웬 날벼락인지.

한번은 다섯 시간짜리 영화를 보러 갔는데, 드디어 막바지에 이른 무렵 갑자기 부스럭거리며 비닐봉지를 뒤적이는 소리가 들렸다. 처음에는 '이제 와서 그 안에 대체 뭐 필요한 게 있어 그러나' 하는 생각뿐이었지만 소리는 계속 이어졌다. 끝도 없이 이어졌다. 결국 마지막 20분 정도를 그 소리와 함께 영화를 봤다. 불이 켜지고 모든 것이 박살난 듯한 처참한 심정으로 아직도 계속 소리가 나는 쪽을 보니 한 어르신이었다. 어르신⋯⋯ 분노를 표출하기 어려운 그 상대를 보고 할 말을 잃었다. 아무튼 매너 없는 사람들 때문에 영화 감상을 망친 경험은 누구나 한두 번씩 있을 것이다.

영화관 내에 따로 감시를 하거나 심판하는 사람이 없다는 점이 이런 사태를 낳는다. 상황을 판단하고 필요에 따라 주의를 주는 사람만 있으면 대부분 막을 수 있는 일이다. 하지만 존재하지 않는다. 상영 중인 영화관 내는 관객의 자율에 맡긴다. 심판이 없는 스포츠를 생각해보면 바로 상상할 수 있듯, 그것은 불필요한 말다툼을 낳고, 섣불리 주의를 줬다가 적반하장으로 화를 낼까 겁도 난다. '다섯 시간 비닐봉지 사건' 때도 상영관 안에 울려퍼지는 소리에 주위를 두리번거리고 멀리서 혀를 차거나 한숨을 쉬는 사람도 있었지만 아무도 분명하게 주의를 주진 못했다. 나도 몇 번이나 주의를 줘야겠다고 생각했고, 모두가 피해자였던 그 상황에서 다들 그걸 바라고 있었겠지만, 행동하는 데는 용기가 필요한지라 할 수 없었다.

부주의한 사람은 어디든 있다. 규칙을 정하고 매너를 제시하는 것만으로는 막을 수 없는 일이 어떻게든 일어난다. 그때 참가자 개개인에게 판단과 행동을 맡기는 것은 큰 부담을 지우는 일이다. 심판원이 원활하고 공정한 게임 운영을 위해 일해야 한다.

후즈쿠에의 경우, 지금은 볼펜과 관련해 주의를 주는 일이 가장 많다(예전에는 단연 타이핑이었다). 굴러가는 소리, 떨어지는 소리, 색깔을 바꿀 때 나는 요란한 소리. 한 번은 손이 빗나갔겠거니 하고 그냥 넘어가지만 반복되면 적당한 때를 봐서 다가가 "펜 사용에 관한 규칙은 확인하셨나요?" 또는 "소리가 좀 큰데 조금 조심해주시겠어요?"라고 말한다. 대부분의 사람들은 자신이 그런 소리를 냈다는 사실을 인지하지 못하고 있다가 한번 알려주면 그때부터는 확실히 신경을 쓴다.

손님에게 주의를 주는 건 몇 번을 해도 할 때마다 긴장되고 단연 가장 스트레스를 받는 업무인데, 다른 손님이 나가면서 "아까 얘기해주셔서 감사했어요. 꽤 신경 쓰였거든요"라고 말해주는 경우도 있다. 그러면 역시 쾌적한 독서시간을 지키기 위해 필요한 일임을 실감하고 말하길 잘했다고 진심으로 생각한다. 동시에 말을 해야 할지 말아야 할지 망설이던 시간을 떠올리면 섬뜩하다. 말을 하지 않았다면 주위 손님들의 시간을 방해하는 데 가담하는 셈이었을 테니까 말이다.

완만한 차이를 만들다

『세계의 엘리트는 왜 이슈를 말하는가』는 벤처기업을 경영하는 친구의 권유로 읽은 책인데, "'무엇에 대답해야 하는가'에 관해 일관성 있는 활동을 펼치는 것이 관건"이라는 내용을 담고 있다. '책 읽는 가게'로서 일관성 있는 활동을 펼치고자 하는 후즈쿠에로서는 크게 힌트가 될 만한 책이었다. 독서라는 것이 왕왕 아주 사소한 부분이 가장 인상에 남듯이, 이 책에서는 다음 구절이 그랬다.

뇌는 '완만한 차이'를 인식하지 못하고 어떤 '이질적 혹은 불연속적인 차이'만 인식한다.

아타카 가즈토, 『세계의 엘리트는 왜 이슈를 말하는가』

이는 '분석적 사고'를 깊이 이해하기 위해 꼭 알아두어야 할 신경계의 특징 중 하나로, 읽는 순간 내가 지금까지 느끼던 것과 너무나 일치하는 설명에 속이 다 시원했다.

마침 컴퓨터 사용에 관해 고민하던 시기라 마우스나 트랙패드의 클릭 소리, 혹은 어떤 종류의 타자 소리가 왜 이렇게 귀에 거슬릴까 생각하던 참이었는데, 바로 '이질적 혹은 불연속적인 차이'이기 때문이었다. 볼펜 소리도 마찬가지고, 이 공간에서 그런 소리를 가능한 한 줄여나가자는 생각에 안내문에 말을 추가하게 되었다.

지금까지 '고요'라는 말을 몇 번이나 썼는데, 이것은 편의를 위한 말이지, '책 읽는 가게'가 필요로 하는 상태는 사실 고요가 아닐지도 모른다. 소리 환경으로 구현하고 싶은 게 몇 가지 있는데, 그중 하나가 '확실히 책을 읽을 수 있는 상태를 지키는 것'이다. 외부 자극에 쉽게 좌우되는 독서라는 나약한 행위를 응원하기 위해 '이질적 혹은 불연속적인 차이'를 가지는 소리를 제거하고 '완만한 차이'만 가지는 소리, 인식되지 않는 소리, 의미 없는 소리로 공간을 구성하자는 것이다. 대화나 컴퓨터를 금지하는 것도, 펜 사용에 제한을 두는 것도 그것을 위한 결정이다. 고요는 그 결과물로 나타난 것에 지나지 않고, 만약 신칸센 안에 지점을 낸다면 저소음을 연구할 것이 아니라 불연속적인 차이가 없는 전철의 소음을 잘 활용할 것이다.

8장

혼자 온 손님이
주인공이 되다

함께하다

둘이 누우면 따뜻하지만
혼자면 어떻게 따뜻해질 수 있겠는가

누나의 결혼식에서 신부님이 그렇게 공언하는 순간 분노가
치밀어 "이의 있습니다! 왜 두 사람의 행복을 치켜세우기 위해
혼자를 후려치는 겁니까!"라고 야유할 뻔했다. 꾹 참았다. 축복
하는 분위기를 깰 수는 없다. 그 폭력적인 말은 예상치 못한 순
간에 튀어나왔다. 웨딩드레스 차림의 누나를 흐뭇하게 보고 있
다가 뒤통수를 얻어맞은 듯했다. 아픔을 느끼기도 전에 일단 깜

짝 놀랐고 바로 분노가 일었다. 그 말 때문에 상처받는 사람이 있다는 걸 상상하지 못하는 걸까. 매일 밤 썰렁한 한기를 느끼며 "그래도 이불 속은 따뜻하구나" 하고 중얼거리며 잠드는 사람이 있다는 것을…… 나는 그때 이불조차 없어 침낭에서 잤지만…….

오랫동안 이 성경 구절을 반발하고 경멸해야 할 것이라고 생각했다. 개업 당시, 후즈쿠에는 '혼자만의 시간을 느긋하게 보낼 수 있는 조용한 가게'라는 걸 강조했고, 나는 '혼자'에 대한 의식이 아주 강했다. '두 사람'에 대한 반발도 있었다. 카페 같은 데서 2인 손님이나 단체 손님이 태평한 얼굴로 시끄럽게 떠들어대는 모습을 보고 '저 녀석들은 아무 생각 없이 사는군. 저 시시한 수다가 인생에 무슨 도움이 되는데? 진지하게 좀 살아라!'라는 분노와 경멸마저 느꼈다(그때는 내가 생각해도 좀 이상했다). "혼자만의 시간을 소중히 해야 한다!"며 '혼자'를 찬양하는 태도를 취하고 있었다. '세상이나 사회와 단절된 곳에서 혼자만의 시간을 보내자. 고독을 즐기는 사람을 격려하고 싶다'고 생각했다. '고독'이 키워드였다. "다들 도시로 떠나거나/하루종일 놀고 있을 때/너는 홀로 저 돌밭의 풀을 베어라/그 외로움으로 소리를 만들어라/수많은 모욕과 궁핍/그것들을 씹어 노래하라"라는 미야자와 겐지의 시 「고별」이 버팀목이었다.

그런 생각은 점점 약해졌지만 지금도 완전히 사라진 건 아니고 지금 이렇게 「고별」을 옮겨 적기만 해도 눈시울이 뜨거워질 정도로 여전히 소중히 여기고 싶다. 다만 '책 읽는 가게'를 생각할 때 '혼자'는 더이상 지향점이 아니며, '확실히 책을 읽을 수 있는 상태'가 '두 사람'을 적대시하고 배제해야만 지킬 수 있는 것도 아니다. 키워드도 고독보다는 풍성함, 향락으로 변했다.

그러면서 성경 말씀도 다른 의미를 띠게 됐다. 앞서 인용한 구절의 앞뒤 내용은 이렇다.

두 사람이 한 사람보다 나음은 그들이 수고함으로 좋은 상을 얻을 것임이라.

혹시 그들이 넘어지면 하나가 그 동무를 붙들어 일으키려니와 홀로 있어 넘어지고 붙들어 일으킬 자가 없는 자에게는 화가 있으리라.

또 두 사람이 함께 누우면 따뜻하거니와 한 사람이면 어찌 따뜻하랴.

한 사람이면 패하겠거니와 두 사람이면 맞설 수 있나니 세 겹 줄은 쉽게 끊어지지 아니하느니라.

전도서 4장 9~12절

이렇게 읽어보니 꼭 부부에 국한된 이야기만은 아니었다. 넓게 보면 무언가와 '함께하는' 것의 든든함을 말하고 있다. '함께 하는' 것은 부부나 친구, 가족처럼 확실히 '유대'가 느껴지는 관계에만 한정되지 않는다. 예를 들어 한 번도 만난 적 없는 인터넷상의 누군가를 문득 친근하게 느끼는 것도 '함께하는' 상태고, 화면 너머의 탤런트나 아이돌에게 위안을 받는 것, 키우는 고양이의 온기를 느끼는 것도 마찬가지다. 신앙심을 가진 사람이라면 신은 '함께하는' 커다란 존재일 것이다. 읽고 있는 소설의 등장인물이 그런 존재가 될 때도 있다. 하늘이나 바다도 좋다. 영화관이 좋은 건 같은 영화를 같은 시간에 보러 온 많은 '함께하는' 사람들이 있기 때문이 아닐까. 뭐가 됐든 '그래도 혼자가 아니다'라고 느껴지는 상태. 그것이 '함께하다'라는 것이고, 그것이 완전히 결여된 상태가 '외로움' 아닐까.

사람이 살아 있는 시간을 온전히 누릴 때는 분명 누군가와 '함께하는' 상태일 것이다. 그렇다면 '책 읽는 가게' 역시 '함께하다'가 가능한 공간이어야 한다.

'혼자'가 다수파가 되다

후즈쿠에는 95퍼센트가 혼자 오는 손님으로 구성된 가게다. 책을 읽는다는 특성상 혼자 보내는 사람이 압도적으로 많다. 그

중에는 부모와 자녀, 부부, 커플, 친구끼리 와서 각자 독립된 독서시간을 만끽하고 가는 이들도 있고, 지금도 몇 쌍 떠오르는 얼굴이 있다. 나는 그 사람들을 좋아한다. 하지만 그건 어디까지나 예외적인 경우고, 두 사람보다는 혼자 방문할 때 만족도가 더 높은 것 같다.

혼자일 때 평균 체류 시간이 길고 평균 객단가도 높다. 더 오래 머물며 더 많이 먹고 마신다. 혼자일 때 더 자신이 원하는 대로 마음껏 시간을 보낸다고 할 수 있다.

가게가 아무리 편안한 시간을 제공해도 두 사람이 함께 있으면 눈치볼 대상이 생기는지도 모른다. 책을 읽고 만족하기까지 걸리는 시간은 사람마다 다르다. 날에 따라 다르기도 하다. 영화는 끝나는 시간이 딱 정해져 있지만 독서는 그렇지 않다. 그러니 함께 온 사람의 눈치를 보게 된다('이젠 지루해졌나. 슬슬 돌아가고 싶은 건가'). 4장 '가게의 입장에서 본 혼자 온 손님'에서도 이야기했지만, 먹고 마시는 페이스도 서로 영향을 받는다. 혼자라면 그냥 자기 욕구대로 주문하겠지만 두 사람일 경우 자기 마음대로만 할 수 없다. 나눠서 계산할 수도 있고, 한 사람이 다 낼 수도 있을 것이며, 꼭 금전적인 게 아니더라도 먹고 마시는 욕구가 서로 너무 달라 깜짝 놀랄 수도 있을 것이다. '헉, 얼마나 마시는 거야!' 하고 말이다.

대화의 문제도 있다. 후즈쿠에는 '대화가 금지된 가게'라는 수 식어가 자주 붙는데, 이것은 말하는 사람의 입장일 뿐 혼자 온 사람 입장에서는 아무것도 금지된 게 없다. '대화할 수 없는' 게 아니라 '책을 읽을 수 있는' 것이다.

그러나 두 사람일 경우 이야기가 달라진다. 설령 둘 다 책을 읽으러 왔다고 해도, 둘이 있다보면 자연스럽게 대화를 하게 마련이다. 재미있는 일이 있으면 나도 모르게 말을 걸고 싶어진다. 하지만 후즈쿠에에서는 그것이 불가능하다. 두 사람은 일단 분리되어 각자 홀로 시간을 보내는 부자연스러운 관계 설정을 다시 해야 한다. 두 사람일 경우, 웬만큼 허물없는 관계나 굳은 합의가 이뤄진 관계가 아니면, 그리고 서로가 가진 '느긋하게 책을 읽고 싶다'라는 욕망이 같은 강도가 아니면, 왠지 모를 부조화나 어색함이 생기는 것 같다(계속해서 두 분씩 오시는 분들은 그것을 멋지게 뛰어넘은 것이리라).

이런 이유로 '책 읽는 가게'에서는 혼자만의 시간을 보내는 게 더 자연스럽다. 그리고 혼자 온 손님이 압도적으로 다수파가 된다. 혼자 온 손님이 주인공이다. 그렇지만 다수파가 되었다고 해서 엄청난 안도감이나 든든함이 생기는 건 아니다. 본질은 다른 곳에 있다.

긴장을 풀어주다

혼자 온 손님이 다수파를 차지한다고 해도, 혼자 와서 혼자 시간을 보낸다는 점에서는 다른 장소에 혼자 가는 것과 다를 바가 없다. 혼자 처음 가는 가게에 들어가는 것은 불안과 긴장을 수반하기 마련이다. 작은 가게라면 더더욱 몸에 힘이 잔뜩 들어간다. 실제로 SNS에서 후즈쿠에를 찾아주신 분들의 후기를 읽어보면 "처음에는 긴장했는데"나 "처음에는 불편했는데" 같은 말을 종종 볼 수 있다. 혼자 온 사람이 다수파이고, 혼자 머무는 시간을 응원하는 가게라는 걸 머리로는 알지만 어쩔 수 없이 그렇게 된다. 그런 상태를 어떻게 하면 빨리 바꿀 것인가. 얼마나 빨리 긴장을 풀어줄 것인가.

이미 말했듯이 그것을 실현하기 위한 하나의 도구가 안내문이다. '단골'은 '가게에 관해 잘 안다'고 느끼는 사람이라고 말할 수 있는데, 몇 번 오지 않아도 이것을 한 번만 제대로 읽으면 처음 오는 손님도 가게에 관해 잘 알게 된다. 그러면 친숙해진다. 어색함과 불안이 사라진다.

안내문에 적힌 말은 사무적으로 규칙만 알려주는 무미건조한 것이 아니라, 잡음 가득한 인간미 있는 말이다. 의미 전달만이 목적이라면 좀더 효율적으로 쓸 수도 있겠지만, 여기서 지향하는 것은 꽃다발을 건네듯 말을 건네는 것이다. 모든 부분이 "당신을 환영합니다"라는 뜻으로 수렴되는 그런 말. 그것은 손님을 한 사람 한 사람의 인격으로 대하는 자세를 보여주는 부분이기도 하다. 익명의 존재로 취급받는 편안함을 부정할 수는 없지만, 알차고 뜻깊은 시간을 보내고 싶을 때 받고 싶은 게 기계적인 냉대는 아닐 것이다. 인간미 넘치는 환영의 말 덕분에 읽는 이의 가슴에 온기가 스민다면 무척 좋으리라.

그 예상이 보기 좋게 빗나가고 대부분의 사람이 쌀쌀맞다고 생각할까봐 걱정했는데, "처음에는 긴장했지만"에 이어 "메뉴를 읽다보니 긴장이 풀렸다" "가게의 의도를 알고 나니 느긋하게 보낼 수 있을 것 같은 기분이 들었다"라는 말을 써주시는 분이 많이 계시는 걸 보면 분명 착각은 아닐 것이다.

또, 이 안내문은 읽는 사람이 충분히 이해해주리라고 믿고 쓴 것이기도 하다. 이 공간을 찾는 사람들이 지성이 없는 존재라고 생각했다면 이렇게는 쓸 수 없었을지도 모른다. 대부분의 가게가 그렇듯 각각의 사항만 쓰고 끝냈을 것이다. 그러지 않고 이러쿵저러쿵 써놓음으로써 그 자체가 읽는 사람 입장에서는 자신의 지성을 신뢰한다는 느낌을 받을 것이다. 자신을 신뢰하는 게 싫은 사람은 없다("장시간에 걸친 자리 차지는 다른 손님에게 피해를 주오니 삼가주십시오"라는 주의사항에서 흘러넘치던 불신을 떠올려보라).

처음 들어가는 가게에서 느끼는 불안은 금세 사라진다. 글을 통해 전달되는 "당신을 환영합니다"라는 메시지. 그것이 충분히 느껴졌을 때, 대화를 하지 않아도 가게와 결탁을 이룰 수 있다.

더이상 '혼자'가 아니다

쾌적하게 책을 읽고 싶은 상황에서 같은 공간에 있는 존재는 기본적으로 위험 요소였다. 떠들썩한 대화, 혹은 거친 손놀림으로 하는 일이나 공부가 언제 시작될지 모른다. 우연히 책을 읽기에 적당한 환경이 되었을 때 이대로 아무 일 없이 지나가길 바라는 건 부질없는 기도에 지나지 않았다. 다른 사람의 존재는 없으면 없을수록 좋은 것이었다. 같은 공간에 있는 다른 사람이 독서를 응원해주는 일 따위는 일어나지 않는다.

그러나 '책 읽는 가게'에서는 상황이 다르다는 걸 금방 깨닫게 된다. 이 공간에 있는 다른 사람들은 다 같은 목적으로 온 존재다. 자기가 그렇듯 다른 사람들도 '느긋하게 책을 읽고 싶다'는 욕망을 안고 여기에 와 있다. 둘러봐도 실제로 자기처럼 책을 펼쳐놓고 묵묵히 읽고 있는 사람들뿐이다. 이 사람들도 자기처럼 평안한 시간을 누리고 그것이 지속되기를 바라고 있을 것이다. 한마음으로 목적을 이루려 노력하고 있다. 그것이 느껴질 것이다.

PC방처럼 부스나 파티션으로 나뉘어 있다면 그런 기분이 들지 않을지도 모른다. 후즈쿠에는 사람과 사람이 듬성듬성 떨어져 있지 않고 붙어 있다. 그래서 옆 사람이나 다른 사람이 완전히 무관한 존재가 아니다. 사적인 시간을 보내지만 분명 공적이기도 하다.

독서를 좋아하는 사람이라면 길거리에서 책을 읽고 있는 사람을 보고 친밀감을 느꼈던 경험이 한 번쯤은 있을 것이다. 우연히 책 읽는 사람을 발견하고 이국땅에서 동포를 발견한 것 같은 기분을 느낀 적 말이다. 그런 일로 가득한 공간. 오늘 이곳에서 책을 읽으려고 찾아온 사람들이 지금 모여 있다. 그런 확고한 믿음이 있을 때 그 자리에 있는 다른 사람의 존재는, 언제 폭발할지 모르겠지만 평화가 조금이라도 오래 지속되기를 두 손 모아 빌 수밖에 없는 활화산 같은 것, 즉 자신을 위협하는 존재가 아닌 모종의 동지, 혹은 공범자 같은 존재다. 묘한 친밀감이 형성되고 '우리'라는 의식이 생겨난다.

아마 야구장이나 영화관, 콘서트홀에서 일어나는 현상과 비슷하지 않을까. 라이브 현장이라는 점, 그리고 같은 욕망을 가진 사람들이 모인 현장이라는 점에서 그렇다. 모두 자기와 같은 목적으로 이 자리에 모여 있다는 느낌. 그것이 어렴풋한 연대의식을 공간 전체에 가져다준다. 혼자가 아니라는 든든함. 일종의 공공영역이 생겨난다.

'책 읽는 가게'는 그 독서 버전이다. 이곳에는 '독서의 공공영역'이라 할 수 있는 자기장이 형성된다. 책 읽는 사람끼리 서로 얼굴을 마주보거나 말을 하지는 않지만 서로를 격려하고, 긍정하고, 존중하는 분위기가 만들어진다. 이 '함께한다'는 느낌이 강하고 굵고 큰 그루브가 될 것이다.

서로를 존중하다

존중. 같은 욕망에서 비롯된 존중. 야구장이든 영화관이든 콘서트홀이든 여러 사람이 한 공간에 있을 때 중요한 것은 뭐니 뭐니 해도 존중이다. 존중이란 '나는 이 시간을 즐기러 왔다. 아마 당신도 그럴 것이다. 그렇다면 모두가 즐거운 게 가장 좋다'는 마음이 담긴 행동이다. 존중이 없는 모습을 보면 아쉽고 쓸쓸하다. 영화관에서 스마트폰을 보는 사람, 콘서트홀에서 계속 얘기하는 사람, 야구장에서…… 야구장은 어떨까. 야구장은 좀 더 너그러울지도 모르겠다. 아무리 그래도 축구 영상을 보는 사람이 있으면 싸늘해지겠지.

타인을 존중하는 건 꼭 예의라서가 아니라 자기 자신에게도 긍정적인 효과가 있기 때문이기도 하다. 상대방에게 친절을 베풀었을 때와 마찬가지로, 타인을 존중했을 때 우리 뇌에서는 행복감을 관장하는 '보수계'가 자극을 받는다. 타인에 대한 존중은 곧 타인을 존중할 수 있는 자신에 대한 존중이기도 하고, 타인이 자신을 존중하는 게 느껴지면 나도 타인을 존중하고 싶어진다. 타인에 대한 존중의 결여와 자기 자신에 대한 존중의 결여가 결국 하나이듯, 반대로 존중이 존중을 부르고 존중을 증폭시킨다.

'책 읽는 가게'도 결국에는 독서를 하러 온 사람들끼리 서로 존중할 수 있는 환경을 마련해놓은 것이다.

그와 동시에 존중이 없어도 가능한 한 그것이 보이지 않도록 하는 것. 영화관에서 스마트폰을 들여다보는 사람이 그렇듯, 한 공간에 있는 사람이 좋은 시간을 보내는 것에는 1밀리미터도 관심이 없다는 태도를 보지 않아도 되는 것. 일이나 공부, 대화를 하는 사람 중에도 주변 사람을 존중하는 사람이 물론 있다. 하지만 존중하지 않는 사람도 분명히 있다. 반드시 있다. "옆에 사람이 있었나요?" 하는 사람이 꼭 나타난다. 그리고 그런 존중의 결여는 거친 움직임이나 소리로 가시화된다. 비록 아주 가끔일지라도, 특별한 시간을 보내러 온 친애하는 사람들이 피해를 보면 안 된다. 그래서 타이핑과 대화를 금지하는 것이다. 극단적으로 말하면 '책 읽는 가게'가 규칙을 필요로 하는 것은 '조용해야 하기 때문'이 아니라 '존중의 결여가 주변에 전달되는 것을 막아야 하기 때문'인지도 모른다.

물론 책을 읽으러 온 사람들 중에도 주변 사람에 대한 존중이나 관심이 전혀 없는 사람이 있을 것이다. 다만 다행스럽게도 독서는, 거듭 말하지만 지극히 정적인 행위다. 기도 자세나 다름없는 조용하고 움직임 없는 행위다. 그래서 거기에 존중이 없다고 해도 웬만해선 보이지 않는다. 가시화되지 않는다. 묵묵히 책을 읽으며 존중의 결여를 주변에 퍼뜨리는 건 아주 어려운 일이다.

　그러나 존중은 자칫 피곤한 일이기도 하다. 신경을 쓰는 것과 종이 한 장 차이다. 내 안의 무엇인가를 내놓는 일이기도 할 것이다. 희생과 부담이 따를지도 모른다. 공공영역 내에서는 사적인 행동과 제도하에서의 행동의 균형을 맞추어야 한다. 영화관에서 재미있는 장면이 나올 때 일행에게 말을 걸고 싶어도(사적인 행동) 다른 사람에게 민폐니까 자제한다(제도하에서의 행동). 자제는 훌륭한 일이지만 이것은 결국 '하고 싶은 일'과 '해도 되는 일' 사이에 괴리가 생기는 셈이다. 이게 반복되면 부담을 느낀다. 지친다.

　'책 읽는 가게'의 경우는 어떨까. 후즈쿠에에 오는 것은 느긋하게 책을 읽고 싶은 사람들이다. 이 사람들이 하고 싶은 것은 수다를 떨거나 일을 하는 게 아니라 단지 느긋하게 책을 읽는 것이다. 컴퓨터에 관한 규칙이나 대화에 관한 규칙은 그들을 속

박하는 게 아니라 그런 위협으로부터 보호하는 것이다(그래서 후즈쿠에는 규칙이 많다는 얘기를 많이 듣지만, 느긋하게 책을 읽고 싶은 사람들 입장에서는 무언가 금지되는 느낌이 없으리라고 본다). 이때 '하고 싶은 일'과 '해도 되는 일' 사이에는 괴리가 생기지 않는다. 원래 하고 싶었던 책을 마음껏 읽는 일에 대해선 아무런 제한도 받지 않는다. 그것이 곧 함께 독서를 하는 주위 사람들을 존중하는 행위이기도 하다. 이기적인 행동이 그대로 이타적인 행동으로 받아들여질 때 어떤 희생도 없이 그 공간은 자연스럽게 존중으로 가득 찰 것이다.

큰 포인트를 획득하다

마지막 정리를 위해 4장에서 언급했던 '포인트 시스템'을 오랜만에 꺼내보겠다. 복습을 해보면 초기 설정은 이렇다.

직원: 20포인트
단골·직원과 아는 사이: 10포인트
처음 온 손님: 2포인트

혼자 처음 방문한 손님의 경우, 기존에는 2포인트밖에 되지 않아 큰 포인트를 획득해 안심하고 시간을 보내려면 가게 사람이나 다른 손님과 친해지거나 여러 번 가서 단골이 될 필요가 있었다. 대화나 방문 횟수를 쌓지 않고서는 결탁할 수 없었다. '책 읽는 가게'는 어떨까.

우선 안내문을 읽으면 가게 이용법을 속속들이 알게 되고(단골이나 다름없으니 10포인트로 변신), 동시에 텍스트를 통해 이 가게는 당신 같은 사람이 와주길 바라는 곳이라는 전폭적인 환영이 전해진다('직원'의 20포인트 획득). 이 시점에 무려 30포인트가 되어 가게 문을 열 때 굳어 있던 몸은 어느새 부드럽고 편안해져 있을 것이다. 이 상태가 되면 몇 시간이든 안심하고 머물 수 있다.

그뿐 아니라 같은 공간에 욕망을 공유하는 사람들의 존재가 있다. 서로서로 좋은 시간을 보내자는 합의가 암묵적으로 이루어지고 있다. 결탁이다. 공모다. 모든 사람이 단골이나 다름없는 존재라, 만약 다른 사람이 아홉 명 있으면 90포인트가 부여되어 무려 120포인트가 된다. 120포인트! 폭풍 같은 격렬한 그루브에 휘말린다! 이제 무적의 존재다.

책을 읽는 곳에서 기존에는 위험 요소이기만 했던 타인의 존재가 '책 읽는 가게'에서는 서로 격려하는 존재가 되어 오히려 그 수가 많으면 많을수록 좋다. 욕망의 코드가 맞는 사람이 곁에 있다는 안도감. 모두가 내 편이라는 생각이 들 때의 그 어마어마한 든든함.

둘이 누우면 따뜻하지만
혼자면 어떻게 따뜻해질 수 있겠는가

"혼자보다는 둘이 낫다. 협력해야 일을 효과적으로 할 수 있다." 그래, 그것은 효과적이다. 녹서라는 혼자만의 나약한 행위를 서로 긍정하고, 서로 존중하는 것. 함께하는 시간을 보내는 것.

나는 "괜찮아"라고 말하고 소다 캔 뚜껑을 따 테이블 위에 놓고 연수생의 얼굴과 셔츠를 닦았다. "고비는 넘겼어. 나는 당신과 함께야"라고 나는 휘트먼을 인용했다. "그리고 일의 경과를 알고 있어." 그는 울음을 터뜨렸다. 아마도 이 스물두 살의 젊은이는 머나먼 고향을 떠나 지금 이곳에 있는 것이리라. 옆에서 보기엔 무척이나 바보 같은 광경이었다. 그러나 그의 두려움, 그리고 나의 공감은 진짜였다.

벤 러너, 『10:04』

9장

아무도 손해 보지 않는
구조를 만들다

나는 지금 소파에 깊숙이 몸을 파묻고 책을 읽고 있다. 옆에 있는 테이블에 놓인 커피는 잊은 지 오래다. 음료나 음식뿐 아니라, 다른 손님이나 직원의 기척도 희미한 막처럼 배경으로 물러나고, 지금 나에게는 눈과 손, 그리고 페이지가 전부다. 책 속에 빠져 있다. 꼬리에 꼬리를 물고 일어나는 일들에 정신을 모두 빼앗겨, 어느새 완전히 편을 들고 있는 등장인물들이 앞으로 어떻게 될까에만 관심이 있다. 해피엔딩이었으면 좋겠다. 페이지를 넘기자 왼쪽에 커다란 여백이 나타났다. 장이 끝났다. 그러자 살짝 정신이 들면서 오랜만에 커피가 생각나 입으로 가져갔다. 다 식었다. 그럴 만도 하지. 하지만 맛있다. 커피는 식어도 맛있는 법이다. 여기 온 지 얼마나 지났을까. 얼마나 지났든 별로 상관은 없지만. 오늘은 원 없이 책을 읽기로 마음먹었으니 독서나 실컷 즐기자.

저걸 내어준 지 세 시간쯤 된 것 같은데. 아직 남았는지 다 마셨는지 모르겠지만 딱히 신경은 쓰이지 않는다. '밤이 다 됐는데 배가 고프진 않을까' 하는 생각도 들지만, 시야 끝에 보이는 모습은 요지부동이나. 독서에 푹 빠져 있다. 그런 모습을 보면 흡족하고 기쁘다. 본다기보다는, 그다지 손님 쪽을 보지는 않기 때문에 그 존재를 가끔 생각해내고는 '읽고 있군, 읽고 있어~!' 라고 생각한다.

그러고 보니 자리가 거의 다 찼다. 다들 오신 지 두 시간은 넘은 것 같다. 오늘도 아주 근사한 시간이 흐르고 있다. 저분들에게도 의미 있고 만족스러운 시간이 되었다면 더 바랄 게 없다. '자, 다들 어서 읽으세요!'라고 진심으로 생각한다. 지금은 주문 들어온 것도 없으니 나도 책이나 읽을까.

* * *

우리가 이 커피를 주문한 게 몇 시 몇 분이었더라? 시간을 잘 봐뒀어야 했나. 메뉴판에는 "두 시간마다 추가 주문 부탁드립니다'라고 쓰여 있었다. 우리가 몇 시에 왔더라? 벌써 두 시간쯤 되었나. 슬슬 추가 주문을 해야 할 것 같은데. 하지만 '두 시간마다'라고 했으니 어쨌든 네 시간 동안 두 잔만 시키면 되겠지? 그러니 세 시간쯤 지나서 추가 음료를 시켜도 되겠지? 그런데 그럴 경우 두 시간에서 세 시간 사이의 한 시간 동안 '저 녀석 주문하려나, 주문하지 않고 이대로 눌러 있을 생각인가'라고 생각하면 어쩌지? 쓸데없는 걱정인가. 하지만 신경이 쓰이긴 하네. 아직 별로 마시고 싶진 않은데 주문하는 게 무난할까?

쾌 사람이 많아졌군. "혼잡한 경우에는 장시간 이용이 어려울 수 있습니다. 모든 분이 편안한 시간을 보낼 수 있도록 다른 손님에 대한 배려와 협조를 부탁드립니다"라고 되어 있었는데, 어디서부터 '혼잡한 경우'일까? 그리고 벌써 그 '장시간'에 해당하는 걸까? '어려울 수 있다'는 건 가게 쪽에서 나한테 그만 나가달라고 말을 한다는 건가? '배려와 협조'라는 건 그러니까 알아서 돌아가라는 거지? 아니면 추가 주문을 하면 리셋이 되나? 지금 우리가 여기 있는 걸 직원이 달가워할까? 아니면 빨리 돌아갔으면 할까? 아까부터 그런 것만 신경 쓰느라 글자를 보고 있어도 책 내용이 전혀 머리에 들어오지 않네.

저 사람은 벌써 두 시간은커녕 세 시간째 저러고 있네. 왜 추가 주문을 안 하지? 설명을 못 본 건가. 아니면 봤는데도 주문하지 않고 눌러앉을 생각인가. 그렇다면 약았군. 뻔뻔스러워. 주의를 주는 것도 꽤 스트레스라니까. 그러니까 이런 상황을 안 만들면 되잖아. 하지만 시간이 너무 지났는데. 뭐라고 말하지. "주문을 하시거나 이만 돌아가주시겠습니까?" 너무 매몰찬가.

아아, 자리가 없어서 손님이 못 들어오고 나가버렸어. 저 사람하고 저 사람은 들어온 지 꽤 오래됐는데. 음료 한 잔 시켜놓고 잘도 버티고 있는군. 아주 철면피야. 슬슬 돌아갈 때도 된 것 같은데. 그래야 다음 사람이 들어오지. '배려와 협조'라고 써놓았는데 아무도 지키지 않다니 사회가 대체 어떻게 돌아가고 있는건지. 다른 사람에 대한 관심이 너무 없는 거 아냐? 스트레스 받아. 어쩔 수 없이 말하러 가야겠어.

'그 사람들'만으로 성립하다

손님과 가게 모두 손해를 보지 않아야 한다. 가게를 유지하려면 모순 없는 형태를 구축하는 것이 중요하다. 어느 한 곳에서 무리를 하게 되면 결국 모두가 손해를 보게 된다. 가게는 대접하고 싶은 마음과 기뻐했으면 하는 마음을 휘발유 삼아 어느 정도는 달려갈 수 있을 것이다. 젊으면 체력도 있으니까 무리도할 수 있다. 하지만 그것만으로는 계속해나갈 수 없다. 휘발유인

줄 알았던 '마음'은 액셀을 밟는 오른발에 지나지 않는다. 매출이야말로 휘발유다. 휘발유가 없으면 차는 움직이지 않는다.

그렇다고 해서 예를 들어 좌석 수를 늘린다면 지금까지는 자리가 여유롭게 배치되어 있었는데 어깨가 맞닿을 만큼 불편한 공간이 된다.

예를 들어 이벤트를 연다. 지금까지는 책을 읽고 싶을 때 언제든 갈 수 있었는데, 최근에는 매주 라이브나 토크 이벤트를 하고 있어서 가고 싶은 날에 갈 수 없다.

예를 들어 대화를 허용한다. 조용한 곳에서 책 읽는 게 좋아서 찾는 공간이었는데 지금은 '책에 둘러싸인 카페'일 뿐이다. 찰칵찰칵, 깔깔깔. 슬프지만 이젠 거의 갈 일이 없겠지.

고뇌는 다른 것으로 바뀌고, 그 결과 원래 찾아주길 바랐던 손님은 멀어져간다. 손님의 얼굴이 점차 바뀌어간다. 찰칵찰칵, 깔깔깔. 단지 소비되고 있을 뿐, 누구 하나 행복하게 해주지 못하는 느낌이다. 점점 누구를 위해서, 무엇을 위해서 가게를 하고 있는지 모르겠다. 그렇지만 계속하는 것이 중요하다며 버틴다. 하지만 매출은 오르지 않고 감당하기가 버거워진다. 포기한다. 가게를 접는다.

어딘가에서 무리를 하면 결국 모두가 손해를 보게 된다.

이 공간을 통해 행복하게 해주고 싶은 사람. 이렇게 머물다 갔으면 좋겠다고 생각하는 모습. '아, 이 사람들 다 너무 좋아'라고 생각하게 되는 상황. 그것만으로 가게를 꾸리고 싶다. 이상적인 상황이 가게에 어떤 모순이나 희생도 가져다주지 않는 상황이었으면 좋겠다. '허울 좋은' 말이라 해도 좋다. 그러나 허울 좋은 일을 욕망하고 추구하는 것에서 시작하지 않는다면 무엇을 위한 사업인가.

후즈쿠에가 '이 공간을 통해 행복하게 해주고 싶은 사람', 즉 '책을 실컷 읽으려고 벼르고 오신 분', 어떻게 하면 그 사람들만으로 성립시킬 수 있을까. 그 시행착오의 결과가 안내문에서 본 현재의 요금 구조다. '주문 내용에 따라 자릿세가 바뀐다' '이용(체류)시간이 네 시간을 초과하면 자릿세가 추가된다' '정가 이상을 내고 싶을 때는 원하는 만큼 더 낼 수 있다'. 다른 곳에서는 본 적 없는 이상한 구조다. 이 구조는 어떻게 만들어졌고, 머무는 사람에게 무엇을 가져다주었을까.

모순을 없애다

'책을 실컷 읽으려고 벼르고 오신 분'은 백이면 백 느긋하게 머물려고 오신 분이다. 30분 만에 300페이지를 읽을 수는 없기 때문이다(속독하는 사람이라면 몰라도).

'책 읽는 가게'에 왔으니 느긋하게 원 없이 읽다 갔으면 좋겠다. 아무것도 신경 쓰지 않고 오로지 책을 읽고 싶다는 그 욕망만큼은 완벽하게 성취하고 갔으면 좋겠다. 이게 시작이다. 그럼 그러기 위해 필요한 것은?

우선 이런 마음에 거짓이 없을 것. 손님이 몇 시간을 있든 '슬슬 돌아갈 때도 되지 않았나'라는 마음을 갖지 않는 것. '아직은 괜찮지만 만약 추가 주문 없이 계속 눌러앉아 있으면 곤란한데'라는 걱정이나 의심을 미리부터 갖지 않는 것. 다시 말해 모든 손님을 처음부터 끝까지 쭉 환영하는 것.

그러기 위해서는 손님이 얼마나 오래 머물든 그것이 장사의 성립에 어떤 모순도 가져오지 않을 필요가 있다. 그게 실현되면 가게는 모든 손님이 '실컷' 읽고 가기를 진심으로 응원할 수 있다.

여기까지는 가게의 입장이다. 그럼 손님 입장에서 실현해야 할 상태는 무엇일까. 그것은 어떤 것에 대해서도 눈치볼 필요가 없는 상태. 분별 있는 사람이라면 아무래도 그런 걸 신경 쓰게 된다. '괜찮을까?' 하는 생각을 하지 않아도 되는 것. 그러기 위해서는 자신이 오래 머무는 게 가게 사람에게 어떤 불평이나 불만도 가져다주지 않음을 확신할 수 있어야 한다. 아무리 오래 있어도 자신이 계속 환영받고 있다는 사실을 확신할 수 있어야 한다. 그 환영 속에 어떤 인내나 모순도 없다는 걸 확신할 수 있어야 한다. 그래야만 정말 눈치보지 않고 있을 수 있다.

이제 약간 긴 설명을 할 텐데 '책 읽는 가게'의 토대를 이루는 중요한 '설계'에 관한 이야기이니 부디 들어주셨으면 좋겠다.

현재의 구조에 이르기까지 거친 요금 구조는 다음과 같은데, '순전히 원하는 만큼 내는 방식'→'메뉴마다 가격이 정해져 있고 주문한 만큼 내는 방식(즉, 일반적인 방식)'→'주문 금액이 1000엔 미만일 경우 최소 1000엔으로 올리는 방식'이었다. 이 변천만 봐도 수많은 시행착오와 우여곡절이 있었음을 짐작할 텐데, 이 시기에는 객단가가 당연히 제각각이었다. 커피 한 잔 값인 700엔을 내고 머물다 가는 사람이 있는가 하면, 여러 음료와 음식을 주문해 3000엔에서 4000엔을 내는 사람도 있었다. 평균 객단가는 1400엔 정도였다.

한편, 공통적인 항목도 있었는데, 그것은 체류 시간이었다. 평균적으로 늘 두 시간 반이었다. 대여섯 시간 머무는 사람들 때문에 늘어났다기보다는, 85퍼센트의 사람이 한 시간 반 이상 체류했으니 대체로 모든 분이 느긋하게 계시다 간다는 말이었다. 종합정보사이트 '프레지던트 온라인PRESIDENT Online'의 기사 (2017년 1월 6일)에 따르면 '체류 시간이 길다'고 알려진 고메다 커피점이 평균 한 시간(도토루커피숍은 30분)이니, 평균 두 시간 반은 상당히 긴 시간이다. 아무튼 '마음껏 독서를 하고 싶을 때 머물고 싶은 시간이 평균 두 시간 반이다'라는 말일 것이다.

또, 좌석 수는 '10'이고, 하루종일 바빴던 날을 기준으로 삼을 때 손님 수는 30명이었다. 회전율이 3이라는 것이다. 그런 날에는 폐점할 무렵 이미 기진맥진해서 설거지 더미 앞에 멍하니 서 있곤 했다.

매출 계산식은 '좌석 수×회전율×객단가'다. 위의 상황을 대입하면 '하루종일 바쁜' 날에 '10석×3회전×객단가 1400엔 =4만2000엔'이라는 매출이 나온다.

개인적으로 4만 엔이라는 매출은 충분하다고 생각한다. 점포 경영이라는 맥락에서 흔히 사흘 만에 임차료에 해당하는 매출을 올려야 한다고 하는데, 후즈쿠에의 임차료는 20만 엔이 조금 안 되니, 이렇게 따지면 5일이 걸린다. 다만 경영자로서 미숙하기 때문인지, 아니면 내 실감이 맞는 건지는 모르겠지만, 사람을 거의 고용하지 않아 인건비를 들이지 않고 가게를 꾸리는 입장에서는 금액이 그 정도까지는 필요 없다고 생각한다. 만약 임차료에서 산출한 필요 액수인 6만5000엔을 하루에 벌 수 있었다면, 영업일 25일에 월 매출 160만 엔이 된다. 여기에서 매입 원가나 임차료 등의 경비를 빼면 약 100만 엔이 남는다. 연봉 1000만 엔 달성! 물론 그렇게 벌면 좋겠지만, 완전히 중노동인지라 몸이 너무 힘들어서 멍하니 서 있는 시간이 나날이 늘다가 끝내 좀비가 되지 않을까. 건강하게 이 일을 지속해나가려면 적당한 매상이 좋다. 하루 평균 4만 엔으로 계산해 월 100만 엔이라는 매출이 딱 적당한 목표치였다(그후 직원이 늘어나면서 수정이 필요했지만).

하루 매출 4만 엔이라는 목표치를 생각했을 때 숫자를 어떻게 조작할 것인가. 그 선택이 가게의 태도를 나타낸다. 예를 들어 좌석 수 '10'을 바꾼다고 하자. 옆자리와의 간격이 여유로운 카운터석에 의자를 더 놓는다. 물리적으로 네 자리까지 늘리는 게 가능하니 '14석×3회전×객단가 950엔' 해서 4만 엔이다. 필요 객단가가 낮아진다. 그 대신 카운터석의 좌석이 너무 다닥다닥 붙어 손님의 쾌적함은 떨어진다. 그러면 '책 읽는 가게'로서는 실격이다. 그러니 좌석 수는 아니다.

회전율은 어떨까. 예를 들어 회전율이 '10'이라고 치면 객단가는 400엔이면 된다. 이 회전율이 나타내는 건 부리나케 한잔 마시고 부리나케 나가는 상태로, '눈치보지 않고 얼마든지 오래 있을 수 있다'는 목표와 가장 거리가 멀다. 앞에서 '원하는 만큼 독서를 하고 싶을 때 머무는 시간이 평균 두 시간 반이다'라고 말한 것과 정면으로 배치되는 설정이다. 그러니 회전율을 높게 설정하는 일도 불가능하다. 애초에 '3'이라는 값도 어디까지나 반년에 한 번 있을까 말까 하는 바쁜 날에만 가능한 숫자고, 거의 만석인 상태가 하루종일 계속되어야 겨우 가능하다. 타이밍이 나빠 자리가 없어서 못 들어오는 손님도 꼭 생긴다. 현실적인 목표가 아닐 뿐더러 손님을 진심으로 반기지도 못하는 상태를 목표치로 삼을 수는 없다. 적당히 자리가 찬 상태가 길게 지속되는 정도가 손님에게도 좋을 테고 그것을 회전율로 치면 '2'였다. 이 값으로 생각하는 게 타당할 것이다.

따져볼 재료는 다 갖추었다. 좌석 수는 '10' 그대로, 회전율은 '2'. 그렇게 되면 객단가는 '2000'이 된다. 두 시간 반에 2000엔. 이것은 어떤 익숙한 숫자와 아주 비슷하다. '책 읽는 가게'를 생각할 때 늘 참조 대상으로 삼았던 영화관에서 볼 수 있는 숫자다. 영화를 보고 싶은 사람은 영화 상영에 특화된 쾌적한 환경에서 영화 한 편을 보는 두 시간 정도의 시간에 약 1800엔의 비용을 쓴다. 그렇다면 책을 읽고 싶은 사람이 독서에 특화된 쾌적한 환경에서 책을 읽는 두 시간 반 정도의 시간에 2000엔을 내는 것도 결코 부자연스럽지 않다. 이 금액이 산출되었을 때 든 생각이 '그 정도는 받아도 되지 않을까?' 하는 것이었다. 그러면 2000엔을 어떤 식으로 받으면 될까.

장시간 이용을 전제로 하다

예를 들어 '한 시간마다 한 번 주문하는 방식'도 괜찮을 것이다. 두 시간 반이면 세 번 주문하는 셈이다. 후즈쿠에의 경우 음료가 700엔부터니까 그러면 2000엔이 넘는다. 다만 이 방식에는 독서시간을 방해하는 요소가 몇 가지 있다. 우선 시간이 얼마나 흘렀는지 계속 체크해야 한다. 그 부담을 덜어주기 위해 손님이 체크하는 게 아니라 가게에서 알려주는 방법도 있을 수 있지만 손님 입장에선 한 시간에 한 번씩 직원이 으름장을 놓는 셈이다. 둘 다 손님이 자질구레한 판단을 해야 한다는 점에서 좋지 않다. 더 읽을 것이냐, 더 주문할 것이냐, 더 돈을 낼 것이냐. 눈치보지 않고 독서를 만끽할 수 있는 상태와는 거리가 멀다.

게다가 계속 머물려면 음료나 음식을 계속 주문해야 하는 것도 큰 문제다. '책 읽는 가게'에서 나와야 하는 질문은 '마시고 싶으냐'가 아닌 '읽고 싶으냐'이며, 더 읽고 싶다고 해서 반드시 더 마시고 싶은 것은 아니다.

또 이 구조를 채택하면 체류 시간이 짧아질 수밖에 없다. 한 시간 간격으로 찾아오는 추가 주문 타이밍은 '이 정도로 끝내는 게 싸게 먹히겠다'고 생각해 돌아가는 계기가 되기도 할 것이다. '원하는 만큼 독서를 하고 싶을 때 머물고 싶은 시간이 평균 두 시간 반'이었다. 이 값이 짧아진다는 건 원하는 만큼 독서를 하지 못한 사람, 어떤 외부 요인에 의해 밀려나 돌아간 사람이 발생한 상태를 의미한다고 보면 된다.

애초에 누구를 위한 구조였나. '그 사람들'만으로 꾸리겠다면서 왜 짧게 이용하는 사람까지 고려하나. 그 공간을 잠깐 이용하고 가는 사람에게도 유용하고, 동시에 장시간 이용하는 사람에게도 최적인 구조가 있다면 그걸 채택하면 된다. 하지만 잠깐 이용하는 사람을 위한 배려가 오래 머물 생각으로 온 사람의 체류 시간을 짧게 만든다면 그것은 아무 도움이 되지 않는다. 겁이 나서 어느 쪽도 포기하지 못하는 것에 지나지 않는다(말하자면 특별한 날에 찾는 레스토랑을 하고 싶은데, '파스타 단품도 가능합니다!'라는 간판을 세우는 경우와 같다). '그 사람들'을 최우선으로 생각한다. 그것이 '그 사람들' 이외의 사람들을 불편하게 해도 어쩔 수 없다. 그 부분은 포기한다. '책 읽는 가게'가 염두에 두는 건 느긋하게 책을 읽고 싶은 사람들뿐이다.

거듭 말하지만 이들에게 필요한 것은 계속 있을 것인지 돌아갈 것인지를 판단하는 기준이 '더 읽고 싶은가' 하는 당사자의 마음밖에 없다.

느긋하게 책을 읽을 때 무엇을 얼마나 먹고 마시는지는 부차적인 항목이다. 그 시간을 꾸밀 수 있는 아이템으로는 매우 유용하지만, 결코 중심은 아니다. 마시고 싶은 커피를 주문할 때 기쁨이 있는 것이지, 마시고 싶지도 않은 커피를 주문할 때는 전혀 기쁘지 않다. 그러니 그 결정이 외부 사정에 의해 강요받지 않아야 한다. 원할 때만 주문할 수 있어야 한다. 더 있을까,

이제 그만 돌아갈까의 판단 기준에 먹고 마시느냐에 관한 판단이 조금도 섞여 있지 않아야 한다. 마찬가지로 지불액도 판단 기준이 되면 안 된다. 조금씩 올라가는 지불액을 신경 쓰지 않을 수 있어야 한다.

음식점 입장에서는 허울 좋은 말로 들릴 것이다. 하지만 허울 좋은 일을 제대로 욕망하자. 그럼 어떻게 하면 될까. 주문 내용에 관계없이 모든 사람에게 2000엔을 받으면 된다.

1500엔의 보수를 받다

"2000엔은 받겠습니다. 주문이 2000엔 미만일 경우 차액을 주셔야 합니다."

이렇게 하면 어떨까? 처음에는 이렇게 하면 만사가 해결될 것 같았다. 그러나 '지불액 2000엔'을 기준으로 하는 게 아무래도 이치에 맞지 않는다는 문제에 부닥쳤다. 같은 2000엔이라도 가게에 이익으로 남는 금액은 주문 내용에 따라 달라지기 때문이다. 그것은 손님을 경중으로 나눠 생각하는 일이기도 하다.

후즈쿠에의 가격 책정법을 설명하자면, 예를 들어 1000엔짜리 정식과 1000엔짜리 맥주를 시켜 2000엔이 되면 이익이 1200엔이다. 반면 700엔짜리 커피와 차액 1300엔으로 2000엔이 되면 이익이 1900엔이다. 이 경우 손님은 '이왕 내야 한다면' 하고 주문을 2000엔에 맞추려고 할 것이고, 가게 입장에서는 금액이 작은 것을 조금만 주문하길 원하게 될 것이다. 불필요한 눈치 싸움이 유발된다. 식사나 고가의 알코올 메뉴보다는 이익이 많이 남는 음료류에 주력하고 싶을 수도 있고, 주문이 2000엔에 가까워질수록 '이익이 줄어든다'고 생각할 수도 있다. 이것은 건강하지 못한 상태다.

가게가 필요로 하는 건 매출이 아니라 이익이다. '2000엔의 매출'로 따질 것이 아니라 '1500엔의 총마진'(후즈쿠에의 원가율은 약 25퍼센트)으로 따지는 것이 훨씬 건설적이고 이치에 맞는다.

그렇게 해서 나온 것이 현재의 '주문할 때마다 줄어드는 자릿세' 방식이다(「안내문」 '요금 구조' 참조). 이 구조로 커피 한 잔을 시키든 식사와 술을 시키든 2000엔 내외로 지불하게 되고, 1500엔의 총마진을 확보할 수 있게 되었다. 이렇게 되면 일단 가게로서는 '뭘 주문해도 상관없다'라고 생각하게 된다. 손님이 와서 그곳에서 시간을 보내겠다고 확정하는 순간에 주문의 수나 종류에 관계없이 필요한 이익이 확보된다. 커피 한 잔을 주문하고 아무리 오래 있는다 하더라도 신경 쓸 이유가 하나도 없다. 한 잔 더 안 시키나 하는 생각을 할 여지도 없다. 식사만 주문하는 사람이 있어도 음료는 안 시키나 하는 생각을 하지 않아도 된다. 당연히 "추가 주문을……" 같은 부탁도 일절 할 필요가 없다. 설령 아무것도 시키지 않는다 해도('음료라도 마시면서 보는 게 더 좋지 않을까?'라는 생각은 하지만) 불만을 가질 이유가 없다. 설마 그런 사람이 있을까 했는데, 지금까지 아무것도 먹거나 마시지 않고 머물다 가신 분이 두 분 있었다. 두 분 다 천천히 느긋하게 책을 읽다 가셨다. 돌아가실 때, 주문을 하지 않는 경우는 명시하고 있지 않기 때문에 약간 조심스럽게 1500엔이라고 말했더니 아무 거리낌 없이 논을 내셨다. 한 분은 그후 좋은 시간이었다고 편지를 보내주시기도 했다.

또 체류 시간이 네 시간이 넘으면 자릿세가 추가되기 때문에 체류 시간이 아무리 길어져도 기회손실이 발생하지 않는다. 가령 개점하자마자 만석이 돼 그 사람들이 그대로 폐점까지 열두 시간 동안 머무는 바람에 들어오지 못하는 손님이 속출한다고 해도 매출이 손해 보는 일은 없을 것이고 가게 입장에서도 반기는 마음이 줄어들 걱정도 없다.

느긋하게 눈치보지 않고 머무는 것과, 건전하게 장사를 지속하는 데 이 이상 아름답게 공존할 수 있는 방법이 있을지 모르겠다. 선술집처럼 술을 마시는 가게에서는 술을 추가하면서 체류 시간을 계속 늘려가는 개념이 일반 통념으로 자리잡았지만, 하나만 주문해도 자칫 자리를 차지했다고 간주될 수 있는 카페 같은 업태에서 만약 오래 머무는 사람만 대상으로 하는 가게를 하고 싶다면(매우 극단적인 경우지만) 이 방법이 가장 적절하지 않을까.

또 여담이지만 술집이라도 '물만 마시는 문제'가 심심치 않게 화제에 오른다. 음식만 주문하고 술을 주문하지 않는 손님에 대한 푸념을 가게가 아무 생각 없이 트위터에 올리자 동종 업계 사람들과 일부 '이해심 많은 사람들'이 이에 동조했는데, "가게 사정을 손님에게 강요하지 말라" "암묵적인 룰 같은 게 어디 있느냐"라고 반발하는 사람들이 나타나며 논쟁이 뜨거워졌다. 반대로 "물을 주문했더니 800엔이나 달라더라"며 프렌치 레스토랑이 도마에 오른 적도 있다.

이러한 문제들도 비슷한 구조를 도입한다면 대부분 해결할 수 있지 않을까. 후즈쿠에만큼 세세하게 설정하는 것은 즐겁게 식사를 하러 온 사람들에게 적절하지 않다. 무엇보다 번잡하고 이해하는 데도 시간이 걸리니 간략하게 "음료 주문을 하지 않는 경우에는 1000엔, 1잔을 주문하는 경우에는 500엔의 요금을 받습니다"라고 음료 메뉴판 구석에 적어두는 정도라면 도입과 운용이 꽤 간단하지 않을까. 가게의 존속을 위해 필요한 금액을 지불하는 것에 대해 "그만큼 내고 싶지 않다"는 사람을 손님으로 맞아 봤자 피곤하기만 하니 내키지 않아 하는 사람은 아예 손님으로 맞을 필요도 없다.

아무튼 '주문할 때마다 줄어드는 자릿세' 방식은 "손님이 얼마나 오래 있든 그것이 장사의 성립에 어떤 모순도 가져오지 않을 필요가 있다. 그게 실현되면 가게는 모든 손님이 '실컷' 읽고 가기를 진심으로 응원할 수 있다"고 이야기한 것처럼, 가게로서는 흠잡을 데 없는 구조다. 허울 좋은 일을 제대로 목표 삼아 계속 생각하다보면 뭔가 답이 나오게 되어 있다.

이렇게 자화자찬하고 싶지만, 손님에게는 어떨까. 납득하고 이해하는 게 다일까. 아니면 이 구조가 있기 때문에 생기는 깊은 기쁨도 있을까.

눈치볼 일을 원천 차단하다

'주문할 때마다 줄어드는 자릿세' 방식입니다. 자릿세는 다음 표와 같습니다.

가령 이렇게만 설명하면 가게의 의도가 반도 전해지지 않을 것이다. '뭐, 느긋하게 머물 수 있는 가게니 이 정도는 필요하겠지만 그래도 좀 비싸군. 이 정도 내면 당연히 오래 있을 수 있어야지. 하지만 잠깐만 이용하고 싶은 사람에게는 지뢰겠네' 정도가 고작일지도 모른다. 이 정도는 필요하다는 것도, 조금 비싸다는 것도, 이 정도 내면 오래 머물러야 한다는 것도, 가볍게 이용하고 싶은 사람에게는 지뢰라는 것도, 대체로 다 맞는 말이지만, 이렇게만 받아들여진다면 꽤 씁쓸하다.

그보다 여전히 '아무리 그래도'의 여지가 몇 가지 남아 있다는 점이 큰 문제다. 이 구조가 가장 강력하게 지지하는 사람들은 "느긋하게 독서하고 싶은 마음이 제일 크고 음식은 최소한만 있으면 된다"는 사람들이다. 앞에서도 이야기했듯이 카페나 찻집에서 느긋하게 책을 읽으려다가 쫓겨나듯 나온 존재들이다. 이 사람들이 눈치볼 일을 원천 차단하는 것이 중요하다.

그러나 구조를 설명하고 계산 예시를 제시하는 것만으로 끝낼 경우, 커피 한 잔에 700엔, 자릿세 900엔을 합쳐 1600엔이라는 자신이 낼 금액이 절대 저렴한 건 아니지만, 아무리 그래도 예를 들어 1000엔짜리 정식과 800엔짜리 맥주와 자릿세 300엔을 해서 2100엔을 내는 손님에 비하면 가게 입장에서 자신이 가치가 덜한 손님이 아닐까, 라고 생각할 여지가 있다. 왜냐하면 보통 사람은 '이 메뉴의 이익이 얼마일까'라는 생각을 할 리 없고(할 필요도 없다) 지불액의 액수로밖에 생각하지 않을 것이기 때문이다. 그러니 "아무리 그래도 술을 마시고 밥을 먹는 사람을 더 반기겠지? 지불액이 더 크니까"라고 생각하는 게 자연스럽고, 저녁식사 시간에 다른 손님이 모두 식사를 주문하면 어쩐지 눈치를 보게 된다. 커피 한 잔만 시켜도 오래 머물 수 있다지만, 아무리 그래도 그것이 소극적인 환영인지 전면적인 환영인지 손님 입장에서는 판단할 근거가 없다. "느긋하게 머물다 가세요"라고 분명 적혀 있다. 아무리 그래도 어느 정도까지 있어도 되는 걸까. 그 말만 믿고 계속 앉아 있다가 직원이 "아니, 썼죠. 쓰긴 했어요. 느긋하게 머물다 가라고 내가 분명 쓰긴 했는데, 아무리 그래도 너무 오래 눌러 있는 거 아니에요?"라고 생각하는 존재가 되지는 않을까…… 그 판단이 서지 않는다.

그러나 후즈쿠에의 안내문에는 가게의 속마음이 자세하게 나와 있다. 읽는 사람은 단지 결론으로서의 결정을 통보받는 게 아니라, 가게의 사고를 따라 간접경험하게 된다. 모두가 가게에 1500엔의 이익을 가져다주는 존재다…… 그것은 가게 운영에 필요 충분한 금액이다…… 그러니 어떤 형태로 가게에 머물든 전부 진심으로 환영할 수 있다…….

과정을 따라가며 읽다보면 '이 공간에서는 오래 머무는 것이 가치의 근간이며, 허가해준다는 개념이 아니라 애초에 정해진 설정이구나'라는 깊은 이해가 생긴다. 오래 머무는 것이 민폐나 뻔뻔한 행동이기는커녕, 손님이 가게에 연대와 지지를 표명하는 행위라는 점이다. 이것을 이해하면 더이상 '머무는' 것에 대해 어떠한 눈치도 볼 필요가 없다.

'저렴한 손님'으로 만들지 않는다

편안하고 느긋하게 눈치보지 않고 몇 시간이든 책을 읽고 싶은 사람이 원하는 건 '편안하고 느긋하게 눈치보지 않고 몇 시간이든 책을 읽는 것'이지 '저렴하게 때우는 것'이 아니다. 문장이 답답할지도 모르겠지만 필요한 답답함이다. '저렴함'은 가게를 하는 사람에게도 매력적인 요소라 금세 "싼 게 최고다"라는 생각을 갖게 만든다. 저렴한 것에 끌리는 건 인지상정이다. 얼떨결에 끌려간다. 그러니 계속해서 스스로를 다잡는 노력이 중요하다.

후즈쿠에를 찾는 사람들이 원하는 건 '저렴하게 때우는 것'이 아니라 '최대한 편하게 있는 것'이다. 자릿세 방식은 그걸 전제로 해서 만들었기 때문에 후즈쿠에에서는 아무리 애를 써도 '저렴한 손님'으로 있을 수 없다. 그 사실이 그 공간에 머무는 사람들에게 가져다주는 효과는 무시할 수 없다.

돈을 낸다는 건 그 대상이 마음에 든다는 의사표현이다. 물론 모든 지불 행위가 그렇게 긍정적인 측면만 있지 않다는 걸 잘 알지만, 작은 규모의 가게에서는 그런 성선설이랄까, 허울 좋은 소리로 들릴지 몰라도 긍정적인 면을 전제로 삼는 게 좋은 것 같다. "이곳을 찾아주는 사람들 모두 이 가게를 지지하고, 이 가게를 유지하는 데 필요한 금액을 기꺼이 내주는 사람들이다"라고 멋대로 정립해버림으로써 "그럼 그 가장 친애하는 사람들에게 무엇을 제공할 수 있을까" 하는 적극적인 마음가짐을 가지게 되는 게 아닐까. '베푸는 마음'으로 사업을 영위할 수 있지 않을까. 손님 입장에서는 가게를 응원하고 지지하는 마음으로 돈을 지불한다. 그때 자신이 내는 금액이 불충분하지 않은 건 물론이고 가게에 확실히 의미 있는 금액임을 깨달을 때 만족을 느낀다. '저렴한 손님'으로 있을 수 없는 구조가 가져다주는 장점 중 하나나.

그리고 그와 동등하거나 그 이상으로 중요한 사실이, 돈을 낸다는 건 자기 자신을 향한 응원과 지지이기도 하다는 점이다. 무엇에 얼마나 낼지를 선택하는 행위에는 '나의 가치를 정하는' 측면이 있다. 예를 들어 점심밥을 먹는다고 했을 때, 380엔짜리 소고기덮밥이냐, 500엔짜리 도시락이냐, 1400엔짜리 파스타냐…… 다 맛있겠지만 메뉴의 값에 따라 정신적인 만족감도 달라진다. '이렇게 사치를 부려도 될까. 아냐, 요즘 계속 바빴으니 가끔은 이럴 때도 있어야지' 하고 망설이며 1400엔짜리 파스타를 선택했을 때 얻게 되는 '오늘 나는 이 정도 식사를 할 가치가 있는 사람이다'라는 자존감과 긍지. 이때 '저렴하지 않은 돈을 지불했다'라는 사실 자체가 셀프케어의 필수적인 요소다. 낭비는 기도와 같다.

물론 같은 파스타를 500엔에 먹었더라도 맛이나 포만감으로 인한 기쁨은 비슷했을지도 모른다. '득을 본' 느낌이라 더 기쁠 수도 있다. 하지만 '저렴하지 않은' 금액을 지불하고 얻는 경험에는 각오와 극복이 따른다. 맛과 품질을 비교하기는 어려워도 가격을 비교하는 건 누구나 할 수 있기 때문에 돈을 지불하는 것에는 손에 잡히는 실감이 있다. 그리고 텅 빈 지갑이 기쁨으로, 위안으로, 그리고 자기 긍정감과 자존감으로 채워지기를 바란다. '오늘은 큰맘 먹고 이걸 해야지'라는 결심은 스스로에게 성원을 보내고, 스스로를 지지하고, 스스로에게 선물을 주는 일이다. 그때는 저렴하게 때울 수 없다는 사실 자체에 가치가 있다.

자, 그럼 독서다. 몇 번이나 말했지만 독서는 어디서든 할 수 있다. 당연히 돈을 들이지 않고도 할 수 있다. 집에서, 도서관에서, 공원에서, 마음껏 읽을 수 있다. 또, 카페나 다방에서 커피를 주문해놓고 몇 백 엔으로 때울 수도 있다. 그런 독서를 일부러 2000엔을 내고 하기를 택한다. 0엔, 500엔, 2000엔. 몇 단계의 선택지 중에서 '마음에 드는 것'에 손을 뻗는다. 2000엔이라는 금액이 비싸게 느껴지느냐 싸게 느껴지느냐 하는 건 물론 사람마다 다르겠지만, 적어도 더 저렴하게 해결할 수단은 얼마든지 있고, 이왕 선택했으니 최대한 즐겨야 한다. 가게로 향하는 몸은 자연히 기쁜 시간을 보내기 위한 모드로 바뀐다.

열심히 일한 오늘 밤, 기다리고 기다리던 휴일, 읽고 싶었던 책을 실컷 읽는다. 그때 '저렴하게 이용할 수 없다'는 사실 자체가 가뜩이나 특별한 독서시간을 더 특별하게 만들어준다. 그 시간은 더욱 값진 것이 된다.

함부로 이용하게 만들지 않는다

풀리지 않을 수 있다면 마법은 풀리지 않는 편이 낫다. 처음 갔을 때는 커피와 토스트를 시키고 나중에 카페오레와 케이크를 추가해 가게에 머무는 시간을 천천히 느긋하게 만끽했다. 가게를 구성하는 모든 요소에 감동한 곳이었다. 금방 또 가고 싶어져서 가고 또 가고…… 그러자 점점 주문하는 수가 줄어들고 체류 시간이 짧아졌다. 더 편하게 머물 수 있게 되었지만, 그에 비례해 특별한 시간이라는 느낌이 희미해졌다. '일상'에 가까워질수록 가게의 마법은 풀릴 수밖에 없다. 막 이용하려는 마음은 아니었지만, 나에게 주는 선물이나 셀프케어로서의 낭비라는 관점에서 보면 그 힘이 분명 약해지고 있었다.

'또 가고 싶다'라는 강한 욕망을 제어하지 못한 게 하나의 원인이었던 것 같다. '또 가는 것'이 우선시되다보니 '마음껏 이것저것 주문하며 느긋하게 시간을 보내는 것'이 정해진 값이 아니라 하나의 옵션처럼 변해버렸다. 한번 함부로(라는 표현이 지나치면 '쉽게'라고 해도 된다) 이용해버리면, 다시 사치스럽게 이용하기 위해서는 훨씬 더 강한 의지를 갖고 극복할 필요가 있다. 다시는 돌아오지 못하는 사람도 있다.

후즈쿠에는 자릿세 구조라 막 이용하기가 어렵다. 지난번에는 세 시간 동안 집중해서 책을 읽었지만, 오늘은 시간이 별로 없으니 30분만 있다 가자는 선택을 하기가 쉽지 않다. '한 잔에 1600엔짜리 커피'는 어느 정도 오래 머물 때 진가를 발휘하며, 커피를 위한 30분짜리 휴식 시간에 그 돈을 지불하는 건 많은 사람에게 터무니없는 일일 테다. 그렇게 되면 설령 '조만간 또 가고 싶다!'라는 생각을 하더라도 무턱대고 행동하기 전에 검토라는 걸 하게 된다. 시간을 내어 제대로 가게 된다. '함부로 이용하는 후즈쿠에'의 맛을 모르고 넘어갈 수 있다(잠깐 머물더라도 지불하는 금액에 불만이 없고 소중한 체험으로 여겨주신다면 상관없지만. 처음 오신 분이라면 받아들이실지 미지수다).

"문턱이 높은 게 약점이다. 더 자주 가고 싶어도 제대로 시간을 내기가 어렵다"라는 의견을 들을 때도 있는데 이건 오히려 강점이다. 어떻게 이용하는 게 좋은지 쓸데없이 고민할 필요가 없다. "이왕 가는 거 좋은 시간을 보내자"라는 마음가짐이 자신이 보낼 시간 자체에 대한 존중을 지속시키기도 한다. 한 번 두 번 소중한 시간이 쌓이는 동안 마법이 풀리는 때는 미뤄질 것이다.

일상적으로 이용해주시는 건 바라지도 않는다. 일주일에 한

번, 한 달에 한 번, 혹은 1년에 한 번, 자신에게 허락하는 특별한 시간을 경험하고 가셨으면 좋겠다.

본전을 뽑게 만들지 않는다

『천천히 서둘러라—공존의 가치를 실천하는 작은 카페 이야기』는 니시고쿠분지에 있는 구루미도커피クルミドコーヒー의 대표 가게야마 도모아키 씨가 쓴 책인데(저자가 가게를 하는 사람이면 왜 '씨'나 '님'을 붙이고 싶을까), 손님과 가게가 서로 이용하는 관계(Take/Taken)가 아니라 서로 지원하는 관계(Give/Given)로서 가치를 '교환'한다는 의미가 무엇인지 구루미도 커피의 실제 사례를 통해 이야기한다.

받은 것을 끊임없이 되돌려주려 하는 '수증자受贈者적 인격'이 키워드 중 하나로 제시되는데, 그 반대로는 '소비자적 인격'이 있다. 이 인격을 자극하지 않기 위해 포인트 카드나 할인 서비스는 하지 않는다고 한다. '소비자적 인격'이란 보다 적은 비용으로 보다 많은 것을 손에 넣으려고 하는 인격으로, 그 결과 "마주보는 거울처럼 가게의 자세에도 영향을 준다. 당신이 그렇게 나오면 나도 이렇게 나갈 수밖에 없다는 식으로". 즉 "손님과 가게가 서로 자기의 이득을 최대화하려고 행동하고 선택하는 교환 메커니즘이 작용한다".

후즈쿠에도 이런 사태가 일어나는 걸 되도록 피하려고 한다. 특히 두려운 것이 내 안에서 고개를 드는 '당신이 그렇게 나오면 나도 이렇게 나갈 수밖에 없다'라는 마음인데, 건강한 마음으로 가게를 운영할 수 없게 되면 끝장이다. 그것을 확실히 느꼈던 때가 지불 금액을 손님에게 맡겼던 초창기로, 몇 시간 동안 계신 분이 고작 220엔을 냈을 때였다. 그런 구조를 채택한 이상 감수할 수밖에 없었지만, 동전 네 개를 봤을 때 '뭐야? 여기가 도토루커피숍인줄 알아?' 하는 기분이 너무 강렬했고, 그렇게 되면 이제 손님이 무서워진다. 의심이 들기 시작한다. 마음이 사나워진다. 결국 가게가 거칠어진다. 아무도 행복해지지 않는다.

그런 시행착오를 거친 끝에 현재의 형태가 되었는데 지금은 정말 건강하다. '손해를 봤다'는 기분이 들 일이 없기 때문에 가게를 소중히 여겨주는 사람들에게 더 많이 되돌려주고 싶어진다. 손님 한 분 한 분의 알찬 독서시간을 더욱더 온 마음을 다해 지키고 싶어진다.

이건 우리 쪽 이야기지만, 손님 입장에서도 '소비자적 인격'이 자극받지 않는 게 값진 시간을 보내기 위해 중요하다. "최대한 적은 비용으로 최대한 많은 것을 손에 넣으려고 한다". 후즈쿠에로 보자면 "최대한 적은 비용으로 최대한 많은 시간을 손에 넣으려고 한다". 구조상 어떻게 해도 2000엔엔 내외가 나온다. 그 구조는 평균 체류 시간인 두 시간 반을 근거로 설계되었다. 부칙으로 체류 시간이 네 시간이 넘으면 시간에 따라 자릿세가 추가된다. 만약 이 부칙이 없으면 아주 오랜 시간 머물고자 할 때 그 손님 안에 어떤 마음이 생길까.

자릿세가 0엔이 될 만큼은 주문을 다 했다(음료 두 잔과 케이크 등). 네 시간이 지나고 다섯 시간이 지난다. 사실 한 잔 더 마시고 싶지만, 그만두자. 이제 돈을 더 안 내도 되는데 뭐하러…….

그런 마인드로 예를 들어 여섯 시간을 머문다고 했을 때 그 시간이 과연 얼마나 풍요롭고 사치스러울까. 자신을 위로하는 선물 같은 시간을 보내러 왔을 텐데 '하고 싶어도 참는 나'라는 모습이 부각되지 않을까. 그리고 도중에 만약 만석이라 들어오지 못하는 사람이 있다는 걸 알았다면 어떨까. 꺼림칙함이나 민망함 같은 것이 생겨나지 않을까. 다른 사람들이 두세 시간마다 바뀌는 걸 알면서도 모른 척 다섯 시간, 여섯 시간 머물고 있는 자신…… 양쪽이 지불하는 금액은 같다…… 거기에는 무언가 공정하지 않은, 보다 많은 것을 손에 넣으려고 하는 손님, 값싸게 이용하려는 손님, 그런 식의 자기 인식이 생기지 않을까. '본전을 뽑는 것'은 '마음껏 즐기는 것'과 전혀 다른 감각을 가져온다. 자부심이나 자존감과는 점점 멀어진다.

이 부칙은 원래 컴퓨터 사용이 허용되었던 시기에 추가된 항목이었다. 컴퓨터 작업자의 체류 시간이 책을 읽는 사람보다 더 길어지기 일쑤였다. 아침까지 아무렇지 않게 스프레드시트나 인디자인을 만지작거리고 있는 우리 모습을 떠올려봐도 잘 알겠지만 컴퓨터를 하다보면 시간이 물 흐르듯 간다. 그리고 이 조용하고 차분한 환경에서 일을 할 수 있다면 2000엔이 아깝지 않고, 하루종일 있으면 가성비도 나쁘지 않다는, '본전을 뽑겠다'는 마음이 사람에 따라서는 생길 수 있음을 깨달았다.

이런 데이터도 있다. 네다섯 시간 체류하는 사람보다 다섯 시간 이상 체류하는 사람의 평균 단가가 낮았다. 즉, 아주 장시간 체류할 경우 사치스러운 시간이라는 성격은 줄어들고 눌러앉아 열중해서 무언가를 하는 시간이 된다고 추측할 수 있었다. 그건 후즈쿠에가 원하는 광경이 아니다. 당신이 그렇게 나오면 나도 이렇게 나갈 수밖에 없다. 절대 본전을 뽑게 두지 않으리.

이것이 부칙을 추가하게 된 배경이라, 나 스스로도 이 구조는 본전을 뽑는 걸 막기 위한 것이라고 오랫동안 생각했는데, 늘어나는 자릿세에도 굴하지 않고 책을 읽고 있는 사람들을 보니 아무래도 본질은 그게 아니라는 사실을 알게 되었다. 손님은 일종의 '무임승차'의 가능성을 미리부터 빼앗긴다. 아무리 오래 타고 있어도 '이득'이 되는 지점이 결코 오지 않는다. 이 자체가 가치였다. 아무리 오래 있어도 꺼림칙함이나 민망함이 생기지 않는다는 사실이 그들의 값진 시간을 지켜주었다.

지금까지의 최장 체류 시간은 열한 시간이었다. 오랜 단골손님이 간사이 지방으로 전근을 앞두고 마지막을 기념하며 영업 시간 거의 내내 머물다 가셨다. 8000엔쯤 나왔을까. 축제 마지막 날 새벽 같은 쓸쓸함과 만족감이 뒤섞인 표정이었다. 쓰러지기 일보 직전까지 춤을 춘 사람의 얼굴이었다. 무언가를 받고 기뻐하는 사람의 얼굴이었다. 배웅하는 나도 분명 행복한 얼굴을 하고 있었을 것이나.

마음껏 즐기고 싶은 사람만 가치를 부여받는 것. 본전을 뽑을 수 없는 구조에 의해 그것이 실현되고 있다.

이렇게 멋있게 끝맺을 수 있으면 좋겠지만, 마지막으로 이 구조에 의문을 제기할 필요가 있다. 현행 요금 체계로는 네 시간 이상 체류할 경우 한 시간 간격으로 가격이 오른다. 이는 곧 앞서 "한 시간 간격으로 찾아오는 추가 주문 타이밍은 '이 정도로 끝내는 게 싸게 치겠다'고 생각해 돌아가는 계기가 되기도 할 것이다"라고 일축했던 '한 시간마다 추가 주문 방식'에 한없이 가까워진다. 이걸 눈 감고 있는 근거는?

여기서 서슴없이 되받아칠 수 있으면 가장 좋겠지만, "그건 말이죠, 그게 그러니까 말이죠" 하고 변명 섞인 미소를 지을 수밖에 없다. 완벽하다고는 할 수 없다. 다만 네 시간을 초과한 체류는 전체의 15퍼센트 정도이고 예측 가능한 대략적인 금액을 제시하고 있다는 점에서 "그 정도는 아량이랄까요, 뭐, 자질구레한 것은 제쳐두고 마음껏 즐기시라니까요!"라는 절충안을 내놓고 있다. 해결책으로 '여섯 시간 팩' 같은 것도 떠오르지만, 노골적으로 PC방처럼 되어버린다는 문제가 있다. 이 부분은 언젠가 형태를 바꿀지도 모른다.

그렇게 그루브가 생겨난다

그곳은 음료가 1000엔 안팎인 카페로, 나에게는 '아무 날도 아닌 날'에는 도저히 갈 수 없는 가게였다. 마침 공돈이 들어와 느긋하고 차분하게 사치스러운 독서시간을 즐기려고 가보았다. 주위에는 이야기꽃을 피우는 우아한 부인들, 컴퓨터를 하는 사람, 나처럼 책을 보는 사람, 컴퓨터를 하며 회의를 하는 사람, 수첩에 뭔가를 적는 사람, 컴퓨터를 하며 전화를 하는 사람, 컴퓨터, 컴퓨터. 어라, 뭐야 이거? 일하는 사람이 꽤 많잖아! 게다가 전화나 회의를 하며 사무실처럼 쓰고 있다! 대체 얼마나 돈이 많은 사람들일까 싶었는데, 감이 왔다. '회원'이다.

이 가게는 월 5000엔부터 가입할 수 있는 회원 서비스를 운영하고 있었는데, 5000엔을 내면 방문 시 음료를 2000엔까지 주문할 수 있고 동반자에게도 적용된다는 내용이었다. 이게 함정이었다. 만일 평일에 매일 간다고 하면 월에 스무 번이니까 한 번 갈 때마다 드는 돈이 250엔인 셈이다. 스타벅스보다 싸고 도토루와 비슷한 수준의 금액으로 우아한 카페에 틀어박혀 있을 수 있다(그나저나 나는 요즘에 날마다 원고를 쓰러 다니느라 도토루에 월 1만 엔 정도는 내는 듯하다……). 게다가 2000엔을 채우기 위해 매번 두 잔씩 주문한다고 치면, 비회원이 1000엔 정도에 마시는 음료를 한 잔당 125엔에 마실 수 있다. 초저가다.

이 과정에서 많은 모순이 발생한다. 나는 이 가게에서 '나에게 허락한 특별한 시간'을 보내려 했다. 반면에 가게 안은 '스타벅스에 비해 실질적으로 더 싸고, 더 쾌적한 환경에서 일에 집중하기 위해 이용하는 가게'로만 인식하고 있는 듯한 사람들로 가득했다. 전화나 회의를 하고 있는 사람들의 모습을 보고 있자니 여기가 셰어오피스인 줄 아는 것 같았다. 자기 주위에 이곳에서의 시간을 소중히 보내고 싶은 사람이 있다는 건 상상해본 적도 없는 듯했다. 그런 상황에서 사치스러운 기분을 유지하기는 어렵다. 게다가 애초에 내가 '큰맘 먹고' 손을 덜덜 떨면서 주문한 1000엔짜리 홈메이드 시럽을 넣은 진저에일을, 그들은 125엔에 마시고 있을지도 모른다. 그 가격으로 제공할 수 있는 음료인 건가? 1000엔이란 대체 어디서 나온 가격이야?

'리치'와 '푸어'가 뒤섞여 있다. 큰맘 먹고 온 나, 저렴하게 해결하는 너. 소중한 시간을 보내고 싶은 나, 자기 사무실인 줄 아는 너. 웬만해선 올 수 없는 나, 완전히 본전을 뽑는 너. 리치한 기분이 푸어한 기분으로 혼란스러워지고 더이상 뭐가 뭔지 모르겠다.

이 구조의 문제점은 이미 표출되고 있었던 모양인지, 회원 가입 안내지에도 "기본예절을 지켜주십시오. 직원들이 지치고 힘들어하고 있습니다"라는 문구가 쓰여 있었고 얼마 안 가 서비스도 종료된 듯했다. 외부인인 내가 봐도 끝내는 게 맞다 싶었다. 원래는 이 가게의 진정한 팬에게 제공하고 싶었을 서비스를, 정작 이 가게를 사랑하고 그 존속과 번영을 바라는 사람도 사용하기 어려워진 것이다. 왜냐하면 본전을 뽑기가 너무 쉽기 때문이다. 얼마나 자주 이용해도 되는 건지 주저하게 된다. 저렴한 손님이 되고 싶지는 않다. 망설이면서 이용할 수밖에 없다. 한편, 정보를 알아내어 가성비를 따져서 이건 이용할 만하다고 판단한 사람에게는 아주 편리한 혜택이다. 혜택을 알뜰히 이용할 뿐이다. 즉 '수증자적 인격'을 저지하고, '소비자적 인격'을 활성화하는 본말이 전도된 서비스가 되어버린 것이다. 운영 방식이 가게와 손님, 혹은 손님과 손님 간의 눈치 싸움이 되어버리면 그 시점에서 실패다.

결과적으로 이 구조가 만들어낸 것은 요컨대 '사치스러운 기분으로 보내고 싶은 사람'과 '함부로 이용하고 싶은 사람'이 다 찾아오는 상황이었다. 이 가게의 경우 음료가 1000엔 안팎으로 기본적으로 카페 치고 비싼 편이었기 때문에 '사치스럽게'와 '함부로'의 차이가 두드러졌을 뿐 양쪽 다 불러들인다는 상황 자체는 전혀 특별한 일이 아니다. 많든 적든 대부분의 가게가 그럴 것이다. 다양성은 좋다. 하지만 만약 '책 읽는 가게'에서 그런 일이 벌어진다면 어떻게 될까. 앞에서 말한 곳처럼 정말로 소중한 시간을 보내러 온 손님이 경험하는 시간의 질을 좋든 싫든 저하시킬 것이다.

가령 자릿세 방식이 폐지되고, 다른 어떤 방법으로 조용하고 마음 편히 책 읽을 환경이 보장된다고 하자. 이 경우 책을 실컷 읽고 싶은 사람은 지금까지처럼 계속 와줄 것이다. 저렴하게 이용할 수 있는 이상 사치스러운 기분을 확보하기는 어렵겠지만 나 혼자만의 문제라면 의지력으로 감당할 수 있을지도 모른다. 그런데 공교롭게도 그곳에는 함께 시간을 보내는 다른 사람이 있다. 저렴하게 이용할 수 있다는 건 함부로 이용하는 사람의 유입을 재촉한다. 후즈쿠였다면 우선 "마음껏 머물다 가세요"가 말뿐인 주장으로 전락할 것이다. 가볍게 이용해도 아무 손해를 보지 않기 때문이다. 그렇게 되면 독서에 아무 관심 없는 사람들도 서슴지 않고 문지방을 넘어올 터(사진을 찍어 인스타그램에 올릴 생각밖에 없는 사람이라든지, 개나 고양이가 마킹하듯 리뷰 사이트에 리뷰를 쓰고 다니는 일을 삶의 보람으로 여기는 사람이라든지). 책 읽는 사람의 비중이 줄고 풍경과 분위기도 확연히 바뀌겠지. 정작 책을 읽으러 온 사람들은, 독서를 할 생각도 없어 보이는, 계속 바뀌는 사람들의 존재에 흥이 깨지고 착잡한 기분이 들 것이다. '책 읽을 수 있는 가게'라더니 이런 거였군. 조용해서 좋긴 한데 결국 이런 거였어.

아쉬운 대로 "독서 이외의 활동은 삼가주세요"가 해결책이 될지도 모른다. 하지만 이는 가해선 안 되는 제약이라고 본다. 안내문에도 '독서 이외의 활동' 항목이 있지만, 이는 오히려 독서를 하러 온 사람을 위한 것이다. 아무리 계속하고 싶어도 피곤하거나 싫증이 나서 가끔 휴식 시간을 가질 필요가 있는 것이 독서다(내가 집중력이 없어서인지도 모르지만). 스마트폰을 보거나 노트를 꺼내 무엇인가를 쓰거나 하는, 독서시간에 완충재 역할을 하는 행위가 하나하나 금지사항에 저촉될까봐 마음 졸이는 것도 거북하다. 독서 이외의 활동에 관한 안내는 책 읽는 사람들이 더 느긋한 시간을 보낼 수 있도록 하기 위해서다.

아무튼 자릿세 방식의 가장 큰 효과는 선택의 여지를 한없이 좁힌다는 점이었다. 저렴하게 이용할 여지, 짧게 이용할 여지, 본전을 뽑을 여지, 그런 것들을 미리 제거함으로써 '후즈쿠에에 간다'는 행위에 '소중하고 특별한 시간을 즐기러 간다'가 항상 수반되도록 설계했다. 그리고 이것은 개개인의 체험의 질을 보장할 뿐 아니라, 공간 전체의 분위기를 더 고조시킨다. '그런 사람들만 모여 있다'라는 데서 오는 고조.

자신처럼 다른 사람들도 모두 같은 조건하에서 시간을 보내고 있다. 다들 어떤 종류의 장애물을 넘어 이곳에서 머물기로 선택한 사람들이다. 이곳에서 보내는 시간에 기대를 품고 마음껏 즐길 심산으로 와서 풍족한 마음을 안고 돌아가려는 사람들이다. 다들 그렇다는 게 분명히 느껴질 때, 그렇게 느낀 사람의 마음속에는 형언할 수 없는 든든함이 차오른다. 그 든든함은 다시 밖으로 빠져나와 공기 중으로 흘러들어간다. 그리고 결탁, 공범의식, 유대감, 친밀감, 그런 것들이 얽히고설켜 굵직한 그루브를 낳는 게 아닐까.

이는 균질성이 가져다주는 조용한 열광이다. 다양성을 배제함으로써 생긴 열광이 위험한가. 야만적인가. 영화관을 향해 그렇게 말해보라지. 야구장과 공연장을 향해서도 말해보라지. 어떤 놀이든 열광할 수 있는 장소가 마련되어 있는 건 좋은 일이다.

양 손바닥은 하늘을 보게 하고 등을 굽힌 채 고개를 숙이고 있다. 흡사 기도하는 자세로 꼼짝도 하지 않고 홀로 조용히 책을 읽고 있는 그런 아름다운 사람들이 모임으로써 만들어지는 조용한 열광. 그것이야말로 '책 읽는 가게'가 보여준 독서의 공공영역으로서의 모습이다.

3부

'독서할 곳'을 늘리다

10장

원하는 세상을
분명히 꿈꾸다

2019년 1월, 메일 매거진 「독서 일기&후즈쿠에 라디오」를 시작했다. 월 구독료는 800엔이다. 「독서 일기」는 2016년 10월부터 매일 쓰던 독서 일기인데, 시리즈로 지금까지 두 권의 책이 나왔다(둘 다 누마북스). 「후즈쿠에 라디오」는 구독자의 사연을 소개하고 질문에 답을 하거나 가게 직원들이 미니 칼럼을 쓰는 텍스트 형식의 라디오다. 이 두 가지 구성으로 2~3만 자 정도의 분량이다. 매주 토요일에 발송한다.

내 평생 과업인 '일기 쓰기'를 통해 돈을 벌고 싶다는 게 메일링 서비스의 시작이었는데, 장기적인 크라우드 펀딩 같은 성격을 부여해 "구독자 수가 1000명이 되면(혹은 그만한 액수가 모이면) 다음 점포를 열겠습니다"라고 홍보하고 있다. 전국 약 30개 지역에서 구독해주고 계신다. 아직 갈 길이 멀지만 늘었다 줄었다 하는 구독자 수를 보면서 1000명이 되기만을 날마다 열심히 기원하고 있다.

원래 후즈쿠에는 개인적인 프로젝트에 지나지 않았다. "독서를 좋아하는 사람들의 성지를 만들겠다"라는 막연한 야망을 내걸긴 했지만, '블루오션이라면 블루오션인 것 같으니 독서를 콘셉트로 밀고 나가면 틈새시장을 공략할 수 있지 않을까. 만약 그렇게 되면 내 생활 정도는 꾸릴 수 있을 텐데. 생존만 하자'라는 게 솔직한 심정이었다. 무엇보다 책 읽는 사람들을 위한 일을 하고 싶었다. 책 읽는 사람들이 모여 있는 광경을 보고 싶었다. 어디까지나 개인적인 욕심이었다.

그리고 실제로 차분히 책을 읽는 사람들만으로 이루어진 광경은 때때로 '지금 이 순간 후즈쿠에가 일본에서 제일 근사한 가게가 아닐까?'라는 생각이 들 정도로 아름다웠다. 내가 보고 싶었던 광경은 상상 이상으로 아름다웠다. 또 그건 나뿐 아니라 이 공간에 머물렀던 다른 사람들도 느끼는 점인 듯하다. "이런 가게가 근처에 있으면 얼마나 좋을까요"라는 소리를 자주 들었다. 그런 말을 들으며 보다 많은 사람들에게 이 경험을 제공하고 싶다는 생각을 하게 되었다. 그들이 기쁨과 긍지를 가지고 책을 읽을 수 있는 장소를 더 많이 제공하고 싶었다. '책 읽는 가게'가 하쓰다이에만 있어야 할 이유도 없었다.

지금 나는 후즈쿠에가 아주 많은 세상을 몽상하고 있다. 후즈쿠에가 영화관만큼이나 도시 곳곳에 있는 세상을 그리고 있다. 어느 도시든 기대하던 책을 마음껏 읽고 싶은 사람들이 있다. 전국의 독서 팬들과 좀더 가까운 곳에 그런 공간이 마련된 세상을 꿈꾼다.

1부 마지막 부분에서도 언급했지만 여기서 다시 한번 문화를 생각한다. 독서라는 문화. 문화가 고조되고 퍼지는 걸 생각했을 때, 후즈쿠에가 수행할 수 있는 역할이 있지 않을까.

문화라는 것은 결국 개별적이고 구체적인 경험의 축적일 뿐이다. 안다. 접한다. 즐긴다. 또 접한다. 또 즐긴다.

어떤 행위를 대표로 경험하는 커다란 주체가 존재하는 게 아니라, 개개의 구체적인 경험들이 각각의 장소에서 반복되고, 그것이 무언가를 매개로 다른 사람에게 전해지고, 그것이 또 개별적이고 구체적으로 경험되고, 그것이 반복된 결과가 문화라고 불리는 것이다. 이때 그 개별적인 경험은 기분 좋게 이루어질수록 좋다. 좌절하지 않고 성취할수록 좋다. 그러기 위해서라도 '그 일에 전념할 수 있는 장소'가 있는 편이 좋다. 여러 도시에 있을수록 좋다. '책 읽을 수 있는 가게'를 비롯한 '독서할 곳'이 방방곡곡에 있는 게 좋다.

3부에서는 그런 세상의 도래를 꿈꾸며 "이런 움직임이 나오면 즐겁겠다"에 관해 이야기한다. 지금까지 부당하게 등한시되어온 '읽다'에 올바른 자리를 되돌려주고자 한다. '읽다'의 역습이 시작된다.

후즈쿠에 ○○점

2020년 4월에 후즈쿠에 시모키타자와점이 문을 열었다. "후즈쿠에를 더 늘리겠다"고 공언하기 시작한 시기에 생각지도 못한 인연이 닿아 열게 되었다. 개업 자금은 정책금융공고에서 대출을 받았다.

직영점을 늘리려면 또다시 대출을 받거나, 방금 말한 메일 매거진 자금이 모여야 할 것이다. 이것은 이것대로 차례차례 이루고 싶지만, 모든 걸 자력으로 해야만 하는 것도 아니다. "나도 후즈쿠에를 하고 싶다"라는 얘기를 가끔 듣는다. 우리 동네에도 후즈쿠에를 만들고 싶다는 이야기 말이다. 지금은 "다음에 꼭!"이라는 정도로 말할 수밖에 없지만, 전국에 계신 그런 분들이 '책 읽는 가게 후즈쿠에 ○○점'이라는 이름을 내걸고 가게를 만드는 걸 돕고 싶다. 프랜차이즈, 분점 등 표현은 여러 가지가 있을 테고, 처리할 문제들이 뭐가 있는지는 전혀 모르지만, 교토

의 '호호호좌ホホホ座'처럼 느슨한 연대를 통해 전국으로 퍼져나가는 방법도 있을 것이다(자세히 알고 싶은 분은 야마시타 겐지 · 마쓰모토 신야의 『호호호좌의 반성문』을 읽어보시길).

책 읽는 가게 presented by ○○

후즈쿠에 시모키타자와점은 시모키타자와역과 세타가야다이타역의 중간, 오다큐선 선로 철거지에 새롭게 생긴 상업 시설 '보너스 트랙BONUS TRACK'에 위치해 있는데, 이 시설 안에는 '서점 B&B'와 '일기 가게 쓰키히月日'도 있다. 각각 걸어서 10초와 2초 거리다. 서점 바로 옆에 '책 읽는 가게'를 내보고 싶었는데, 책을 샀을 때의 설레는 기분 그대로 가까운 곳에서 읽을 수 있다면 책을 만끽하는 하루를 보내기에는 안성맞춤이지 않을까 싶다.

만약 내 생각처럼 된다면 '서점 근처'라는 게 향후 점포를 늘릴 때 유력한 선택지가 될 터이다. 하지만 꼭 내가 아니라도 서점 스스로도 충분히 할 수 있을 것이다. '책 읽는 가게 presented by 마루젠준쿠도 서점' 같은. 숍 인 숍도 좋겠고, 서점 바로 옆에 여는 것도 가능할 터. '여기에서 책을 잔뜩 사서 저기에 틀어박혀 읽는다'라는 경험은 분명 특별하다. 독서를 좋아하는 사람이라면 책과 관련된 값진 경험을 제공해주는 서점을 더 사랑하게 될 것이다. 나를 위한 공간처럼 느껴져 더 애착을 가지리라. 브랜드 강화를 위해서도 이보다 좋은 게 있을까.

서점뿐 아니라 출판사에도 좋은 전략이지 않을까(신초샤는 어서 실행에 옮겨주세요!). '책 읽는 가게 presented by 신초샤'. 신초샤에서 나온 과거와 현재의 책들로 둘러싸인 공간에서 독서 시간을 만끽한다. 신초샤의 책을 접하며 자란 사람에게는 더할 나위 없는 경험이리라. 다들 신초샤의 열성 팬이 될 것이다. 물론 도서총판이나 인쇄소가 해도 좋고, 패션 브랜드나 부동산 회사, 음식료품 제조사가 해도 전혀 이상하지 않다.

멋진 카페를 만드는 것만으로는 특별한 재미가 없다. 진검승부를 하자.

말 없는 독서모임 @○○

'말 없는 독서모임'은 매월 10, 20, 30일 밤에 개최하는 독서모임으로, '정해진 책을 읽어 온 사람들이 모여서 소감이나 배운 점, 깨달은 점을 발표하고 공유하며 책을 깊이 이해하는' 대부분의 독서모임과는 달리, '같은 책을 같은 공간에서 같은 시간에 낯선 사람들과 함께 읽는 것이 전부'인 모임이다. 같은 책을 읽고 싶은 사람들끼리 한 공간에서 따로따로 읽는다.

기존 독서모임에 따라붙는 몇 가지 압박('당일까지 읽어야 한다' '뭔가 코멘트할 만한 부분을 찾아내야 한다' '그럴듯한 소감을 말해야 한다……)으로부터 해방된, 좀더 편하게 참가할 수 있는 독서모임이 있으면 나도 참가할 텐데 하고 생각하다가 떠올랐다.

이 독서모임은 기존의 독서모임보다는 오히려 영화관에서 영화를 보는 것에 가까운 독특한 독서 체험을 제공하고 있다고 본다. 한편 영화관과 다른 점은, 영화는 같은 스크린을 바라보며 계속 같은 장면을 보는 데 비해, 이 독서모임은 각자의 시선이 각자가 든 책의 페이지를 향한다는 점이다. 모인 사람이 열 명이라면 열 명이 열 권의 디스플레이를 통해 하나의 같은 이야기 속으로 들어가 그 세계를 각자의 방식으로 탐색한다. 읽는 속도가 다르니 읽는 장면도 각각 다를 테고, 같은 부분을 읽더라도 열 명의 눈에 비친 세계와 뇌리에 떠오르는 광경은 전혀 다를 것이다. 등장인물의 얼굴도 사람마다 다를 테고, 목소리나 말투, 몸의 움직임, 풍경까지 전부 제각각일 것이다.

이는 흔히 생각하는 공유와는 상당히 거리가 있는데, '같은 시간'과 '같은 책의 세계'라는 두 개의 층을 공유하고 있는 듯 보이지만, 두번째 '같은 책의 세계'라는 층에서 벌어지는, 겹치면서도 숙명적으로 어긋나는 그 상태를 직시하려고 하면 현기증이 날 것 같다. 때때로 그런 식으로 '그 자리에 있는 다른 사람들이 보고 있는 같은/다른 세계'를 의식했다가, 책의 세계에 푹 빠졌다가, 어느 순간 갑자기 또 조금 그것을 의식했다가, 다시 돌아가고…… 그렇게 이루어지는 독서시간의 집합은 '함께하다'의 감각을 보다 복잡하게 만들고, 보다 즐겁게 만들어 평소에는 맛볼 수 없는 우주적인 그루브를 공간에 불러일으킨다.

이따금 게스트를 초대하기도 하는데, 『그럭저럭 잊어가는 중(아이오와 일기)』 때는 저자 다키구치 유쇼 씨가 오셔서 서빙을 맡았다. 지금 읽고 있는 책의 저자에게 주문을 하고, 그 책에 나온 음식을 제공받는 경험. 『구름』 때는 번역자 시바타 모토유키 씨가 시작 전 시간을 이용해 낭독을 해주셨다. 본편뿐 아니라, 저자 에릭 매코맥 씨의 마치 콩트 같은 「말 없는 독서모임 참석자에게 보내는 편지」까지 읽어주셔서 심장이 떨렸다. 또, 내 자랑 같지만 『독서 일기』와 그 속편 『독서 일기—책 만들기/수프와 빵/중력의 무지개』로도 개최했는데, 이 역시 '후즈쿠에 사람이 후즈쿠에의 하루하루를 기록한 책을 후즈쿠에 사람의 서빙을 받으며 후즈쿠에에서 읽는' 기묘한 체험이 되었으리라 생각한다.

이 독서모임을 여러 장소에서 하고 싶은 사람들끼리 모여 여는 것 또한 독서를 위한 공간을 늘려가는 일이라고 생각한다. 네 명 정도 모여 카페에서 그런 시간을 가져도 좋을 것이고, 어느 가게에서 하룻밤 행사로 진행해봐도 재미있지 않을까. 저자나 출판사가 출간 기념 이벤트로 주최하는 것도 어울릴 것 같다.

주말에만 열리는 공간 대여 후즈쿠에

카페나 커피 분야에서 종종 볼 수 있는 '공간 대여 영업'은 어떨까. 자력으로 가게를 차리는 건 장벽이 높지만, 기존 가게를 빌리면 실현하기 쉽다.

후즈쿠에 점포가 늘어나는 걸 상상할 때마다 떠오르는 것이 정통 바 같은 형태의 후즈쿠에다. 자기 주변 말고는 어두컴컴한 중후한 분위기의 가게 안에서 통나무 카운터석에 일렬로 손님들이 앉아 홀짝홀짝 술을 마시면서 모두 조용히 책을 읽는 그런 광경. 바나 스낵바는 기본적으로 밤에 가는 장소라 '낮에는 다른 사람에게 빌려주는' 걸 긍정적으로 생각하는 곳을 찾기가 비교적 쉬울지도 모른다. 또 저녁 무렵까지만 영업하는 카페나 찻집을 빌려서 하는 방법도 있다. 부업으로, 혹은 독립 전 실전 연습으로의 공간 대여 후즈쿠에, 어떤가.

동네 책방&후즈쿠에 북클럽

변형 버전이지만, 아이들을 위한 독서 공간도 있었으면 좋겠다. 그런데 매출을 어디서 만들까. 부모의 지갑에만 의존하면 독서의 우선순위가 높은 사람의 자녀만 오게 된다. 그게 아니라 하굣길에 아이들 누구나 훌쩍 들를 수 있는 장소였으면 좋겠다. '동네 책방'에 그런 공간을 마련하는 형태는 어떨까.

나의 독서 편력을 생각했을 때, 동네 책방의 존재는 대단히 중요했다. 한 달에 한 번 원하는 책을 사준다고 해서 가곤 했는데, 『도카벤 프로야구 편』이나 『명탐정 코난』 같은 만화 말고는 거의 거들떠보지 않았지만(나머지는 게임 공략집) 그곳에는 분명 책에 둘러싸인 조용한 기쁨이 있었다. 어쩌면 '좋아하는 책을 사도 괜찮다'라는 자유로움이 책방이라는 공간에 무의식적으로 투영되어 '책=자유'라는 구도가 만들어졌는지도 모른다. 어쨌든 훗날 독서를 좋아하게 된 아이에게 그 동네 책방은 중요한 곳이었다. 그리고 그곳이 아무 전략도 없어 보이는 서점이었다는 사실도 중요했던 것 같다. 도매상에서 적당히 배본한 잡지와 만화, 문고본이 별 의도 없이 진열된 가게. 특별히 책을 좋아하지 않는 사람도 주눅 들지 않고 들어갈 수 있다는 데 의의가 있다. 하지만 그런 이른바 오래된 '동네 책방'은 계속 줄어들고 있다. 후즈쿠에 근처에 있던 책방도 몇 년 전에 문을 닫고 선술집으로 바뀌었다. 그런 흐름은 어쩔 수 없는지도 모르지만, 그래도 한 번 더 동네에 그런 장소를 되살릴 수는 없을까. 다행히 책은 뭔가 가치 있는 것이라고 간주되고 있으니 지자체를 설득해 지자체와 민간이 공동 운영하는 형태도 가능하지 않을까. 아니면 역시 기업을 설득하는 방법이 있을 것이다.

그리고 그 책방 한쪽에 아이들을 위한 후즈쿠에 북클럽을 만든다. 마룻바닥이든 의자든, 뒹굴뒹굴하며 책을 읽을 수 있는 공간이 있고, 그곳에서 용돈으로 산 만화잡지 『코로코로 코믹』이나 도서관에서 빌려 온 위인전기 만화를 읽는다. 독서 수첩을 나누어주고 "오늘 읽은 책이나 읽어보고 싶은 책을 기록해보자" "좋았던 부분, 깜짝 놀란 부분을 옮겨 써보자" 등의 주제를 제시해, 억지로 쓰는 독서감상문이 아닌, 부담 없고 유쾌한 독서 아웃풋을 이끌어낼 수 있다(참고로 이건 내가 「독서 일기」를 쓰는 방식이다). 그런 경험이 반복되다보면 독서를 즐거운 놀이라고 생각하는 아이가 늘어나 독서 문화의 저변이 넓어지지 않을까(아이의 성장을 위해서가 아니라).

서서 마시는 술집 후즈쿠에

이건 '읽는 시간'에 특화된 것도 아니고 그냥 내가 이런 공간을 갖고 싶어서 꺼내는 이야기이지만.

책을 좋아하는 사람과 술을 마시다보면 책이 화제에 오르는 일이 가끔 있다. 그럴 때 눈앞에 그 책이 있는 곳에서 술을 마신다면 얼마나 즐거울까 상상한다. 수중에 그 책이 없을 때는 아마존 앱을 켜서 검색하자마자 높은 확률로 바로 사버린다(술은 무섭다). 이른 시간에 술을 마시고 알딸딸한 정신으로 서점에 가 책 구경을 하는 것도 즐거울 테고, 맥주를 파는 서점에 들어가 한 손에 술을 들고 돌아다니며 이러쿵저러쿵 이야기하는 것도 유쾌할 터.

그래도 서점은 어느 정도 조용한 곳이다. 좀더 평범하게 취한 상태로 다른 사람과 만나 책 이야기를 해보고 싶다.

그래서 '서서 마시는 술집'이다. 수많은 책장에 둘러싸인 선술집. 책은 가나다 순으로 정렬되어 있다. "그러고 보니 최근에 이런 책을 읽었는데"라는 말이 나오면 그 책 근처로 옮겨간다. 가나다 순이라 소설 옆에 비즈니스 도서가 있기도 해서(책장 자체도 술에 취한 것처럼) 여러 가지 화제가 나오는 효과도 기대해볼 수 있다. 분명 술이 들어가 기분이 좋은 상태에서 책을 이것저것 살지도 모른다. 이것도 즐거운 독서 체험의 하나이지 않을까. 음료나 음식물로 더럽힌 경우에는 꼭 그 책을 구입하도록 한다.

#자택후즈쿠에

2020년 3월 말에 '#자택후즈쿠에' 해시태그 달기를 시작했다. 참가자는 독서를 시작할 때나 독서를 하는 도중에 이 해시태그를 달아 트위터에 "오늘은 이걸 읽습니다" "지금은 이런 걸 읽고 있어요"라는 글을 올린다. 그게 다.

시간은 편의상 정오부터 밤 열시까지이며 매일 개최한다. 날마다 많은 사람들이 지금 읽고 있는 책과 그 시간에 함께하는 음료며 과자, 안주 사진을 함께 올려주고 있다.

그에 앞서 '후즈쿠에'의 개념을 재정의한 것이, 장벽을 허물고 이런 활동을 시작하는 데 큰 도움이 되었다. 그때까지 오랫동안 '후즈쿠에'가 장소의 이름이라고만 생각했는데, 지금까지의 행적을 떠올려보니 '가뜩이나 즐거운 독서를 더 즐겁게 해주는 활동 전반'이라는 걸 깨달았다. '말 없는 독서모임'도 그랬고, '독서 일기'도 그랬고, 홈페이지에서 벌이는 여러 활동도 그랬다. 예를 들면 '이달의 복리후생 책'이라는, 직원에게 매달 한 권씩 원하는 책을 사주면서 그 책을 읽고 싶은 이유 같은 걸 듣고 그 대화를 글로 남기는 기획. 그리고 내가 최근에 사거나 읽은 책에 관해 어느 서점에서 어떻게 샀고, 어떤 장소에서 어떤 상황이나 기분으로 읽었는지 이야기하는 '최근에 산 책, 읽은 책'.

앞에서도 말했지만 다른 사람의 독서 생활, 독서 경험에 관한 이야기를 듣는 인터뷰 기획 '타인의 독서'. 꼭 독후감이나 서평의 형태가 아니더라도, '책과 관련된 시간'에 관한 대화나 글 자체로 충분히 "독서는 즐겁다"를 표현할 수 있으리라는 생각에서 이 모든 것이 비롯되었다.

또 음악가 친구 넨소nensow가 만들어준 한 시간짜리 앰비언트 드론* 작품 한 곡이 수록된 『music for fuzkue』를 발매하고, 후즈쿠에가 선곡한 열 시간이 넘는 스포티파이** 플레이 리스트를 공개하는 등 '책 읽을 수 있는 소리'라고 이름 붙인 독서 음악을 제공하는 것도 후즈쿠에의 활동이었다.

물론 모든 활동 중에 가장 중심이 되는 건 '책 읽는 가게 후즈쿠에'지만, 이 역시 '후즈쿠에'의 다양한 표현 형태 중 하나라고 생각하게 되었다. '책 읽는 가게 후즈쿠에'는 '후즈쿠에'의 오프라인 점포다.

그런 생각을 하게 된 직후 감염증이 전 세계적으로 유행했다. 국가와 지자체는 외출 자제령을 내렸고 시민들은 오랜 시간 집 안에 머물게 되었다. 점포를 비롯한 상업시설 역시 휴업이나 단축 영업을 해야 했다. 후즈쿠에도 물론 예외는 아니어서 한동안

---

* Ambient Drone. 보컬 없이 단조로운 사운드가 지속되는 음악 장르
** Spotify. 구독형 디지털 음악 서비스

문을 닫았다. 그런 상황에서 후즈쿠에가 할 수 있는 게 무엇일까 생각하다 떠오른 것이 '#자택후즈쿠에'였고, 집에서 하는 독서시간을 (아주 조금이나마) 이벤트처럼 특별한 시간으로 만들어 독서가 더 즐겁고 충실해지는 데 기여하고자 했다.

참가하려고 해시태그를 들여다보면 타임라인에 차례로 '저마다의 독서시간'이 공유되는 걸 볼 수 있다. 그것은 '세상에는 지금 이 순간에도 나처럼 독서를 즐기고 있는 사람이 있다'는 사실을 깨닫는 일이기도 하다. 확실히 존재하는 다른 사람의 기척을 느낌으로써 '함께하다'라는 감각이 생기고, 조용하고 온화한 연대가 이루어진다. 그것은 바로 '책 읽는 가게'가 점포 공간 내에서 실현해온 것이었다. 가상 독서의 공공영역이라 부를 만한 것이 생겨나고 있다.

지금은 그 체험을 좀더 알차게 만들기 위해 참가하면 지도상 임의의 점에 은은한 불이 켜지는 서비스를 만드는 중이다. '지금도 어딘가에서 누군가가 책을 읽고 있다'는 사실을 전 세계에 퍼져 있는 독서의 등불로 가시화하려는 계획이다.

그러면 집에서 하는 독서를 돕는 게 '책 읽는 가게'가 가진 공간의 가치를 해치는 일일까. '굳이 갈 필요 없네'라고 생각하게 만들 위험이 있을까. 오히려 '#자택후즈쿠에'에 참가함으로써 독서가 좀더 이벤트처럼 느껴지고, 혼자 하는 것이라고 생각했던 독서가 '함께하는' 시간일 수도 있다는 걸 알게 되지 않을까. 그런 사람이 늘어나면 늘어날수록 '그 일에 전념할 수 있는 장소'를 지금까지보다 더 강렬하게 욕망하는 사람이 늘어나지 않을까.

이번에 세계적인 재택 생활을 거치면서 사람들은 '장소'가 얼마나 값진지를 알게 되었다. 레스토랑이 제공하는 가치는 음식만이 아니었다. 만약 그렇다면 테이크아웃해서 일회용 용기로 먹어도 똑같이 만족스러워야 할 텐데 전혀 그렇지 않았다. 다른 테이블의 말소리나 기척, 주방에서 들리는 요리 소리와 풍기는 음식 냄새, 자리에서 보이는 경치, 그 모든 것이 레스토랑에서의 경험이었다. 북토크 이벤트가 제공하는 가치는 절대로 말하는 내용에만 있는 게 아니다. 온라인으로 배포한다고 대체할 수 있는 것도 아니다. 역시 그 자리에 있는 사람들의 존재, 지금 내 눈앞에 동경하는 작가가 있는 상황, 그 모든 것이 경험이다. 또 서점의 가치, 영화관의 가치 등 모든 분야에서 장소의 가치가 재확인되었다.

누구나 값진 체험을 원한다. '#자택후즈쿠에'를 통해 '독서를 더 즐겁고 값지게'라는 영역이 커지고 널리 퍼질수록 '책 읽는 가게'를 더욱 구체적으로 욕망하는 사람들이 각지에서 생겨날 것이다.

'책 읽는 가게'의 스타벅스가 되고 싶다

1971년에 시애틀에서 개업한 스타벅스 커피가 일본에 상륙한 것이 1996년이다. 1호점 '긴자 마쓰야거리점'을 시작으로 2020년 3월 말 기준 점포 수는 1553개까지 늘어났다. 세계 각지에서 하루에 도대체 몇 명이나 스타벅스 커피를 사는지 짐작도 안 가지만, 어딘가에는 숫자가 있을 것이다(본사라든가).

하지만 본사에서도 알 수 없는 숫자가 있는데, 내가 주목하고 싶은 건 이쪽이다. 나는 스탠딩 카페를 운영하는 친구도 있고, 좋아해서 자주 가는 커피숍도 몇 군데 있다. 그런데 이 가게들은 스타벅스가 만든 면이 없지 않아 있다. 스타벅스가 널리 퍼지면서 에스프레소 음료의 맛과 제3의 장소라고 불리는 공간이 중요하다는 생각이 사회에 뿌리내렸고 많은 추종자가 생겨났다. 그리고 동시에 안티라고는 할 수 없지만 "더 맛있게 할 수 있지 않을까" "더 편안한 공간을 만들 수 있지 않을까" 하고 업데이트를 노리는 주자도 무수히 생겨났다. 그 결과, 현재의 융성한 커피 문화가 탄생하지 않았을까. 요즘은 어느 동네를 가든 맛있는 커피를 마실 수 있어 좋다.

'책 읽는 가게'의 스타벅스가 되고 싶다는 엄청난 야망은 이런 측면을 향한 것이다(물론 '점포를 많이 내고 순조롭게 경영하면 생활수준도 높아지겠지? 딱히 고층아파트에 살고 싶은 마음은 없지만 살 수는 있겠지? 딱히 별장을 갖고 싶은 마음은 없지만 가질 수도 있겠지?'라는 사리사욕도 있지만). 독서 문화의 저변을 넓히기 위해서라도, 후즈쿠에가 일종의 시범 케이스 같은 역할을 한다면 재미있을 것이다. "후즈쿠에는 너무 시시해. 나라면 더 책 읽기 좋게 만들 수 있어"라는 의욕 넘치는 젊은이가 등장하는 광경을 보면 얼마나 즐거울까.

언젠가 따옴표가 없어지고 책 읽는 가게가 일반명사로 널리 쓰이는 세상을 꿈꾼다. 책 읽는 사람을 계속해서 진지하게 생각하고, 그 축을 놓지 않고 계속 행동한다면 실현 가능하지 않을까. 필요한 것은 제대로 욕망하고 제대로 믿는 것이다.

끝으로

어쨌든 마키 씨의 책 읽는 법은 독후감으로 대표되는 어떤 의
무적인 것과 가장 동떨어져 있어 나는 대충 그런 말을 했다.

"이제 읽기만 하면 되니까. 뭘 읽든 감상문이나 리포트를 쓸 것
도 아니고. 다 읽고 나서 아무것도 생각하지 않아도 된다는 게
너무 편해."

다시 말해서 언제까지인지는 모르겠지만 마키 씨에게 읽는다
는 행위는 읽은 뒤에 무언가를 정리하는 것과 연결되어 있었다
는 뜻인데, 지금은 그것이 없어졌다. 그리고 이 사람은 보통 사
람들이 좀처럼 읽으려고 하지 않는 아주 긴 이야기나 철학 중
에서도 끈질긴 유형을 읽는다.

마키 씨는 사람들에게 비디오를 본다고는 해도 책을 읽는다는 이야기는 별로 하지 않을 거라고 생각했다. "그거 읽었어? 나도 읽었어. 참 좋더라"라거나 "그거 읽었어? 좋았어? 흠. 그럼 나도 읽어야지" 같은 종류의 대화를 할 수 있는 책도 아니니 어쩔 수 없지만.

나는 말했다.

"마키 씨가 앞으로 쭉 그런 책을 읽는다면 말이야, 앞으로 30년이나 40년 정도 더 읽는다 치고, 계속 지금 같은 기세로 읽으면 꽤 많은 책을 읽게 될 텐데, 아무리 읽어도 감상문을 남기는 것도 아니고 마키 씨의 머릿속에만 저장되어 있다가 죽으면 태워져서 재가 되고 말 거야."

"읽는다는 게 다 그런 거잖아."

호사카 가즈시, 『이 사람의 역閾』

나에게 독서는 이것이 전부다. 무언가를 배우거나 정리하거나 다른 사람과 소감을 나누는 것을 전제로 하지 않고 그냥 읽을 뿐이다. 읽는 동안 머릿속에서 상연되는 대사와 몸짓, 풍경과 사고를 따라 그 시간을 즐길 뿐이다. 단지 그것을 계속하고 싶다.

전부라고 말하자마자 실례지만, 또하나 있다면 독서라는 행위를 통해 나는 내가 확실히 살아왔다는 사실, 살아온 시간, 기억, 그런 것들이 둥둥 날아가버리지 않도록 쐐기를 박고 있는 듯하다. 독서라는 행위를 통해 인생에 표식을 새기며 걷고 있는지도 모른다.

책을 사서 읽고 책꽂이에 꽂는 행위는 한 권 한 권의 기억을 간직하는 것과도 같고, 그것이 쌓인 책꽂이라는 곳은 인생의 방대한 기억이 살아 숨 쉬는 서식처와도 같다. 그 책등에 손가락이 닿는 순간, 아니 눈이 닿는 순간, 생동하는 숨결이 느껴진다. 숨결은 생각지도 못한 기억의 연쇄를 불러오기도 한다.

어떤 책을 보면 내용은 하나도 기억나지 않는데, 혹은 그 책 자체에 특별히 애착이 있는 것도 아닌데, 읽게 된 계기나 책을 사던 순간, 책을 읽던 구체적인 장면, 그 시기의 기분, 그런 것들이 멋대로 떠오른다.

밝은 오후의 도서관(『줏코케 삼총사』), 소닉시티에서의 학원 집회와 그날 저녁으로 먹은 건어물(『티티새』), 수험생 시절 평일 겨울의 우쓰노미야선(『하얀 강 밤배』), 도치기 지역 치과의사의 주차장과 일찍 돌아가신 이모의 웃는 얼굴(『'죽음의 의학'에의 서장』), 지하 광장과 오디오 액티브*의 붉은 미니디스크(『노르웨이 숲』), 분홍색 표지의 쓰기 불편한 수첩(『죄와 벌』), 한여름 할머니 댁 이층 판자방과 베란다(『그로테스크』), 넘버걸 라이브를 보러 가는 유리카모메선(『퀵 재팬』), 후카자와 군과 조우한 시부야의 북퍼스트(『열흘 밤의 꿈』), 집으로 돌아오는 복잡한 게이오 전철 이노카시라선(『꿈을 주다』), mixi**에서 알게 된 한 남성의 집에서의 오후 무렵과 책이 가득한 종이봉투(『40일과 40밤의 메르헨』), 무인양품의 무지 4×6판 노트(『돈나 안나』), 알레포의 호텔과 쾨병(『포로포로』), 늦가을의 아케이드 상가와 공연 전 바우스 시어터와 그곳에 흐르던 닉 드레이크(『그린버그 비평선집』), 신주쿠 남쪽 출구 스타벅스의 한밤중 테라스석(『일본의 소설』), 대낮 교바시 스타벅스의 테라스석과 영화미학교(『친구여 영화여, 나의 누벨바그 잡지』), 시모키타자와의 미스터도넛(『영화여행 일기』), 하네다공항으로 향하는 아침 무렵 소테쓰선(『잃어버린 시간을 찾아서』), 지진이 일어난 날 밤의 게이분샤 서점의 자전거 주차장(『오스카 와오의 짧고 놀라운 삶』), 벚꽃 철에 강을 보며 먹던 감자튀김과 생맥주(『디스코 탐정 수요일』), 펑펑 울었던 털리스커피의 흡연석(『나무들의 은밀한 생활』), 나라 지역 게스트하우스의 이층침대(『2666』), 가게의 어두컴컴한 지하실과 들이비치는 빛(『밀정』), 이른 아침 오미야의 찻집에서 마시는 싱거운 맥주(『신주쿠역 마지막 작은 가게 베르크』), 공사 중이던 나날 한여름 본가의 하얗고

● 일본의 레게 밴드
●● 일본의 인터넷 커뮤니티 사이트

우둘투둘한 벽지(『돈키호테』), 한밤중의 다이칸야마 쓰타야 서점 (『페스트』), 폐점 후 가게 안에서 불안에 짓눌린 채 소파에서 몸을 웅크리던 때(『오직 그림자뿐』), 따뜻한 겨울날의 Title서점과 그 길(『나의 위대한 도시, 파리』), 구구쓰소ぐつ草카페 벽 쪽 자리에 앉아 있는데 옆자리에서 들려오던 덴마크 이야기(『언덕 중간의 집』), 닛포리역 앞 넓은 찻집과 목욕 후의 건조한 피부(『팽 선생』), 구가야마의 한밤중 주민회관의 희미한 빛(『길 위에서』), 이사한 집에 축하주로 사 온 하얀 캔 맥주(『울프 일기』)…….

책을 보면 무언가를 떠올리고, 무언가를 떠올리면 책의 존재가 어른거린다. 이것은 나의 경우 책이라는 얘기고, 다른 취미를 가진 사람에게는 저마다 기억을 불러일으키는 열쇠가 있을 것이다. 다만 독서와 기억의 조화가 좋은 것도 확실하고, 책은 어디든 가져갈 수 있다. 그리고 책은 대개의 경우 몇 시간이 아니라 며칠, 몇 주, 한 달 혹은 더욱 긴 시간 동안 함께하게 된다. 일정한 폭을 가진 시간을 함께함으로써 책이 어느 하루, 어느 날들, 어느 시기의 기억을 대표하게 되는 것, 즉 책 자체가 기억이 되는 것은 자연스러운 일이리라. 독서가 가장 큰 오락이고 삶의 양식인 나로서는 기쁜 부산물이다.

언젠가 이 책을 읽은 시간이 누군가에게 '어떤 기억'이 된다면 그보다 기쁠 수 없을 것입니다.

책은 시공을 초월합니다. 이 책 앞에 있는 당신의 지금이 언제고 거기가 어딘지 전혀 짐작할 수 없지만, '책을 읽을 수 있는 공간'은 어떤 상황인가요? 후즈쿠에는 아직 존재하고 있나요? 어쨌든 2020년의 도쿄, 내가 사는 지금 여기보다 당신이 있는 지금 그곳이 책 읽는 사람에게 더 풍요로운 세상이기를 기원합니다.

이 책의 출간을 맞이해 아사히출판사 영업부의 하시모토 료지 씨에게 우선 감사의 말을 전하고 싶다. 하시모토 씨의 제안이 없었다면 이 기획은 존재하지 않았을 것이다. 하시모토 씨가 이 책을 영업해주신다는 생각만으로도 이미 기뻐서 힘을 내어 쓸 수 있었다.

편집부의 히라노 아사미 씨는 내가 마음대로 매주 원고를 보내 귀찮게 했는데도 친절하게 응해주셨다. 아야메 요시노부 씨는 특히 마지막 두 달 동안 함께 달려주셨다. 일기 이외에 정리된 글을 쓰는 일이 처음인 미숙한 저자를 참을성 있게 이끌어주셨다. 지적해주시는 내용에 따라 원고가 전혀 다르게 변하는 것을 생생하게 경험했다. 니시나 에이 씨에게도 감사 인사를 전하고 싶다. 인쇄소에 원고를 넘기기 전날 밤까지 빨간 글씨로 엄청난 수정사항을 적어 보냈다. 죄송하고 감사합니다.

야마구치 군, 마키노 씨, 사토 군, 모리나 씨, 니시노 군. 직원들에게도 감사하다는 말을 전하고 싶다.

야마구치 군이 교환일기에 써준 "처음 후즈쿠에에 손님으로 왔을 때 그 긴 메뉴를 보고 '이게 당연한 거 아냐?'라고 생각했다. 이 배려랄까, 배려라고 하면 억지로 노력하는 것 같지만, 사람을 대할 때 당연히 생각해야 하는 점들이 쓰여 있어서 놀랐다. 다만 그 당연한 일을 하는 곳이 아무 데도 없었고 앞으로도 없을 것이다. 당연하게 있고 싶어서 후즈쿠에에 들어왔다"라는 글은 몇 번을 읽어도 눈물이 핑 돈다. 이 사람들과 함께 일할 수 있어 스스로도 놀랄 만큼 진심으로 행복하다고 생각한다. 글을 쓰는 동안에도 물리적, 정신적으로 많은 도움을 받았다.

마지막으로 원고를 쓰는 내내 유익한 조언과 고마운 감상을 들려주며 밝은 웃음으로 격려해준 아내에게 고맙다는 말을 전한다. 그 존재가 없었다면 이 책을 완성할 수 없었다. 가슴 벅찰 만큼의 사랑과 감사를 담아 이 책을 유에게 바치고 싶다.

2020년 6월 한밤의 후즈쿠에에서
아쿠쓰 다카시

옮긴이 후기

후즈쿠에文机는 '글을 쓰거나 독서를 하기 위한 일본식 책상'이라는 뜻이다. 자그마한 좌식 책상을 떠올리면 된다. 책 읽는 가게 후즈쿠에의 홈페이지에 따르면 이 단어는 가게 이름을 구상하던 시기에 150여 개의 후보 중에 약 70번째로 떠올린 것이라고 한다. 이름 구상에 관한 글이 약 2000자 분량으로 아주 자세하게 실려 있다.

이 밖에도 후즈쿠에의 홈페이지에는 읽을거리가 정말 많다. 본문에도 나온 '이달의 복리후생 책' '타인의 독서' '독서 일기' 그리고 후즈쿠에의 첫 점포 하쓰다이점의 창업기를 담은 '후즈쿠에가 생기기까지', 또 '커피 공부' '술 공부' 등등 수많은 카테

고리가 있고 저마다 글이 가득가득 실려 있다. 처음에 호기심에 홈페이지에 들어갔다가 그 자리에서 두어 시간은 샅샅이 구경을 했던 것 같다.

후즈쿠에는 '책을 실컷 읽으려고 벼르고 온 사람'을 위한 가게다. 후즈쿠에에 관심을 갖고 홈페이지에 들어가볼 정도의 사람이라면 글을 읽는 걸 좋아할 확률이 아주 높고, 아마도 홈페이지 곳곳에 실린 압도적인 분량의 글에서 눈을 떼기 힘들 것이다. 안내문도 마찬가지이다. 후즈쿠에를 방문해 안내문을 건네받은 손님은 아마 단번에 이곳이 예사롭지 않은 가게임을 알아차릴 것이다. 약 1만2000자 분량의 이 안내문은 따로 책자로 만들어 판매도 하고 있다.

책 내용에도 있었지만, 이 장황하고 구구절절한 글들은 그야말로 '투박함'을 추구하는 후즈쿠에만의 스타일이다. 읽는 걸 좋아하는 사람을 겨냥해 읽을거리를 스스로 제공하는 가게라니. 그 센스에 감탄할 수밖에 없다.

이 책에는 독서라는 행위에 최적화된 공간을 만들기까지, 자신과 다른 사람이 납득할 수 있는 새로운 장르를 열기까지, 글쓴이가 논리를 세우고 그것을 검증하며 고민하고 또 고민하는 과정이 고스란히 담겨 있다. 빤한 길을 가지 않는 개척자 정신이 이런 '불평' 가득하지만 예리한 통찰력을 보여주는 책을 만들어냈을 것이다.

개인적으로는 나도 몰랐던 내 마음을 어떻게 알고 글을 썼나 싶을 만큼 글쓴이의 생각과 비슷한 구석이 많아서 피식피식 웃은 적이 여러 번이다. 지금은 마음으로만 후즈쿠에를 드나들고 있지만, 하루빨리 실제로 후즈쿠에에 방문해 2000엔 남짓을 내고 두 시간 반쯤 틀어박혀 책을 읽을 수 있는 날이 오기를 바란다.

김단비

어서오세요, 책 읽는 가게입니다

초판 인쇄	2021년 10월 26일
초판 발행	2021년 11월 5일
지은이	아쿠쓰 다카시
옮긴이	김단비
펴낸이	정민영
책임편집	임윤정
편집	전민지
디자인	백지은 엄자영
마케팅	정민호 김도윤
제작처	영신사
펴낸곳	(주)아트북스
브랜드	앨리스
출판등록	2001년 5월 18일 제406-2003-057호
주소	10881 경기도 파주시 회동길 210
전화번호	031-955-7977(편집부) 031-955-2696(마케팅)
트위터	@artbooks21
인스타그램	@artbooks.pub
전자우편	artbooks21@naver.com
팩스	031-955-8855
ISBN	978-89-6196-399-2 03830